火花

北条民雄の生涯

高山文彦

角川文庫
12980

火花　北条民雄の生涯　目次

はじめに　七

序　章　ある回想　一七

第一章　まぼろしの故郷　二九

第二章　破　婚　五七

第三章　全生病院　八五

第四章　わが師　川端康成　一一五

第五章　作家誕生　一四五

第六章　生きいそぐ青春　一七三

第七章　いのちの初夜　一九五

第八章　放浪と死と　二三七
第九章　転生の秋　二五九
第十章　遥かなる帰郷　二九一
第十一章　二十三歳で死す　三〇七
終　章　ふたたびの回想　三四七

あとがき　三五六
語り部の死——文庫版へのあとがき　三六七
解　説——いのちと響き合う言葉——　柳田邦男　三七三
主要参考文献　三八五
関連略年譜　三八七

はじめに

　ある秘められた作家の生涯を、この世に蘇《よみがえ》らせようという無謀な試みの旅に、私はこれから出発しようとしている。

　無謀というからには理由がある。その作家は、生前はもとより、死後もなおしばらくのあいだ、まぼろしの存在とされていたのである。その作家はしかも社会とは切り離された場所でひっそりとしかし苛烈《かれつ》に生き、ひとりの高名な作家とひと握りの友人たちに見送られて死んだのだ。本名など知る由もない。知らないというより、彼自身によって棄て去られたのだった。

　もはや忘れ去られた感のあるその作家の一瞬の光芒《こうぼう》のごとき生が、その死が、その声が、しかし、いまなお低く、たしかに脈打って聞こえてくるのはどうしたわけなのだろうか。

　かつて不治の病と恐れられたハンセン病を病みながら、文学の道をこころざし、数々の傑作を残して二十三歳の若さでこの世を去った天才作家がいた。北条民雄というその作家は、まぼろしの作家とされ、生前その実像を知る者はごく少数にかぎられた。病が病であるだけに、差別と偏見の眼差《まなざ》しにさらされ、肉親縁者にまで迷惑がおよびかねないからだった。

そのむかし癩病《らいびょう》と呼ばれたハンセン病は、毛髪や眉毛をことごとく失わせ、嗅覚《きゅうかく》や痛覚までを奪い、顔や手足を変形させ、ついには盲目とならしめることから、異形《いぎょう》の者となった患者たちは、その不気味さから忌み嫌われた。遺伝病だというあらぬ憶測が蔓延《まんえん》し、ひとたび患者を出した家は一家離散の憂き目にあうこともあった。患者は強制的にハンセン病専門の病院に隔離され、社会から隠された。

いまでは遺伝病などではなく、きわめて弱い病原菌による慢性の感染症であることが証明され、乳幼児のときの感染以外は、ほとんど発病の危険性はないとわかっている。そして結核と同じように、治癒する病だということも。

北条民雄が生きた昭和初期には、死者の遺骨からも感染するなどと言われたが、実際には生身の病体と接触したところで消毒の必要さえなかった。戦後はアメリカからプロミンという特効薬が輸入され、日本でも製薬が開始されるようになると、ハンセン病はことごとく完治する病となった。一九八三年以降はＤＤＳ、Ｂ６６３、リファンピシンという三つの薬剤を組み合わせて用いる多剤併用療法によって、早期に治療すれば変形をまったく引き起こすことなく快癒する。

私はこれからたぐり寄せようとしている物語のなかで、病の名をハンセン病とはしるさず、「癩《らい》」と呼ぶことにする。その作家が生きた時代にハンセン病の呼称はなく、ハンセン病と表記すれば、その時代の実感を充分に伝えることが危ぶまれるという理由からだけではない。その作家が死力を尽くして闘い、呪詛し、そして生きぬいた病の名が癩だからである。彼を作家として奮い立たせたのが、癩だからである。

これからはじまる物語は、北条民雄という作家が癩病の悲惨をいかに生きたかを描こうとするものではない。彼自身書いているように、ひとりの文学志望の青年がたまたまハンセン病という病を得て、人間としてどう変わり、いかに生きて死んだかという物語である。彼のひとつひとつの言葉は、いまもなお生命そのものの声として私たちの魂を根底から揺さぶってやまないだろう。そして文学の師と仰いだ川端康成とのため息の出るような深い交わりは、われわれ日本人が見失って久しいある覚悟と情熱を豊かに思い出させてくれるだろう。

北条民雄が作家として生きたのは、東京都下、武蔵野《むさしの》の台地にひろがる敷地十万坪の全生《ぜんせい》病院に入院して死んでいくまでの、わずか三年半ほどの期間である。年齢でいえば、十九歳の後半から二十三歳まで、年代でいえば、昭和九年五月十八日の入院から昭和十二年十二月五日にこの世を去るまでだ。まさに閃光《せんこう》のごとく駆けぬけた。

昭和六年九月の満州事変勃発《ぼっぱつ》以降、国家による思想統制はきびしさの一途をたどり、多くの文学者や政治運動家はつぎつぎと弾圧され、検挙されていった。すべての文章は、事前に内務省によって検閲された。それにともなってプロレタリア文学運動も隆盛をきわめ、より政治的に先鋭化していった。昭和八年二月には、プロレタリア作家の小林多喜二《たきじ》が街頭連絡中に検挙され、その夜、築地《つきじ》署で拷問のすえ殺された。同年六月には、投獄されていた日本共産党幹部の佐野学と鍋山貞親《さだちか》が獄中から転向声明を発し、天皇制を民族的統一を表現するものとして支持し、大陸への侵略戦争を肯定した。この百八十度の思想転換が、政治や文学の世界にあたえた衝撃は計り知れなかった。

こうした国家による弾圧下にあって、「民族浄化」の名のもと、ハンセン病患者もこのような非文明的な病が近代国家にあってはならぬと考えられ、つぎつぎと強制収容されていったのである。

プロレタリア文学運動の先頭を走ってきた林房雄と武田麟太郎《りんたろう》のふたりが、政治運動からの脱却と「純正な文学の権利を擁護」（武田麟太郎『文芸時評』「文學界」昭和十一年七月号）するために、小林秀雄、川端康成らと語らって同人誌「文學界」を創刊したのは、佐野、鍋山の転向声明から四ヶ月後の十月のことだった。二年後の昭和十年三月には、保田《やすだ》與重郎《よじゅうろう》、亀井勝一郎《かついちろう》らによる日本主義的な「日本浪曼派《ろうまんは》」が創刊され、翌年三月には、反ファシズムの立場から武田麟太郎が「人民文庫」を創刊した。

北条民雄が川端康成に認められ、作家活動をくりひろげたのは、ちょうどそういう時期だった。最初に川端康成に手紙を書き送ったのは、全生病院に入院してから三ヶ月後の昭和九年八月十一日のことで、以後、ふたりのあいだで九十通もの往復書簡を行き来させながら、川端を介して病院外の雑誌に発表されたものは、死後のものをふくめると、小説では『いのちの初夜』をはじめとする七作、随筆では『癩院記録』をはじめとする十一作であった。単行本は生前は『いのちの初夜』のみだったが、死後には川端みずから編纂《へんさん》にあたった『北條民雄全集』上下二巻が創元社より刊行された。全集はいまでは「創元ライブラリ」に収められ文庫化されている。角川文庫版の『いのちの初夜』も二十七万四千部が読み継がれ、いまもなお版を重ねている。

昭和十一年一月、『いのちの初夜』が川端の推薦によって「文學界」二月号に発表されると同時に、文壇に大きな衝撃をあたえたのは、おそらくはファシズムやプロレタリア文学運動に狂奔し、あるいはそれらの立場から独立した固有の表現をめざして苦闘しつづける一群に、つぎのような一節が突き刺さったからだろう。末期的な癩患者の不気味な姿をさして、先輩の軽症患者「佐柄木《さえき》」が、この日入院してきたばかりの「尾田」に語りかける場面だ。

「ね尾田さん。あの人たちは、もう人間じゃあないんですよ」

尾田はますます佐柄木の心が解らず彼の貌《かお》を眺めると、

「人間じゃありません。尾田さん、決して人間じゃありません」

佐柄木の思想の中核に近づいたためか、幾分の昂奮すらも浮べて言うのだった。

「人間ではありませんよ。生命です。生命そのもの、いのちそのものなんです。僕の言うこと、解ってくれますか、尾田さん。あの人たちの『人間』はもう死んで亡びてしまったんです。ただ、生命だけが、びくびくと生きているのです。なんという根強さでしょう。誰でも癩になった刹那《せつな》に、その人の人間は亡びるのです。死ぬのです。社会的人間として亡びるだけではありません。そんな浅はかな亡び方では決してないのです。廃兵ではなく、廃人なんです。けれど、尾田さん、僕らは不死鳥です。新しい思想、新しい眼を持つ時、全然癩者の生活を獲得する時、再び人間として生き復《かえ》るのです。復活、そう復活です。びくびくと生きている生命が肉体を獲得するのです。新しい人間生活はそれから始まるのです。尾田さん、あなたは今死んでいるのです。死んでいますとも、あなたは人間じゃあないんです。あなたの苦悩や絶望、それがどこから来るか、考えて見て下さい。一たび死んだ過去の人間を捜し求めているからではないでしょうか。」

この小説をめぐる小林秀雄の読売新聞紙上での批評は、なぜ文壇が衝撃を受けたのかという理由を、端的かつ明快にいまに伝えている。

作者は入院当時の自殺未遂や悪夢や驚愕《きょうがく》や絶望を叙し、悪臭を発して腐敗している幾多の肉塊に、いのちそのものの形を感得するという、異様に単純な物語を語っている。こういう単純さを前にして、僕はいうところを知らない。(中略)何も彼《か》もひっくるめて押流す濁流のような文壇から、こういう肉体の一動作のような、張りのある肉声のような単純さを持った作品を、すくい上げて眺めると、何かしら童話じみた感じがする。(中略)いずれにせよ希有《けう》な作品だ。作品というよりむしろ文学そのものの姿を見た。

『いのちの初夜』は、いたずらに確執をつくり、その主義主張の裏側で巧妙に立ちまわる作家たちに、現世から隔離された癩院という思わぬところから鉄槌《てっつい》をあびせ、眼もくらむような深い実存の淵をのぞかせたということになるのだろう。

「文學界」に発表されたとき、北条民雄は二十一歳と四ヶ月の若さだった。ただ彼の年齢も、どこに住んでいるのかも、どんな人物なのかも、すべて伏された。北条民雄のペンネームも、このときはじめて使われたものだった。

癩を病む本人自身が書いたという事実だけで、充分だった。

謎の作家、まぼろしの作家の誕生だった。

どうか、わたしの言葉が、書きとめられるように。
どうか、わたしの言葉が、書物にしるされるように。
鉄の筆と鉛とをもって、
ながく岩に刻みつけられるように。

……………………………………………………「ヨブ記」

序章　ある回想

1

広くがらんとした畳敷きの霊安所には、寒い冬や暑い夏になると、死んだ人たちが何日も間をおかず運ばれてきた。どうしてあんなところに、あの高名な作家がわざわざ訪ねて来られたのか、いまでも私には夢のように思えてならない。

霊安所には同じ病気の友人たちが見送る姿はあっても、ふるさとからやって来る肉親の姿はほとんど見られなかった。肉親でもないのに、よくぞ来てくださったものだと思う。

「オンボ焼き」と呼ばれる火葬の仕事をむねとする同病の者が、板を張ってこしらえたミカン箱よりも少し大きめの粗末な柩《ひつぎ》に亡骸《なきがら》をいれ、リヤカーに載せて院内の火葬場まで運んだ。あの日、あの人もそんなふうにして運ばれていったのだろうか。いまとなってはもう、記憶は曖昧《あいまい》になってしまった。『いのちの初夜』をはじめとする数々の傑作を遺《のこ》し、文芸復興期の文壇に衝撃をあたえ、いまの満年齢でいえば二十三歳という若さで、あっという間に眼のまえを駆け抜けていった。

ただ、いまでもまざまざと憶《おぼ》えているのは、その人のことではなく、無二の親友だった文《ふみ》ちゃんに死なれた昭和十七年一月十三日の大雪の日のことだ。急性肺炎の高熱にあえぎながら文ちゃんは、雪が食べたいと言った。外へ出てすくってきてやると、ぽりぽり音を立てておいしそうに食べ、そのあとすぐに呆気《あっけ》なく逝《い》ってしまった。

オンボ焼きの手で、あのミカン箱のように粗末な柩にねじ込まれ、リヤカーに載せられて凍りついた雪道を火葬場へと運ばれていく文ちゃんの傍《かたわ》らを歩きながら、こころの底から思ったものだった。「私が死んだときには、こんな箱にだけはいれないでください」と院長先生に遺書を書いて届けようかと。

あの柩には、とても人ひとりの体なんてはいらない。骨をぽきぽき折っていれられたのではないかと、そんな恐ろしいことを考えてしまう。

ほんとうに情けないと思いました。あんまり悲しかったから、いまでも憶えているんです。

北条民雄というその人の死を見送ったのは、文ちゃんの死より四年あまりまえの昭和十二年十二月五日のことで、かれこれもう六十年もむかしの話だ。でも、あのとき暗くがらんとした霊安所に、死んだ翌日になって北条さんのお父様が郷里から訪ねて来られた。親兄弟との絶縁があたりまえの、この癩《らい》という病におかされた者が死んだとき、遺骨をひきとりに来る身内などなく、まして通夜や葬儀にさえ来ないのが常だった。病院のなかではみな本名を棄て、自分でつけた思いおもいの名を呼び合うのが習わしだった。本名はおたがいに訊《き》こうともしなかった。

北条さんの文学の師であった川端康成先生は、北条さんをモデルにして書いた『寒風』という小説のなかで、「癩患者というものは、その生前には縁者がなく、その死後にも遺族がないとしておくのが、血の繋《つな》がる人々への恩愛なのだ」と書いている。あのころの禁圧の姿は、この言葉によくあらわされていると思う。

戦後になってプロミンという特効薬がアメリカから伝えられ、いまでは不治の病ではなくなった。北条さんの数少ない友人のひとりだった光岡良二さんは、戦後二十年の年に出した北条さんの評伝のなかで、「癩院は『かつて癩を病んだ者』の養老院と化しつつある。その昔の北条と同じ年頃の若者が、いまはさしたる発病の衝撃も苦悩も懐《いだ》かずに入院し、数年の治療ののちに、後遺症もなく癒《い》えて退院してゆく。癩院は市民社会のなかに半ば解消してしまいつつある」（『いのちの火影』新潮社）と書いているけれど、それからさらに三十年近くたったいまでは、この病院の平均年齢は七十一歳というのだから。六十代の人が若いと言われるまでになってしまった。

眉毛や髪の毛が脱《ぬ》け落ち、顔がゆがみ、盲目になっていくために業病、死病と言われ、さんざん差別や偏見を受けてきたそれまでの苦しみからある程度は解き放たれて、この病院のなかも、ゆったり明るくなった。遺伝だとか、前世の報いだとかという恐ろしい言い伝えがあったから、大人も子供も赤子さえも絶縁され、入院ではなく「収容」という言葉のもとに強制隔離されたのだった。そのことを刻んだ「らい予防法」も、戦後五十年にしてやっと廃止された。

いま北条さんが生きていたら、どんなだっただろうな、と考えることがある。不治の病であった癩への恐怖と、生活上の不安、圧迫、因習、束縛にだれよりも反抗し、苦しんで死んでいった北条さんだけに、恵まれていると言えるいまの療養所生活のなかで、のびのびとペンを走らせて、あの才能を生かしてあげたかったと思う。それとも、反抗こそが北条さんの文学のみなもとだったとすれば、物質的に恵まれてはいても、内面的には失うものも多かったと感じる空虚ないまの生活を考えるとき、どのようにわが身を処していったのだろうか。私たちと同じように時流に身を投じて、安易に生きていっただろうか。あれこれ考えてはみるけれど……よくわからない。

外から来る手紙も、外へ出す手紙もみんな開封され、検閲されていたあの頃にくらべたら、いまは見違えるほど自由になって。もう北条さんを知っているのは、ここでは私ひとり。

文ちゃんとふたりで、二十四歳になったらどこか旅に出て死のうと約束していたんです。貯金箱にせっせと貯金もしていたのに。癩を病むために生まれてきたような気がしてならなかった私が、こんなに長生きするとは思ってもいませんでした。

2

東京都下、武蔵野の面影をいまなおくっきりと残す多磨全生園《たまぜんしようえん》の十万坪の敷地のなかの共同住宅の小さな部屋で、八十歳を超えた渡辺立子《たつこ》さんは遠い記憶をいたわるように語り聞かせてくれる。

あの日、彼女は、北条民雄の遺体が安置された霊安所に訪ねてきた実父の姿よりも、もっとおどろかされたことがある。川端康成がやって来た。どこかの出版社の人を連れていた。しかも亡くなったその日の午後の遅い時間だった。二十一歳の彼女は緊張のあまり、とうとう最後までしっかりと顔を見ることができなかった。

三十八歳の川端康成は、半年まえの六月に『雪国』を創元社から出版し、文芸懇話会賞を受賞したばかりで、文芸復興の中心人物のひとりとして、すでにありあまる名声を博していた。連れの出版社の人というのは、創元社の東京支社長、小林茂のことで、小林は北条民雄の生前唯一の作品集となった『いのちの初夜』の編集担当者であり、『雪国』を担当した人物だった。

いまでも思う。死人の骨からもうつると恐れられていた癩の療養所に、それもあの霊安所に、よくぞ来てくださったものだと。志賀直哉《なおや》は、北条民雄という名前が載っている印刷物にさわっただけで手を消毒したものだと、なにかの本で読んだことがあるけれど、川端先生は人間的にちがう。だいいち北条さんがいきなり送りつけた手紙を受け取り、癩だと知りながら、作品を書いたら読みますからどうぞお送りくださいと返事を書き、その言葉どおり北条さんが死ぬまで支援を惜しまなかったのだから。

霊安所でちらりとお顔を盗み見たとき、三十代にしてはかなり年配に見えた川端先生は、それからしばらくして私と文ちゃんと、光岡さんの奥さんの三人に、素晴らしい日本人形を日本橋の三越本店から贈ってくださった。文ちゃんは文子といって、私の兄の奥さんだった人。『いのちの初夜』が出版されたとき、北条さんは兄に「いのちの友、東条耿一《こういち》に贈る」と署名してくれた。北条さんは同病でひとつ年上の兄を、実の兄のように慕っていた。

遺言では、これまでの原稿料や印税の残りは、すべて川端先生に差し上げるということだったから、そのお金のなかから私たちにわざわざ贈り物をしてくださったのだ。でも、それから何十年も過ぎて、病院のなかで引っ越しをくり返しているうちに、どこへどうしたのかわからなくなってしまった。

死顔は綺麗《きれい》だった。顔に病気は出ていなかったから。骨と皮ばかりになってやつれ果ててはいたけれど、やはりどんな人でも、どんなに苦しんで死んだ人でも、亡くなったときの顔はやすらかだと思う。川端先生が『寒風』でお書きになっているように。

「綺麗じゃありませんか。」

「綺麗ですね。」

私と出版社の人とは直ぐそう言い合って、ほっと安心した。少し身をかがめながら、死顔を覗き込んだ。

「随分ひどく衰弱してたんですね。」と私は言うと、自責に似た痛みが胸にしみた。全く衰え切って力つきて死んだ顔だった。瞼《まぶた》は深く窪《くぼ》み、眼球の形が突き上っていた。貧相な顔が異常に小さくなっていた。眉も髪も薄い感じだ。可哀想にと言って、寧《むし》ろ笑いたくなる。こんなみすぼらしい死体を見ると、もうなにもしてやれなくなったことが、よけいつらかった。骨ばかりの小さい手を胸に合せていた。色の悪い蠟《ろう》のように青白かった。しかし、癩の結節や斑点は現れていない。この意味では綺麗だった。また、大方の死顔にある、静かな安らぎは、この顔にもあり、精神の高さも微《かす》かに匂い残っていた。ただ、いかにも可哀想な死顔だった。

川端康成『寒風』

3

むかしは院内には検閲があり、原稿を川端先生に送るときも、事前に数人の所員がまわし読みし、許可を得られないと外へ出すことは許されなかった。病院のイメージを損なうような部分には、赤字であれこれ書き込みをされて返された。

「文学のブの字もわからんやつに、俺の原稿をベタベタ朱書《しゆがき》で直されたりしちゃかなわん」

北条さんは、いつもそう言って怒っていた。

書き上げた原稿は川端先生に送り、先生の指導のもとで書き直したり、発表の場を捜してもらったりしていたけれど、検閲を通りにくい作品を書いたとき、北条さんは先生に届けたい原稿とは別に、許可を得やすい内容に変えた原稿をもうひとつ書き、それを検閲に出していた。本物の原稿のほうは、文ちゃんのお父さんのほうから川端先生に送ってもらっていた。彼女のお父さんは千葉に住んでいて、毎月のように面会に来られていた。北条さんは兄夫婦に原稿を託し、兄夫婦は面会を終えて帰っていくお父さんを見送りながら、監督さんに見つからないよう、こっそりと原稿を手渡した。

こうして話をしていると、顔をクシャクシャにして笑っている北条さんの姿が眼に浮かぶ。毒舌家で、会う人ごとにこきおろし、酷評する反面、人なつっこいところもあって、若かったわりには社交的な如才なさも備えた人だった。

あのころ北条さんや光岡さん、兄たちのグループは、知識人として院内の人たちから特別な眼で見られていたし、自分たちのほうでも確かに優越感をもっていた。小娘だった私は、兄のそばにいつもくっついていたけれど、北条さんには畏敬《いけい》に近い気持ちを懐いていたので、まえに出ると体が固くなってしまって思うように喋《しやべ》れなかった。『いのちの初夜』で文學界賞を受賞し、芥川《あくたがわ》賞の候補にもなった。立派な本にもなった。文学好きの私たちにとっては、近づきがたい存在だった。

自我の強い人だったから、軽蔑されるということをなによりも嫌っていた。「傲然《ごうぜん》」という言葉を好んで使っていたのは、その裏返しの気持ちからではなかったかと思う。

「俺は傲然を愛する。ひまわりは太陽に向かって、傲然と咲いているから好きだ」

よくそんなことを言っていた。いま思えば、北条さんも癩者であるという劣等意識から、あんなに傲然という言葉に惹《ひ》かれたのかなと考えることもある。腰の低い人を見ると、

「あいつは、おじぎするのが趣味だ」と言っていた。

私たち小娘がいるまえで平然と、「女は女というより、雌《めす》という感じがする」などとあからさまに言うので、そばにいると、とても怖かった。それに故郷にいるとき北条さんは、十八歳で一度、結婚している。早熟な人なのだ。民雄という名前は、もしかしたらその奥さんの名前からとったのではないか、と私はひそかに考えたりした。

容体が悪化して床を離れられなくなってから、文ちゃんは北条さんのために、洗濯物など身のまわりのいっさいの世話をしていた。あれは北条さんが亡くなる二、三日まえ、文ちゃんの都合が悪くなって、かわりに私が洗濯物を届けたときのことだ。あんなに優しい北条さんを見たのは、はじめてだった。洗濯物を置いてすぐに帰ろうとした私の左手を、北条さんは不意にとりあげて、

「こんなに冷たい手をして、可哀相に、可哀相に」

そう言いながら、何度も何度もさすってくれた。自分のほうこそ痩《や》せこけてしまって、

憔悴《しょうすい》しきっているというのに。

私の左手は神経癩《しんけいらい》におかされていて、全部麻痺《まひ》して、ぶら下がったような状態。あの日は十二月の寒い日だったから、手は氷のように冷たくなっていた。そもそも血が通わないのだから。そんな私の手をいつまでもさすってくれながら、あの北条さんが「可哀相に、可哀相に」とくり返し言う。

けっして優しさを他人に見せるような人ではなかったから、私は、もうこの人も長くないのかなあと思った。そして、それからまもなくして逝ってしまった。

兄は北条さんの肖像画を描いていた。亡くなったつぎの日、郷里から出てこられたお父様に、お持ちくださいと言って差し上げたのだけれど、田舎に持ち帰るのは憚《はばか》られるときっと思われたのだろう、事務室に置いて帰られたと、あとで文ちゃんから聞いた。業病とは、よくも言ったものだと思う。

兄に遺《のこ》していった昭和十二年十月十七日の日記で、北条さんは声をかぎりに叫んでいる。


しみじみと思う。怖しい病気に憑《つ》かれしものかな、と。

慟哭《どうこく》したし。

泣き叫びたし。

この心如何《いかん》せん。

その叫びは、私たち自身が、人知れず何度も胸の奥でくり返してきた叫びだった。同じ痛みが、北条さんの天賦の才によって表現されたとき、それを読む私たちは、よくぞ言ってくれたと膝を打ち、救われたという思いで一杯になった。

第一章　まぼろしの故郷

1

海から川づたいに西へのぼって行けば、あれほど広かった川はしだいに流域をせばめ、両側からなだらかな山なみが迫ってくる。堤防に沿っていくつかの町や村が点々とひらけ、山なみとのあいだに横たわる水田地帯には、黄金色《こがねいろ》に実った稲穂がいちめん陽を受けて輝いている。町や村を過ぎるたびにひときわ眼を惹かれるのは、稲穂の海のなかに小島のように浮かぶ墓地の姿だった。

四国徳島の阿南《あなん》市に流れそそぐその川は、春から夏にかけて剣《つるぎ》山地の胎内に溜め込まれた水をこのときとばかりに満々と受けとめ、初秋の空を映して青々と流れてゆく。このあたりが北条民雄の生地にちがいないと考えを絞り込んだのは、未完に終わっている『鬼神』という民雄の小説に、つぎのような一節を見つけたのが発端だった。

私たちの町は、背後に山脈を背負って、海に向かって展《ひら》けており、人口は三万くらいのものだろう。そして町の横をN——というかなりの川幅を持った川が貫流している。

つまりそのN川の川口に沿って町が象造《かたちづく》られている訳だ。川の向うはずっと原っぱになっていて、もうその頃からそろそろ製材所や金属の工場などが建ち始まっていた。海辺にはどこにでもあるような松の林が帯を引き伸ばしたように連なっていて、海水の浸蝕を防いでいた。

山と海そして川のある、こぢんまりとした地方の小都市が思い浮かんだ。

それからしばらくして、ある幸運が舞い込んできた。十年来の徳島出身の友人と雑談をしていて、話題がたまたま北条民雄におよんだとき、彼は思いがけない言葉を口にした。

「北条民雄は自分の遠い親戚筋にあたるんだよ」

確かにそう言ったのだ。

徳島県出身ということは、昭和五十五年に東京創元社から復刊された『定本　北條民雄全集』上巻末にある年譜に、「郷里徳島県那賀《なか》郡の田舎に帰り……」とあって、それに従えばN川とは、那賀川であることが容易に窺《うかが》い知れる。友人は北条民雄の生地は自分の出身地でもある阿南だと語ったが、私がそのことを伝えると、「ええっ、那賀郡？」と言ったまま不思議そうに首をひねっていた。阿南といっても市域は広い。詳しい生地や民雄の人となりについてまでは知らなかった。

那賀川という川は「海に向かって展け」た阿南という小都市のまんなかを貫くようにして流れ、紀伊水道にそそいでいる。『鬼神』に書かれてある内容を素直に受けとめるなら、

「人口は三万くらい」の町は、この阿南しかない。しかし、年譜には那賀郡とある。「背後に山脈を背負って」と民雄は書いているが、山脈は阿南の市街地からは遠く西方に横たわっている。小説なのだから、多少の虚構が加えられていてもおかしくはない。郷里を悟られるようなことを書いて、親族縁者に迷惑をおよぼしてはならないという配慮が、阿南という小都市をイメージさせる文節を民雄に結ばせたのだろう。私は地図を眺めながら、山を背にして海を遠望する、大きな川の流れる小さな町や村を思い描いた。

友人が私をおどろかせたのは、親戚筋ということだけにはとどまらなかった。彼は重い事実を知っていた。北条民雄の実名を何気なくつぶやいたのだ。全生病院に入院してからしばらくのあいだ、民雄は「十条號一《ごういち》」を名乗っていた。友人から告げられた実名は、その最初のペンネームと深く響きあっていた。電話帳で調べてみると、いくつかの町や村に、その姓をもった家々があった。阿南市にも那賀郡にもあった。

それにしても復刊された全集に、わざわざ郷里を特定するような記載がおこなわれたのはどういうわけなのだろうか。昭和十三年四月初版の全集には、地名はいっさい書かれていない。昭和二十六年刊行の中村光夫編『北條民雄集』(新潮文庫)の解説にも、生地については「四国あたりの貧しい農家らしい」とあるだけだ。昭和三十年に刊行され、いまなお版を重ねている角川文庫版『いのちの初夜』の年譜にも、「大正三年　九月某日某県に生まる」としかない。

復刊された全集にある程度生地について明かされているのは、復刊の二年まえ、昭和五十三年度の調査で、ハンセン病の新発生患者は全国で六十一名、人口比で二百万人にひとりの患者しか発生していないという事情も手伝っていたことだろう。一九九〇年には新発生患者はゼロになると予測されていた。ハンセン病は不治の病ではなく、快癒する病である。遺伝病などというのは根拠のないでまかせで、感染率のきわめて低い伝染病なのだ。そして、やがてこの国から間違いなく消滅する運命にある。こうした明るい展望のもとで、出生地については、ある程度まで明らかにしてもかまわないという判断が下されたのだろう。

北条民雄が療養生活を送った全生《ぜんせい》病院は、いまでは多磨全生園《たまぜんしょうえん》と名称を改めている。その十万坪の敷地内に立つ高松宮記念ハンセン病資料館によれば、一九九九年四月の段階で、かつて一九九〇年にはゼロになるとされていた新発生患者数は、「十数人以下」ということになっている。ゼロにまでは至っていないが、この数字はもはやハンセン病はないと語っているのも同然だろう。しかも強制隔離を余儀なくされたむかしと違い、新発生患者の多くは在宅のまま治療を受けている。いまも全国にある国立、民間を合わせた十五の療養所には、新入所患者はひとりもいない。

ちなみに一九九九年四月現在、日本のハンセン病患者の総数は約七千人。そのうち六千人あまりが、それぞれの療養所で暮らしている。九〇パーセント以上の人はすでに軽快しているが、それでも退院しようとしないのは、高齢化がすすみ、多くの人びとは顔や手足に変形を残して、社会に出て生活するのはむずかしい状態にあるからだ。

2

ひとくちに那賀郡といっても、あらためて地図をひろげてみると、徳島にはふたつの那賀郡が存在していた。ひとつは高知と県境を接する西方にあって、修験道の霊場として知られる剣山地をふくむ山間部中心の広大な面積を有している。もうひとつの那賀郡は、阿南と小松島のふたつの市域に南北をはさまれ、紀伊水道に面した東方に、まるで飛び地のようにして小さくある。

どちらの那賀郡かは、北条民雄自身がすでに『鬼神』のなかで教えてくれていた。「私たちの町は、背後に山脈を背負って、海に向かって展《ひら》けており」とあり、さらに「毎日裏の山へ登ったり、川口にある貸ボートを借り切りにして海に降《くだ》ったり、川をずっと上流の方まで漕《こ》いだりして遊びまわっていた」とあるのだから、海のほうに面した小さな那賀郡にちがいなかった。西のはずれには、やがて剣山地へと連なる小さな山なみが迫っている。那賀川が阿南との境界を流れている。

その那賀郡のとある町を、私は訪ねたのだった。噂がすぐにも伝わりかねない小さな町のことだから、生家を特定せずに同姓の家をいきなり訪ねるのは当然のことながら憚《はばか》られた。民雄の遺骨を持ち帰った実父はとっくのむかしにこの世を去っているし、たとえ生家を知り得たとしても訪ねるつもりはなかった。町誌を編纂《へんさん》している教育委員会なら当然知っているはずだと思い、公民館に付設された編集室を訪ねてみたのだが、あの北条民雄がこの町の生まれなら町誌にしっかり書き残さなければ、と責任者は驚嘆した表情で私を見つめ、各所に電話で問い合わせたあげく、ここの生まれではないとわかると、心底がっかりした顔になった。それではどこの生まれなのかというと、まったく要領を得なかった。紹介してもらった資料館へも行ってみたが、長老格の責任者は、そんな話は聞いたことがないと言った。

徳島市内に住んでいる友人が、車で私を案内してくれていた。その友人はかつてこのあたり一帯を仕事で何度も訪れたことがあり、いまでも昵懇《じっこん》にしている喫茶店のあるじがいると言う。その人は土地のことに明るく、たいていの話は知っている、その人に訊《き》いてみようと言う。

川沿いの道を下ってほどなく行くと、のどかな風景のなかに喫茶店はあった。生憎《あいにく》あるじは留守だった。昼飯どきに集まってきた客をひとりで切り盛りしている女房がいて、実名は告げずに北条民雄という小説家がこの近隣から出たのだが知らないかとたずねると、彼女はその名前なら知っていると答えた。しばらく考え込んでいたが、ある村の名前を思い出して教えた。それはどの地方にもあるような、至極ありふれた名前だった。その村にまちがいない、と彼女は言った。

私は村の位置を確認しようと思い、地図をひろげた。村はもう少し川上にあって、車で行けば五分とかからない距離にある。その村のすぐ近くを私たちは何度も行ったり来たりしていたので、「ここら辺は何度も通ったのになあ」と友人にぼやいているうち、ふと地図の上の行政区域をしめす赤い線が眼にとまり、思わずはっとして声をあげた。

北条民雄の遠い親戚筋だと言っていた友人の言葉は、まちがいではなかった。その村は那賀郡ではなく、阿南市に属していた。のちに調べてわかったことだが、たしかにその村はかつては那賀郡内にあって、昭和三十三年の合併によって阿南市に吸収されたのだ。その村の墓地を訪ねてみれば、きっと北条民雄の遺骨の一部が眠っている墓に出会えるはずだ。喫茶店の女房は、どこに墓地があるのか知っていた。教えられたとおり友人の車でいま来た道を反対方向にさかのぼり、十字路を南へ曲がると、ようやく墓地にたどり着いた。

山裾が南側に迫るその墓地は、こんもりとした小さな丘だった。収穫を待つばかりの色づいた水田の空を、鳶《とび》が飛んでいた。畦《あぜ》道を伝って墓地に足を踏みいれ、ところ狭しとならぶ墓石のあいだの小道を歩きまわり、墓をさがした。同姓の墓がいくつかあった。徳島市在住の文筆家から、実名の一字が盛り込まれた戒名を刻んださやかな墓がかつてはあったと聞いていたが、こころない人物が引き起こしたある事件をきっかけにして、いまでは失われているということだった。あるひとりの北条研究家が墓を訪れ、写真を撮り、雑誌に発表したのである。その研究家は戸籍抄本までとり、役場や小学校、旧友たちを訪ねまわり、まだ健在だった実父にも会っている。そうしたことが親族のこころをひどく傷つけ、墓石から実名の部分を削り取らせたのだった。いまはその墓もなくなり、代々をひとまとめに祀《まつ》る一基の墓石の下に埋葬されているという。だが、一物故者ひとりひとりの享年と氏名が刻まれたどの墓石の背中にも、北条民雄の実名は見当たらなかった。

所在なげに佇《たたず》んでいる私たちを不審に思ったのだろう、近くで畑仕事をしていた老婆が腰を上げ、声を投げて寄越した。

「あんたら、ゴミはちゃんと持って帰ってなあ。みんなそこでゴミ燃やして行くんやけど、雨降ると下の溝に全部流れ込んで、水が流れんようになるんやわ」

足もとには黒いゴミの燃えかすが、こんもりと盛り上がっていた。老婆は歩み寄ってきて、

「墓参りかあ」

と深い皺《しわ》を刻みつけた顔で、私たちを見上げた。

むかしこの村から北条民雄という有名な小説家が出たと聞き、せっかく近くまで来たのだから墓参りをしようと思っているのだが、知らないだろうかとたずねると、

「その人の墓なら、こっちやわ」

と呆気《あっけ》なく答えが返ってきた。それから老婆は実名をあっさりと口に出し、先に立って歩きはじめた。小高い丘の登り口からすぐ右へ曲がり、わずかに行ったところで立ち止まると、ここだと言って指をさす。それはほんの今し方まで何度となく眺めていた墓だった。他所《よそ》の墓所よりも広い敷地のまんなかに、代々の物故者をおさめる大きな墓が一基あり、その両脇に小さな古い墓がひしめき合うように並んでいる。あらためてひとつひとつ調べてみたが、北条民雄の実名はやはりどこにもなかった。

老婆の語ることには信憑性《しんぴょうせい》があった。あの家はずいぶん古くからつづいているが、小説を書いていたという人もだいぶむかしに死んでいるし、その兄も若くして死んだと聞いている。ようやくむかしの名残りをとどめているのは、裏庭の一本の夏みかんの木だけだ。

老婆はそう言うと、眠りのなかに置き忘れていた夢を不意に思い出したような顔になって、

「そう、たしかに北条民雄という小説家がそこの家から出て、東京のほうで立派な小説を書いて有名になったらしい。もう随分むかしの話やわ。その人はまだ若かったんやけど、なんていうたかのう……。皮膚病、そう、重い皮膚病に罹《かか》って死んだと聞いてるわ。顔やら手やらが腐る病気らしいわ」

皮膚病、皮膚病いうたわ。老婆はまたくり返した。

裏庭の一本の夏みかんの木――何気ないそのひとことが、私に老婆の言うことを信じさせた。徳島を訪ねるまえ、ある縁を通じて、私は一通の手紙を阿南に住むひとりの婦人から頂戴《ちょうだい》していた。その人は北条民雄の実名や生地についてはいっさい伏せたまま、彼のことは幼いころからよく聞いている、なぜなら自分の生まれ育った家は彼の生家のすぐそばで、民雄とは腹違いの妹の子と幼なじみの同級生だったからだと綴《つづ》り、かつて民雄が暮したその家にもよく出入りしていたと書いていた。そして幼い日の思い出を語りながら、「彼の生家の裏庭の夏みかんの木の下から仰いだ空」と書いていた。いまもその木はあるという。

彼女が北条民雄の存在を知ったのは十六のときで、母親から「世界的なベストセラー作

家が日本にいる。しかも、その人は近所の人」だと聞かされた。『いのちの初夜』をはじめて読んだのは二十五のときで、一週間ほどうなされる思いだったと手紙にしるし、〈毎夜毎夜、夢に現れてくるのです。その小説の世界が、そして幼い頃からの場面が次々とつながり、文学の香りをもってたち上がってくるのです。彼の生家の裏庭の夏みかんの木の下から仰いだ空、彼がその病気を告げられた医院の暗い診察室など、私の中に納められた数々の光景が、彼の筆で表わされているのですから、それは何ともいえませんでした〉

婦人はまた、こうも書いていた。自分の叔母は北条民雄とは小学校のときの同級生で、幼い日の彼のことを知っているが、八十を過ぎた叔母は旧弊にとらわれており、「彼」が北条民雄であることをけっして認めようとしない。ただ「彼」のことは、とてもよく話してくれる……。

いま眼のまえにある墓には、北条民雄の遺骨が眠っている。親族は彼の存在を、墓石から完全に消したのだ。六十年まえのあの日、実父がどんな思いで息子の遺骨をこのふるさとへ持ち帰ったのかを考えるとき、墓石にさえその名をとどめることができなかった親族の痛みと、癩を得たそのときから血縁を絶たれざるをえなかった民雄の痛みが、この場所に吹き溜まっているように思われた。同病の友人のひとりだった光岡良二は、その著書『いのちの火影』のなかで、遺骨を引き取りにはるばる郷里からやって来た実父の思いがけない申し出について書いている。

その後、父君とともに北条の在りし日の居室に帰って来てから、私はその父から奇妙なことをたのまれた。北条の重態を知らせるために父君に書いた私の手紙の筆跡が、北条のそれと瓜二つだというのである。なるほど二つ並べられて見ると、自分でも驚くほど似ていた。父のたのみというのは、北条の名を使って父あての偽手紙を私が書くことだった。その中では、北条は東京の某会社に勤め、平穏に暮らしている様子が描かれねばならなかった。父はこの手紙を、以前北条から届いた古封筒に入れ、田舎へ持ち帰って、近親知己たちに息子が東京で働いているうち急病で死んだことを言いつくろおうというのである。

私はこの悲しい父の願いを満足させるほかはなく、亡き友の名の偽手紙を創作した。父はその日、亡骸《なきがら》が茶毘《だび》に付されるのを待って、骨壺と私の書いた偽手紙とを携えて帰って行った。

いまとなっても、郷里の名を書くべきではないだろう。私は老婆に教えられた道を歩き、生家のまえに立った。裏庭には夏みかんの木が一本、濃い緑の影を土の地面に落としていた。中産農家のおもむき深いどっしりとした造りの家は往時の面影をいまに伝え、手紙のなかで婦人は、民雄が過ごした部屋もそのまま残っていると教えていた。彼が通った小学校も、木造平屋造りの当時の姿のままだった。細い畦道のような小道が水路に沿って家々のあいだを縦横に行き交い、小さな囁《ささや》き声さえ響き合うような川沿いの村である。家は堤防まで近かった。農作業にほどよい広さの前庭を置いていた。土地の人は、このあたりはむかしから新しい人の出入りは、一、二軒ほどしかなく、見てのとおり区画整理もまったくおこなわれないまま、同じ血筋の家々が連綿とつづいてきた村なのだと教えた。

人も木も草も鳥も虫さえも、蔦《つた》のように縒《よ》り合わさっているような村の風景に身を置いていると、実父が偽の手紙を持ち帰るしかなかったわけも深く理解されてくる。当時を知る数少ない近隣の人のひとりは、民雄が亡くなったことはそのころ聞いたけれども、葬式の日には講組《こうぐみ》にもお呼びがかからず、どうしたのかと不思議に思ったと話し、

「遺骸《いがい》も帰って来なかったのう」

と独りごちるように言った。

もっとも、早逝《そうせい》した顔見知りのその若者が、東京では有名な小説家になっていたと知ったのは戦後もだいぶ経ってからで、訪ねてきたひとりの研究家から教えられて、はじめて知ったのだという。病気のことを知ったのも、そのときだという。墓へ案内してくれた老婆は、民雄が死んだあとしばらくして嫁いで来たのだから、民雄の実像を知るはずもなかったが、重い皮膚病で急死したと言うのだから、人の口から口へかなり事実に近い話が伝わっていったのだ。その研究家がやって来るまでは、実父が苦心してつくり上げた「息子は東京の某会社に勤め平穏に暮らしていたが、急病を得て死んだ」という虚構は、まちがいなく生きていたのである。

川端康成は北条民雄をモデルにした小説『寒風』のなかで、遺骨を引き取るために上京してきた実父が、鎌倉《かまくら》の川端邸を訪ねたときの様子を書いている。文中「母親」とあるのは父親のことで、「青森と函館《はこだて》との間」とあるのは連絡船が通う「神戸と小松島との間」のことだ。

息子の作品は一流雑誌にも出て相当評判も高いのに、母親は自分の息子が小説を書いているということさえ知らなかった。今度癩院の遺友《いゆう》達に聞かせられて初めて驚いたわけだった。

私は息子の作品集を持って来て見せた。立派とは言えぬ略装の本なので困った。しかし、母親は手を顫《ふる》わせながら、ところどころ開いてみて、

「やはり、あのことが書いてありますようでございますなあ。」と怖いものからぞっと手を放すように言った。「あのこと」とは無論息子の病気のことだ。

「お読みにならん方がいいですよ。お読みになってはいろいろ……。」息子の悲惨が甦《よみがえ》るばかりだと、私は思った。

「はい、もう見たくはございません。」と母親は本を閉じて膝に置いた。

「みな先生のお蔭で、こんなにしていただきましてなあ。病院のお友達から、先生のところへだけはお礼に伺うように、くれぐれも言われて参りました。」

聞いて私は心苦しくなった。息子の癩病は重くなく、腸結核で死んだのだが、つまり

私の日常同様執筆のための不摂生極まる暮し方に命を取られたのだ。私が世に出してやったことが祟《たた》ったのだ。

「その本をお持ちになりますか。」

「はあ、ありがとうございます。」と母親は息子の本を推し戴《いただ》いて、「頂戴して行っても、よろしいんでございますかなあ？」

「ええ、どうぞ。うちへは持って帰らん方がいいですよ。そんな本がお宅にあったら、直ぐ分っちゃいますからね。」

「うちの者にだけそっと見せてやりまして、よく隠しときます。」

「隠せませんよ。いつかどこからか、きっと出て来ます。」

「そうでございますかなあ？　帰りの連絡船の上から捨てましょうかなあ？」

青森と函館との間の吹雪の海に、息子が自分の癩を記録した本を投じる、その母親の姿がふと私の頭に浮んだ。

「汽車のなかで読んだりしちゃ駄目ですよ。この本は大抵の人が知ってますから。」

母親の泣き方は車中の人に怪しまれる。

同席していた秀子夫人は、『川端康成とともに』（新潮社）という回想記のなかで、この小説についてつぎのように触れている。

〈お父さんが遺骨を受け取りに上京された時にもおなぐさめする言葉もありませんでした。

後に川端が『寒風』という小説でこの時のことを書いていますが、そこでは母親が上京したことになっています。モデルに対する心づかいからこういう変更をしたのだと思います。しかしそれ以外の事実は変えられていません〉

『寒風』は川端にしては珍しく、ほとんど事実のみをしるしたルポルタージュのおもむき深い作品なのである。ここに描かれている実父の姿は、息子の実像を哀れなほど知らぬ田舎の好々爺《こうこうや》といったふうで、悲しい忠告を送るしかない川端をまえに、これから帰る郷里でいったいどう立ち振る舞ったらよいものかと、膝に置いた息子の本にじっと眼を落としているやつれきった横顔が思い浮かぶ。癩という病さえなければ会うこともなかったはずの高名な小説家と一介の市井の人は、寒々とした冬の居間で、ひとりは文学上の生みの親として、ひとりは哀れな運命を背負わせた父として、同情と痛みとを分けあっている。

この父は民雄を生んだ先妻を肺炎で亡くし、その先妻が生んだ長男をも肺結核で失っていた。結核もまた不治の病と恐れられ、人びとは病者のいる家を避けた。どうしてもその家のまえを通らねばならないときは、鼻をつまんで一目散に駆けぬけたという話があちこちに残っているくらいだから、こんど急逝《きゅうせい》した次男が癩だったなどと知られた日には、末代まで語り草にされるどころか、村を追い出されかねないと、不安に身をすくませていたにちがいない。息子が入院するとき、本籍から息子の籍を抜かなければならなかったこの父は、二度見舞った以外はなにひとつしてやれなかったという悔恨《かいこん》を胸に、死人の骨からもうつるという癩のその骨を、わざわざ抱いて帰ろうとしている。

連絡船の上から、息子がいのちを切り刻むようにして書いた本を、ほんとうに海に投げたのだろうか。いずれにせよ郷里の村では、実父のつくりあげた虚構は戦後のある時期までながらく信じられていた。北条民雄という小説家の存在などだれも知らず、民雄は東京の某会社で働いて死んでいった者として、実名のまま記憶されていた。身内だけでひっそりと葬儀がとりおこなわれたあと、実父は長命を生き、敗戦から戦後の高度成長期を経て、田中角栄の『日本列島改造論』が一大ブームを巻き起こす昭和四十七年三月、八十五歳でこの世を去った。研究家が実父を訪ねたのは、晩年も終わりに差しかかった前年二月のことだった。

3

大正三年九月二十二日、北条民雄は京城府漢江通《けいじょうふかんこうどおり》十一番地で生まれた。現在の韓国の首都ソウルである。明治二十年生まれの父は、陸軍経理部の一等計手として朝鮮に赴任しており、民雄が生まれたとき二十七歳だった。上には三つちがいの兄がひとりいた。父は婿《むこ》養子として妻の実家の籍にはいっており、このことがのちの民雄に複雑な陰影を投げかけることになる。

民雄の身の上に不幸な出来事が起こったのは、生後九ヶ月を過ぎてまもない大正四年七月十六日のことだった。年端もいかぬ幼な子と赤子のふたりを置いて、母親が急性肺炎でこの世を去ったのだ。郷里から迎えに来た父の弟が民雄を抱き、父は妻の遺骨を胸に長男の手をひいて帰郷した。葬儀をすませるとまもなく父は朝鮮へもどり、民雄と長男はそのまま死んだ母の祖父母に預けられた。祖父母は母を失った赤子の民雄を不憫《ふびん》がり、溺愛《できあい》して育てた。

軍役を終えた父が郷里に引き揚げてきたのは、二年後の大正六年である。父は亡き妻の家の跡取りとして後妻を迎え、女児と男児をひとりずつもうけた。生後まもなくから離乳期にいたる揺籃《ようらん》の時期に祖父母に育てられた民雄は、継母にたいしてまったくこころを開こうとせず、継母もまた自分の子供らの育児に追われつづけた。民雄の継母への拒否の姿勢は生涯にわたってつづき、父にたいしてもこころを閉ざしつづけた。

大正十年四月、尋常小学校に入学した民雄は、才知に長《た》けた腕白な少年として頭角をあらわすようになる。同級生であった人たちがぞくぞくと鬼籍《きせき》にはいってしまったいまとなっては、ごくわずかなエピソードが知れるだけだが、たとえば一級下だった老女が語る彼の姿は、「勉強もしないのに学校の成績はよかった」「野球をやっていてすばしこかった」というもので、実際に学籍簿を見ると、六年間に四番と五番というのが最高位の成績であり、ほかは十番前後を行き来している。群を抜いて成績はよかったわけではないが、「勉強は好かん」と言い、ほとんど机に向かうことなくある程度の位置に付けているのだから、物事のポイントを押さえる能力や理解力には優れたものがあったのだろう。

のちに民雄は全生病院で友人となる光岡良二に、「体は小さかったが、村内きっての餓鬼大将だった」と語っているが、実際に上級生さえも配下に従えていた、と近所で親しかった人は言う。早熟でもあったらしく、六年生の終わりには悪童仲間ふたりと語らって、近くの寺でおこなわれた例祭の露店で二十銭を出し合って指輪を買い、翌日ラブレターと一緒に一級上の高等科一年の女生徒の机の中にしのばせた。この女生徒は校長の娘で、さっそく校長の知るところとなって、民雄ら三人はこっぴどく叱りつけられた。男女交際など考えられなかった時代の話である。

未完に終わっている小説『青年』のなかで、民雄は当時の自分自身のこころのありさまについて、「学校でも家でも母のない自分を人からみじめに思われるのが極度に不快で苛《いら》立《だ》たしかった。そのため母なんかなかったって平気だ、という顔を常にしていたし、また自分でもそう思い込もうと努めていたのである。他人からみじめな子として見られ、そのために同情される、これほどつらいことは彼にはなかったのだ」と書いている。

家は中産農家だったから、息子を中学へ行かせるゆとりは充分にあった。兄は阿南にある県内でも名門の中学に通っていたし、父も民雄に行くようすすめたが、民雄はそれに従おうとせず、勉強嫌いを言い張って小学校の高等科へ進んだ。中学は五年制、高等科なら二年間通えば終わる。おとなしく生真面目だったという兄が肺結核のために入院したのは、民雄が高等科一年の三学期のときで、中学四年だった兄は五十七日間休学し、そのため五年生への進級は叶《かな》わなかった。民雄の成績は上位のほうで、一年生のときが八番、二年生が五番だった。そのころから民雄は、高等科の生徒にとっては明らかに難解だと思われるマルクス主義関係の本や小説を読みはじめ、親しかった級友には、「卒業したら、東京に行って小説家になるのだ」と何度も眼を輝かせて語った。

『北條民雄全集』上巻の年譜によれば、昭和四年三月、高等科を卒業すると、「四月六日、四歳年長の友人とともに上京、日本橋の薬品問屋に住み込み店員として働くかたわら、法政中学校夜間部に学ぶ」とある。だが、まだ存命だったころの実父に会い、民雄の生い立ちをたどった山口女子短大の太田静一教授の調査によれば、民雄は同郷の先輩を頼って上京し、日立製作所の亀戸《かめいど》工場で働くようになったという。おそらく時期を異にしているだけで、どちらも事実なのだろう。実際に民雄が東京市城東区亀戸町七丁目一八八番地に転居したのは、上京から二年後の昭和六年夏のことだから、日立製作所の工場で働きはじめたというのはその前後のことだろう。上京したときの年齢は、当時の数えでいえば十六歳ということになるが、いまの満年齢でいえば、たかだか十四歳の小僧にすぎなかった。

　出郷は家出同然に決行された。小松島の港から連絡船に乗って郷里を発った日のことを、民雄は『青年』のなかで回想している。片方の手には「タオルや英語の辞書や、シャツなどをごっちゃにつめ込んだバスケット」を持ち、もういっぽうの手には切符を握りしめて、待合所の隅っこで、家の者が来て引き止められないかどうかビクビクしている。そのくせ「家の者は俺《おら》の家出を知っているのに、知らん顔しよるんではないかしらん」などと家族のだれからも見捨てられたと感じ、危うく泣きだしそうになって、バスケットに額をこすりつける。

彼はそっと内ポケットからハトロンの状袋を取り出すと、その中から、祖母の財布から抜き取った三枚の十円紙幣と一緒にねじ込んで置いた母の写真を取り出して眺めた。写真は父のアルバムからはぎ取って来た明治四十三年の撮影で、もう黄色く褪《あ》せていた。金はその三十円と、払わないで置いた今月分の学校の月謝と、他に自分の小遣いが七円ばかりと、それだけしか持っていなかった。祖母の財布からは、もっと取ろうと思えば取れたのだったが、彼はなんとなく悪いような気がした。祖母からは何時も愛されて来たことを感じていたからだった。

そして船室にもぐり込むと、毛布にくるまって、「俺は悪いことしよるんでない、悪いのはあいつだ、と義母の顔を思い浮べた」と書いている。

文芸評論家の中村光夫に宛てた手紙（昭和十二年一月十二日）には、「僕は小学を出ると頭から学校を軽蔑して、社会の実生活というやつをあこがれちまったのです。家庭の事情もありましたが、学校と同時に親を軽蔑して東京へ来てしまったのです」と、そのころの心境について述べている。多分に反抗的な野心とひねくれた愛情への飢えから、幼くして故郷を棄てたのだった。

死後、「中央公論」（昭和十三年四月号）に発表された小説『道化芝居』のなかには、上京後の生活ぶりの一端がかいま見えるくだりがある。民雄は当時の自分の姿を「辻一作」という少年に重ね合わせて書いている。「薄汚いバスケット一つ提げて、兄清作の依頼状を持ってはるばる四国から山田を頼って出て来た」辻少年に、高等工業を卒業したばかりの「山田」は、自分が洗礼のごとく浴びた社会主義思想をたたき込んでゆく。

彼（山田・筆者注）は、このどこか傲岸《ごうがん》そうに眼を光らせた、小さな機関車のように意志的なものを持った少年を愛し、これを彼の最初の弟子としたのである。山田は毎日勤めから帰って来ると、唯物史観を、無産者政治教程を講義した。その頃辻は十六であった。山田は何年か後になって、その頃の辻と自分とを思い出すと、あんな小さな子供を摑《つか》まえてどうしてああ熱心になれたのか不思議な気がしたが、しかしその頃から辻の内部に彼の影響に耐え得る強靭《きょうじん》な何物か、それは知性の萌芽《ほうが》とも言わるべきものがあったために違いなかった。

そして小説では、辻少年がある日突然、意を決した表情で「おれ、田舎に帰る」と山田に言いだす場面が描かれる。郷里で農民運動をはじめるのだという辻少年にとって、上京とは、「ただ社会思想の火を自己の内部に発火させるためにのみ上京したようなものであった」。その上京の年、「中央公論」に載った小林多喜二の『不在地主』を読み、強い衝撃を受けたという民雄は、以来プロレタリア文学やマルクス主義思想によりいっそうのめり込むようになっていたのである。

世情をふり返ってみると、たしかに民雄のような血気さかんな文学少年のこころを、はげしく揺り動かす事件が連続して起きている。まず上京の前年には、日本共産党員、日本共産青年同盟員、およびその支持者の大規模な検挙が全国でいっせいにおこなわれた。「三・一五事件」としてのちのちまで語られるその事件で、検挙された人びとの総数は千五百六十八名、うち書類送検された者は約七百名、被起訴者は四百八十八名だった。検挙当時、警察が発表した日本共産党の党員数は五百数十名だったから、およそ三倍もの人びとが検挙されたことになる。それらの人びとは、警察ではげしい拷問を受けた。

この事件をきっかけに、弾圧にたいして団結して闘おうと、中野重治《しげはる》、鹿地亘《かじわたる》らの日本プロレタリア芸術連盟と、林房雄、蔵原惟人《これひと》、村山知義《ともよし》、山田清三郎らの前衛芸術家同盟が合同し、全日本無産者芸術連盟＝ナップを結成。機関誌「戦旗」（のち「ナップ」と改称）の発行と、劇団左翼劇場を立ち上げた。「戦旗」には小林多喜二の『一九二八年三月一五日』『蟹工船』、徳永直《すなお》の『太陽のない街』、中野重治の『鉄の話』、片岡鉄兵の『綾里村《あやさとむら》快挙録』などの傑作がつぎつぎと発表され、あいつぐ発禁処分に見舞われながらも最高発行部数は三万部にまで達し、プロレタリア芸術運動の中心的存在となった。

上京した民雄も、きっと「戦旗」を読んでいたはずである。『北條民雄全集』下巻におさめられた日記（昭和十年七月五日）には、この当時を追想したつぎのような記述が見える。

おお屈辱の歴史その日閉ずる

と唄った過去。
三・一五恨みの日　我等は君に誓う　党のため仆《たお》れたる君渡政《わたせい》に誓う　武装には武装もて血潮には血潮もて　大胆に復讐《ふくしゅう》せん
と唄った時のこと。あの大衆のどよめき、唄声、メーデー、騎馬巡査、そういったものが切々と心に蘇《よみがえ》って来るのだ。

おそらくこれは三・一五記念日の激烈なデモのときのことだろう。昭和四年三月十五日、東京と京都で同時におこなわれた労農党代議士・山本宣治《せんじ》と日本共産党書記長・渡辺政之輔《まきのすけ》の合同労農葬に、民雄は参加したのである。山本宣治は右翼の手によって暗殺され、渡辺政之輔は台湾で官憲と銃撃戦をくりひろげたあげく自害して果てた。歌のなかの「渡政」とは渡辺政之輔のことである。この日の追悼デモの検挙者は数百人におよんだ。

人びとは第一次大戦後の慢性的不況に加え、金融恐慌のもとでやり場のない鬱積《うっせき》をこころに抱え込んでいた。町には失業者があふれ、就職難はいっになっても解消されず、「大学は出たけれど」「生まれてはみたけれど」といった映画のタイトルや流行語が人びとの口の端《は》にのぼった。浅草のレビュー劇場「カジノ・フォーリー」では、踊り子たちが艶《なまめ》かしい脚線美をあらわにして踊り、エノケンこと榎本《えのもと》健一ら喜劇役者たちがナンセンスなドタバタ芝居を演じ、観客の腹の皮をよじれさせた。

カジノ・フォーリーがブームになったのは、民雄がやがて師と仰ぐ川端康成が、東京朝日新聞に連載した『浅草紅団《くれないだん》』(昭和四年十二月〜翌年二月)によってである。

「和洋合奏レビュー」という乱調子な見世物が一九二九年型浅草だとすると、東京にただ一つ舶来モダーンのレビュー専門に旗上げしたカジノは、地下鉄食堂の尖塔《せんとう》とともに一九三〇年型かもしれない。エロチシズムとナンセンスとスピードと、時事漫画風なユーモアとジャズ・ソングと女の足と——

『浅草紅団』

不況とファシズムの嵐の下で、雑誌には「変態」や「猟奇」の文字が躍り、「エロ・グロ・ナンセンス」という諦めとも享楽ともとれる頽廃《たいはい》の言葉を、人びとはおもしろおかしく口々に言い合った。

昭和六年九月、満州事変勃発《ぼっぱつ》。同年十一月、ナップ解散。昭和七年二月、井上準之助前蔵相暗殺、三月、三井合名理事長・団琢磨《たくま》暗殺(血盟団事件)。同年三月、満州国建国。同年五月、犬養毅《いぬかいつよし》首相暗殺(五・一五事件)。そして昭和八年二月、小林多喜二虐殺。六月、佐野学、鍋山貞親が獄中から転向声明を発表。十月、川端康成、小林秀雄、林房雄、武田麟太郎らが文芸復興を目指して「文學界」を創刊する……。上京後の少年民雄は、こうした激動の世相のなかにいた。

『道化芝居』のなかで、民雄は郷里へ帰るのは農民運動をはじめるためだと辻少年に語らせているが、実際はそうではなく、またしても家族の不幸が降りかかってきたのだった。昭和六年十一月九日夕方、「アニキトクスクカヘレ」の電報を受け、その夜あわてて東京を発ったのである。神戸から乗った連絡船が小松島の小さな港に近づくにつれて、言い知れぬ憂鬱《ゆううつ》な気分におちいった、と小説『青年』にはある。

何のために帰って来たのだろう、兄が死ねば必然俺はあの家をつがねばならぬではないか、俺にそれだけの用意が出来てるだろうか。そういう疑問がひっきりなしに頭の中に浮んで来るのだった。そしてなんとなく兄が死んでしまうことはもう間違いのないことのように思われ、続いて浮き上って来る問題は結婚であった。彼は自分の妻になるかも知れぬと予想される女をあれこれと思い浮べては、その一人一人にふんと冷笑を浴《あび》せた。どんなことがあっても結婚なんかしやしない、俺は妻なんか欲しくない、もっと別のものが欲しいんだ、別のものが、と彼は頭の中で強く断定した。別のもの、とは何だろう。それは彼にも明瞭《めいりよう》には判らなかったが、しかし常に彼は自分の生にとって一番重大な何ものかが不足していることを無意識に感じていた。兎《と》に角《かく》兄貴を見舞ったら早速また東京へ逃げ出すのだ、やつらは俺を放そうとしないに違いない、しかし構うもんか、と呟《つぶや》いて見るのであった。

民雄が二年七ヶ月ぶりに郷里の土を踏んだのは、東京を発った明くる日の夕刻だった。

港へは父が迎えに来た。その足で病院を訪ねたが、兄の臨終には間に合わなかった。

ただひとり実母を同じくするこの兄に、民雄はどんな気持ちを懐《いだ》いていたのだろうか。入院後に書かれた昭和九年八月二十七日の日記には、「床の中の温かさが嬉しくて、じっと眼を閉じて死んだ兄のことを考える。幸福である。けれど何故か淡い切なさを覚えてふと泣いてみたいような思いさえする」とあり、翌年七月四日の日記には、「死んだ兄を思い出してみろ！　兄は英語は常識語だから必ずやれと幾度自分に教えたことか。そして兄は死の刹那《せつな》まで知識欲にもえていたではないか」としるしている。

兄を失った民雄は、父と継母らの家族のなかで孤児のような存在となった。茶毘《だび》に付した兄の骨を、父とふたりで小さな壺にいれながら、

「昨日まで生きて居ったのに……のう」

と悲しくつぶやく父の声を聞いた。

しばらくのあいだ郷里にとどまっていたのは、跡継ぎとして家に残り家業の農業を手伝ってくれと言われたからだった。民雄は仕方なくしばらく生家で暮らしていたが、四ヶ月ほど過ぎた昭和七年二月二十三日、家族の留守をねらって二歳年下の友人と家出同然にふたたび上京した。日立製作所の亀戸工場で臨時工として四十日ほど働きながら、四月下旬になって今度は突然帰郷し、家族をおどろかせた。

農民運動をはじめようと考えたのは、このときだったと思われる。だが、実際には農民運動とはおよそかけ離れた生活ぶりで、農業を手伝いながら毎日ぶらぶらして過ごし、夕

方になれば友人たちと自転車に乗って近くの村へ行き、夜這《よば》いにあけくれた。四、五人の仲間と語らって「黒潮」という同人誌を創刊し、『サディストと蟻』という短編を書いたが、左翼的な内容のために警察に押収されるなどして、わずか一号でつぶしている。プロレタリア作家の葉山嘉樹《よしき》に文学志望者として手紙を出し、思いがけない激励の返信を得て、友人たちに得意気に見せてまわったのも、このころのことだ。

いっこうに落ち着きを見せない破天荒な暮らしぶりを案じた祖父母が、嫁でももらえばなんとかなるかもしれないと、祖母方の親戚の娘を引き合わせたのが、ほんの束の間で終わってしまう結婚生活のはじまりだった。父と継母の家族は民雄の結婚をまえに家を出て、ほかに住居を構えた。民雄は父にかわって祖父母の家の正式な跡継ぎとして迎えられたのである。

昭和七年十一月、挙式はとりおこなわれた。新郎十八歳、新婦十七歳だった。

第二章　破婚

1

　若い夫は胸まで湯につかりながら、腕を組み幸福を感じている。外は木枯しが吹いて寒い夜だったが、こころはのびのびとし、ゆったり温かい。なにを考えているのかというと、まだほんの小娘でしかない妻のことだった。春になったら、田植えまでの暇な時期を選んで、東京見物に連れて行ってやろう。田舎娘の彼女は、どんなにかびっくりすることだろう。電車や自動車を目の当たりにしてまごまごしている彼女の腕をとって大通りを渡り、大きなビルディングや百貨店を教えてやる。彼女はいったいどんな眼をして自分を見るだろう。夫はいろんなことを知っている、頼もしい、きっとそう思うにちがいない……。

　短かった新婚生活の一端を、民雄は『発病した頃』という随筆に書き留めている。他愛もない空想を湯舟のなかでめぐらしていると、「お流ししましょうか」と妻がいつのまにか風呂場《ふろば》の入口に立って、おずおずとした小さな声で言う。民雄もちょっとまごついて、とっさに「うん、いや今あがろうと思っているから」と答えるのだが、ほんとうは「小さな上に痩《や》せこけて、まるで骨と皮ばかり」の自分の体を彼女に見せるのが恥ずかしく、

「この骨ばった胸や背に触ったら彼女はきっと失望してしまうに違いない」と思っていた。のちに全生《ぜんせい》病院の患者となった民雄は、そのころのことを何度もふり返りながら、『発病した頃』

のなかでつぎのように書き継いでゆく。

私は今も折りにふれてその時のことを思い出すのであるが、その度になんとなく涙ぐましい気持になる。神ならぬ身の――という言葉があるが、その時既に数億の病菌が私の体内に着々と準備工作を進め、鋭い牙を砥《と》いでいようとは、丸切り気もつかないでいたのである。私はその時まだ十九（数え年・筆者注）であった。十八の花嫁と十九の花婿、まことにままごとのような生活であったが、しかしそれが私に与えられた最後の喜びであったのだ。そして彼女を東京見物に連れて行くべきその春になって、私は、私の生を根こそぎくつがえした癩《らい》の宣告を受けたのである。それは花瓶にさされた花が、根を切られているのも知らないで、懸命に花を拡げているのに似ていた。

昭和九年八月二十八日の日記に、民雄は幼い妻のことを「あんなに得体の知れぬ、そして自分を裏切った妻」と書いているが、それがなにを意味するのか、いまとなっては知る術《すべ》もない。ただ、民雄の墓の写真を公表した研究家がこの妻について、「入水自殺未遂」をしたと書いている。数少なくなってしまった当時の民雄を知る人びとはそれについてはなにも知らず、その研究家もまた「入水自殺未遂」のひとことを書き留めているだけで、自殺未遂がいつ、どうしておこなわれたのかについてはまったく触れていない。「裏切った」と民雄が書いているのは、癩を発病したときの妻の態度にかかわりがあるとみるのが自然だろう。光岡良二の『いのちの火影』によれば、民雄は光岡に「ままごとみたいな夫婦であった。はじめは、そんな生活が珍しく、楽しく暮らしているうちに、癩の発病さ」と語っていたということだから、新婚生活そのものは平穏に過ぎていたのだ。入水自殺をはかったのが事実だとすれば、それは民雄の発病を知ったあとのことだろう。

全生病院に入院したときの病歴カルテには、いくつかの癩の兆候がかなり早くからあらわれていたことが記録されている。

既往症

血族伝染関係

祖父 健 祖母 健

父 健 母 死亡（急性肺炎ニテ）

兄弟関係 ♂（死亡肺結核） ♂（本患者）

♀♀♂♀♂ 皆健《かいけん》、異母弟妹ニテ同居セズ

配偶者 ナシ 子 ナシ 其他 ナシ

血族外伝染関係

二歳ノ時母ヲ失イ、貰イ乳ヲシテ養育セラレタルトイウ。一六歳迄徳島ニ居住ス

幼時健否　健　種痘《しゅとう》　痘痕《とうこん》アリ
痲疹《ましん》　四歳ノ時経過ス
本病前ノ疾病　ナシ
花柳病《かりゅうびょう》前ノ有無　ナシ
嗜好品《しこう》　酒少々、煙草モ少々
本病ノ初発時ノ症状　昭和五年三月頃左腓腸部《ひちょう》ニシビレ感アルニ気ヅク（一七歳）
発病当時ノ衂血　稀《まれ》
既往経過中ノ衂血《じくけつ》　屢《しばしば》アリ（指ヲ挿入シタトキノミ）
斑紋《はんもん》初発時部位形色　昭和八年一月頃鼻ノ周囲ニ斑紋現ワル（二〇歳）
知覚障碍《しょうがい》　初発時部位　昭和五年三月頃（一七歳）左腓腸部ニ
運動障碍初発時部位　ナシ
水疱《すいほう》初発時部位　昭和五年五月頃左膝部ニ突然ニ生ズ
眉毛脱落ヲ始メタル時部位　昭和八年一月頃左眉毛脱シ始ム
既往ニ於ケル治療　大風子油《だいふうしゆ》内服（一ヵ月）
主訴　顔面ノ斑紋ト左下腿ノ麻痺《まひ》

まず最初の「血族伝染関係」の欄には、急性肺炎で死んだ母と肺結核で死んだ兄を除いて家族は全員健康とあるが、つぎの「血族外伝染関係」をみると、「二歳ノ時母ヲ失イ、貰イ乳ヲシテ養育セラレタルトイウ」とあって、祖父母に預けられていた乳飲み子のころ、乳母の乳で育てられたことが癩の感染と深くかかわっているのではないかと病院側は見ていたように思われる。現在でも感染がどのような経路をたどるのかについては、学問的に解明されていない。一般的に考えられているのは、皮膚の傷との直接の接触、あるいは耳、鼻、咽喉《のど》、気管などからの感染という実にぼんやりとしたものにすぎない。ハンセン病資料館によれば、乳幼児のときの感染以外はほとんど発病の危険性はないということだから、この時期の民雄になんらかの原因が隠されているはずである。

さらに「本病ノ初発時ノ症状」には、昭和五年三月ごろ、左のふくらはぎ（腓腸部）に痺《しび》れを発見したとあり、それから二ヶ月後の五月ごろには、左膝に突然「水疱」ができたとある。カルテには民雄の年齢は十七歳と数え年で記載されているが、いまの満年齢でいえば十五歳、上京して日本橋の薬品問屋か日立製作所の亀戸工場で働いていた時期にあたる。癩は皮膚のほかに末梢《まっしょう》神経をもおかして、知覚麻痺をかならず引き起こす。民雄の左のふくらはぎから感覚が失われたのは、そのためだった。手足に知覚麻痺があると、熱さや冷たさ、痛みなどを感じないために、熱湯や火を浴びたり刃物で切ったりしてもまったく気づかず、放ったらかしにしているうちに傷を悪化させてしまう。民雄が左膝に突然発見した「水疱」とは、その名のとおり「水ぶくれ」のことだが、薬問屋か工場で働いているときに火傷《やけど》を負ってしまい、ふとした拍子に膝に水ぶくれを発見して、いったいこれはどうしたことかと奇妙に思ったにちがいない。「発病当時の衄血」というのは鼻血のことで、はじめは稀《まれ》にしかなかったが、その後、鼻に指を入れたときたびたび血が出たのだった。やがて「斑紋初発時部位形色」の欄にあるように、結婚してまもない昭和八年一月ごろには、鼻のまわりに赤い「斑紋」があらわれている。

いまでいうハンセン病は、癩腫《らいしゅ》型と類結核《るいけっかく》型のふたつに大きく分けられる。癩腫型は、「結節癩《けっせつらい》」とも言い、顔面や四肢に赤黒い結節を生じ、眉毛や頭髪が抜け落ち、やがては結節が崩れて顔は特異な形相となる。皮膚のほか粘膜や神経をもおかす。類結核型は「斑紋癩」「神経癩」とも言い、皮膚に赤いまだら模様の染みを生じさせ、知覚麻痺をともなう。民雄の場合、類結核型のハンセン病で、全生病院では「斑紋癩」と診断されている。

ハンセン病は一八七四年（明治七年）、ノルウェー人の医師アルマウエル・ハンセンが患者の病巣部から病菌を発見したことから、その名で呼ばれるようになった。もっとも日本では古くから「癩」や「癩病」と呼ばれ、また西洋流の呼称にならって「レプラ」や「レパー」とも呼ばれてきた。病菌は「癩菌」と呼ばれた。ハンセン病という呼び方が一般的になったのは、戦後も三十年以上を経た昭和五十四年、厚生省によって「ハンセン病」と通称するよう指導がおこなわれたからだ。

ハンセン病資料館によると、ハンセン病に感染してから発病するまでの潜伏期は数年から十数年とされ、きわめて長く、民雄の場合も十数年という歳月を経て発病している。厚生省時代にハンセン病対策に深くたずさわった大谷藤郎《おおたにふじお》（現財団法人藤楓協会理事長、ハンセン病資料館長）によれば、「伝染の特殊性としては、従来からは乳幼児が長期間接触すれば感染するといわれているが、免疫を有する成人には伝染発病しにくいことは臨床経験上において明らかである。人体接種例もあるが、これも血管に大量の菌を注入したとき以外には殆《ほとん》ど成功したことがない」（『らい予防法廃止の歴史』勁草書房）ということだから、成長した健康な大人には、たとえ感染することがあったとしても発病することはまずない。

こうしたことがいまではわかっているが、民雄の時代の医学はそこまでには至っていなかった。潜伏期間があまりに長いために、いつどこでだれから感染したのか不明な点が多く、ほんとうは感染率の低い伝染病であるにもかかわらず、科学的知識のなかった市井の人びとには遺伝病だと恐れられ、「あの家は癩すじだから」などと一族の血統のなかに非業の要因を求める声が根強くはびこっていた。前世や過去に悪行をなしたための祟《たた》りだとも信じられていた。人は癩を「業病」と呼び、いわれなき差別を生んだ。

もともとこうした考えには、ひとつは仏教の教えも影響していた。法華経「普賢菩薩勧《ふげんぼさつかん》発品《ぽっぽん》」には、癩を病む人びとについて、つぎのように語ったくだりがある。

〈もしまた、この経を受持《じゆじ》する者を見て、その過悪《あやまち》を出さば、もしくは実にあれ、もしくは不実にもあれ、この人は現世に白癩《びやくらい》の病を得ん。もしこれを軽笑せば、まさに世世に牙《が》・歯は疎《す》き欠げ、醜き脣、平《ひら》める鼻ありて、手脚は繚《もつ》れ戻《まが》り、眼目《まなこ》は角睞《すが》み、身体は臭く穢《きたな》く、悪しき瘡《できもの》の膿血《うみち》あり〉

ハンセン病について触れているもっとも古い教典は聖書である。たとえば旧約の「ヨブ記」には癩やレプラの病名こそしるされていないが、呪われた病気のゆえに町を追放された人びとは、暗い水底《みなそこ》の冥界《めいかい》につながっていると信じられた死の谷に棲《す》みつくしかなかったと書かれている。人はその病にとり憑《つ》かれたと同時に、生きながらにして死者となり、死の谷に屠《ほふ》られる。

全能者ヤハウェによっていわれなき業苦の底に投げ込まれたヨブは、足の裏から頭の頂にいたるまでおびただしい腫物《はれもの》に蔽《おお》われた怪異な姿となって、陶器の破片でおのれの皮膚を傷つけ、灰のなかに座る。「わたしの肉はうじと土くれとをまとい、わたしの皮は固まっては、またくずれる」(第七章第五節)、「夜はわたしの骨を激しく悩まし、わたしをかむ苦しみは、やむことがない。それは暴力をもって、わたしの着物を捕え、はだ着のえりのように、わたしをしめつける」(三十章十七節〜十八節)。腐臭さえ漂わせる醜悪なその容貌《ようぼう》から、ヨブの病は癩だとながらく信じられていた。

同じ旧約の「レビ記」には、「らい」という病名がはっきりと書かれ、診断や治療法が事細かに綴《つづ》られている。「患部のあるらい病人は、その衣服を裂き、その頭を現し、その口ひげをおおって『汚《けが》れた者、汚れた者』と呼ばわらなければならない。その患部が身にある日の間は汚れた者としなければならない。その人は汚れた者であるから、離れて住まなければならない。すなわち、そのすまいは宿営の外でなければならない」(十三章四十五節〜四十六節)。癩者を汚れた者として最下層に位置づけ、一般社会から隔離する必要があると説いている。古代ユダヤでは、癩を筆頭としたいくつかの特定の病気が、神の呪いや穢《けが》れとして社会的制裁の対象とされていた。

新約の時代に移るとイエス・キリストがあらわれて多くの病者を治癒し、奇蹟を起こすようになるのだが、その病のなかでも抜きん出て多いのが、悪霊にとり憑かれた者、盲人、そして癩者であった。イエスは呪われた者としての癩者を汚辱に満ちた旧約的因習から解き放ってやり、自由の光をもたらそうとするのだが、それゆえにこそなお癩は恐ろしい病なのだという印象を人びとにあたえずにはおかなかった。

病理学が確立されたいまでは、当時のイスラエルにはハンセン病はなかったと考えられていて、聖書に語られている「らい」や「レプラ」はハンセン病とはちがう病だとされているが、北条民雄が生きた時代には、旧約聖書の時代から存在する世界最古の病だとまことしやかに語られ、神を呪うゆえに天から下された刑罰だと恐れられ、その病にとり憑かれた者は亡者のごとく忌み嫌われた。

2

死よりも恐ろしい病の宣告を、民雄はいつ、どのようにして、だれから受けたのだろうか。そして幼い妻とは、その後どうなっていったのだろうか。

当時のことを詳しく綴った『発病』という随筆が、民雄にはある。それによると、民雄が自分の体がどうもおかしいと思うようになったのは、結婚してひと月ほどたった昭和七年十二月のことだと考えられる。

自覚症状に達する前一ヶ年くらい、私は神経衰弱を患って田舎でぶらぶら遊んでいたが、今から考えて見るとそれは既に発病の前兆だったのである。変に体の調子が悪く、何をやるのも大儀で、頭は常に重く、時には鈍い痛みを覚えた。極端に気が短くなって、ちょっとしたことにも腹が立って、誰とでも口論をしたものであった。

それでいて顔色は非常に良く、健康そのもののようだと人に言われた。両方の頰っぺたが日焼けしたようにぽうと赧《あか》らんで、鏡を見ると、成程《なるほど》これは健康そうだと自分でも驚いたくらいであった。従姉《いとこ》などに会うと、お前は何を食ってそんなに顔色が良くなったのか、神経衰弱なんてうそついているのだろうと言われた。そしてこれが、やがて来るべき真暗な夜を前にして、ぱっと花やぐ夕映えのようなものであろうとは、私は無論知らなかった。

そのうち年が更《あらたま》って一ヶ月もたたぬうちに私のその健康色は病的な赤さに変って、のぼせ気味の日が続き、鼻がつまってならなくなり出した。医者に診《み》て貰うと鼻カタルだと言われた。それで一日三回薬をさしたが、ちっとも効かないで日が過ぎた。

こうして二月も半ば過ぎた或《あ》る日、私は初めて自分の足に麻痺《まひ》部のあることを発見した。

昭和八年二月半ばのことである。すでに三年まえの昭和五年に左のふくらはぎに痺れを感じ、水ぶくれを発見しているのだから、この記述は事実を書いていないとも思えるのだが、痺れは強弱をくりかえしながら昭和八年になってついに完全に麻痺するに至ったとも考えられる。

　随筆に沿ってその後の経過をたどってみると、民雄は「ひどく奇異な感じがし」て麻痺した部分を何度もつねってみるのだが、なにも感じない。そのあげく針を突きたててみたりもしたが、かすかな痛みさえ感じなかった。おかしいとは思いながら、体を動かすのになんの支障もないので放ったらかしにしておいたところ、それからまもないある日、寝ころんで雑誌を眺めていたら、たまたま癩の記事が載っていて、好奇心に駆られて読んでみる。「そのとたんに私はさっと蒼白《そうはく》になったのを覚えている」と民雄は自分の動揺ぶりを書いている。

「俺は癩かも知れない、癩だろうか、そんなばかなことが、しかしそうかも知れない」。夢中になってズボンをまくり上げ、麻痺部をつねってみる。「ひょっとしたらもう麻痺なんか無くなっているかも知れない」。淡い期待を懐《いだ》いてそうしてみたのだが、感覚は失われたままだった。「しかし麻痺したからって必ずしもレパーだとは言えないじゃないか」と自分を元気づけようとしたが、一度こころに根を下ろした不安は、どす黒くひろがっていくばかりだった。

　冷静になろうとした。いや、すぐに冷静になれた。冷静になると同時に自分のおどろきの大きさが急に馬鹿ばかしくなって、

「癩であることが確実だとしても、何も驚く必要はありやしない、現代の医学では治癒す

ると言うじゃないか、それに、第一この俺が癩病患者になるなんて信ぜられんじゃないか、この俺が。——」

冷静を装ってはいても、民雄はひたすら自分に向かってそう言い聞かせていた。

だが、ひと月もたたぬうちに新しい症状があらわれて愕然《がくぜん》とする。夕刻に近い時間だった。妙に眉毛がかゆく、ぼりぼり掻《か》きながら自分の部屋へはいっていった。何気なく指先を見ると、抜けた毛が五、六本かたまってくっついている。おかしいと思い、また掻いてみると、今度も四、五本くっついてくる。眉毛をつまんで引っ張ってみた。すると、十本あまりが一度に抜けた。

〈胸がどきりとして、急いで鏡を出して眺めて見た時には、既に幾分薄くなっているのだった。私は鏡を投げすて、五六分の間というもの体をこわばらしたままじっと立竦《たちすく》んでいた。LEPRA! という文字がさっと頭にひらめいた。殆ど決定的な感じがこもっていた。私はけもののように鏡を拾い上げると、しかし眺める気力もなく畳に叩きつけたのであった〉

三日後、祖父母に市《まち》へ遊びに行ってくるからと言って、五里離れた市の皮膚科病院をこっそり訪ねた。郷里から五里、つまり二十キロ離れたところにある市とは、徳島市以外には考えられない。「その病院は市ではかなり信用のある皮膚科専門で、院長はもう五十を過ぎたらしい人である」と民雄自身が書いていることから、当時、皮膚科専門病院としては徳島市内に一軒しかなかったS皮膚科であることがわかる。民雄が訪ねたとき、院長は五十八歳だった。昭和四十年に亡くなっているので、もはや院長から診察の模様を聞くことはできないが、随筆のなかで民雄は、絶望という言葉さえ虚しく通り過ぎてしまうほどの衝撃を受けたであろうそのときのことを、おどろくほど冷静に綴っている。

待つ間もなく私は診察室に通された。麻痺部を見せ、眉毛の脱落を述べると、彼は腕を組んで、頬に深く皺《しわ》を寄せて私の貌《かお》を眺めた。

「どういう病気でしょうか。」

と訊いてみたが、ううむと唸《うな》るだけで返事をしなかった。私はその重大そうな表情で、もう自分の病名を言われたのと同じものを感じとった。私は自分でも驚くほど冷静であった。

「レパーじゃないでしょうか。」

と思い切って訊《たず》ねると、

「そうだろう。」

と彼は圧しつけるような重々しい声で言った。私は今その時のことを考えながら、どうして彼が、私の言葉に対して「そうだ」とは言わなかったのか不思議でならない。そうだろう、とはまことに医者らしくない言葉だからである。そうだと断定するのは残酷な気がして言えなかったのかも知れない。

「あんたの家族にこの病気の人があるのかね。」

「いや、ないです。」

「二三代前にあったという話は聴かなかったかね。」

「全然そんなことはありません。しかしこれは伝染病じゃないのですか。」

「そう、伝染だがね、ちょっと……。」と言葉尻を濁して黙った。暫《しばら》くたってから、「研究中ということにして置きます。診断すると警察の方へ通知しなければならないから。」と言って出て行った。入れ違いに年をとった看護婦が来て私を寝台の上にうつぶせに寝かした。私は初めて大風子油《だいふうしゆ》の注射を尻へしたのであった。


大風子油とは、大風子と総称されるインドシナ原産の数種類の高木の種子を精製して得た脂肪油のことで、古来から癩に効くただひとつの薬として伝わってきた。これを皮下注射すると、たしかに鼻粘膜の炎症や腫《は》れはおさまり、結節も皮膚に吸収されるという事実はあったのだが、あくまでも効果は一時的なものでしかなく、しばらくすると患者はまた同じ症状で苦しまなければならなかった。不治の病とされていたのも、十七世紀に日本に伝えられたという大風子油にばかり頼り、終身隔離政策ばかりを推し進めて、治療薬の研究という本来の医療努力を怠ってきた医学界の責任でもあった。

民雄と院長の会話からは、おそらくほかの患者にも癩の宣告をおこなってきたであろう院長が、癩は遺伝病だという俗信から解き放たれていない様子が窺《うかが》われる。「診断すると警察の方へ通知しなければならないから」と院長が語っているのは、当時の内務省衛生局によって癩撲滅の方策が検討された結果、すべての癩者は強制的に収容することになっており、診断を下した病院は、その結果を地元の役場や警察に知らせるのが義務となっていたからだ。ひとたび癩の宣告を受けた人びとは、あたかも罪人のごとく通常ダイヤの時間帯からはずれた夜中に特別連結の列車に詰め込まれ、ところどころで消毒液をまきかけられながら、家畜のように癩院へと収容されていったのである。患者たちはその列車のことを、自虐の意味をこめて「お召《めし》列車」と呼んだ。

病院を出た民雄は街なかを歩きまわり、活動小屋にはいった。『キートンの喜劇王』に館内は爆笑の渦につつまれていたが、少しもおもしろいと思えないどころか、腹立たしさばかりがこみ上げてきて、ほかの観客と同じように笑えなくなってしまっている自分を意識しはじめると、とたんに激しい孤独感に押しつぶされそうな気がして、

「なんでもない、なんでもない、俺はへこたれやしない」

と無理に声に出してつぶやいた。

運の悪いことに、活動小屋を出た路上で小学校時代の友人にばったり出くわしてしまい、小屋のすぐ近くの店で奉公しているというその友人と「貧弱なカフェ」に仕方なくはいり、ビールを注文した。酒は飲んではいけないと院長に言われたばかりだったが、ひとりで三本空け、それからウィスキーを三、四杯飲んだ。家には帰りたくなかった。「家へ帰るのがなんとなく嫌悪されてならなかった」と民雄は書いているが、嫌悪とまで書いているところに、家系のなかに感染の原因を探るこころが透《す》けて見えるような気がする。

友人と別れたあと、夕方の海に向かってぶらぶら歩いて行き、不用になったボイラーや鉄屑《てつくず》や木材が積んである埋立地に足を踏みいれると、黒ずんだ海をぼんやり眺めていた。そのうち海の底のほうに怪物でも忍び込んでいそうな気がしてきて、「夜というものはその怪物の吐き出す呼吸に違いない」と思い、それからふと「ああ俺はどこかへ行きたいなあ」という声が、ため息のように口をついて出た。意識して言ったのではなかった。〈自分の中にいるもう一人の自分が、せっぱつまって口走ったように、客観的に聴えた自分の声であった。泣き出しそうに切ない声であったのを、私は今も忘れることが出来ない。

こうして私の癩生活は始まったのだった。私は十日に一度ずつその病院へ通った。勿論《もちろん》祖父母にも別居している父にも病名を明して、半年ばかり通い続けた。しかし何の効果もないことは勿論である。そして凡《すべ》ての癩者がするように、売薬を服用し薬湯を試みてみたが、やはり何の効目もなかった〉

幼い妻は随筆『発病』には一度も登場してこない。煙のようにどこかへ消えてしまっている。

全集の年譜には、「昭和八年二月、郷里に近い小都市の病院で、癩発病の診断を受けた。かねて予感があり、さほどの衝撃を受けなかった。短い結婚は破婚となった」とあるが、随筆に民雄自身が書いているように、そもそも昭和八年二月とは、はじめて足に麻痺《まひ》部を発見した日であり、癩発病の診断を受けたのは、「それから一ヶ月も経たぬうちに」一眉毛が抜け、その日から「三日たって」のことなのだから、どう考えても三月にはいってからでなければならない。そして病院へ行くとき、民雄は家の者に市《まち》へ遊びに行ってくるとごまかしているのだが、随筆には「家の者といっても私は祖父母との三人暮らしであった」と書いている。

妻はすでに民雄のもとを去っている。発病を宣告されたあとで破婚となっているのではなく、宣告よりもまえに別れているのだ。

生前の実父に会っている文芸評論家の五十嵐《いがらし》康夫の調査では、「昭和八年二月、妻と二人だけの話し合いで、離婚する。病気（鼻の周囲にぶつぶつが多く出、眉毛の脱毛も激しくなるといった症状がみられた）のためであったが、すでに述べたように、民雄はハンセン氏病であるとは知らなかった」（『幻の作家北条民雄』「人物評論」昭和四十八年五月号）とされている。民雄の文脈で見るかぎり、離婚したのはこの指摘のとおり二月だと思われるが、眉毛の脱毛は三月になってからのことで、ハンセン病であるとは知らなかったというのもちがう。二月のうちに民雄はたまたま雑誌で癩に関する記事を読み、自分が癩であることを必死になって打ち消そうとしていたのである。

おそらく民雄は二月の半ば過ぎ、自分は癩ではないかと疑い、幼い妻に思い切って打ち明けたのだろう。もし自分が癩だとすれば、妻に感染するかもしれない。いや、ひょっとしたら、すでに感染しているかもしれない。わずかでも疑いを懐《いだ》いたときには、いちはやく知らせてやるのが夫婦の黙契《もっけい》というものである。しかも、この病は双方の家を巻き込み、発病があからさまになった日には、家そのものが村八分《むらはちぶ》にもなりかねない。民雄は妻との離婚を真剣に考えたはずだった。このまま症状がすすめば、いずれ専門の療養所に入院し、家の戸籍からも消えていかなければならないのだった。

この顔をよく見てほしい、民雄は妻にそう言ったのかもしれない。赤い斑紋《はんもん》があるのを君も気づいているだろう。足のこのあたりには感覚がないのだ。大事な話だから、こころして聞いてほしい。自分はそうだとは思わないが、もしかしたら癩なのかもしれない。しかし、いまの医学では癩は治癒する病気だというから、案じる必要はないと思う。君はどう考える。まだ若いのだから、これから嫁の貰い手もあるだろう……。

妻はどう答えただろうか。半狂乱になって、夫を責めただろうか。まだ十七の小娘にすぎない彼女は、自分も癩におかされているときっと思ったにちがいない。「あんなに得体の知れぬ、そして自分を裏切った妻」という日記の言葉を思い出してみるとき、泣きじゃくる妻を懸命になだめる若い夫の姿が思い浮かぶ。まだ癩だと決まったわけではないのだから、と語りかけ、こうして打ち明けたのも君に救《たす》けてほしいと思ったからだと、そんな意味合いを言外にこめて話したのかもしれない。だが「裏切った」とまで書いているということは、妻にはついに民雄の思いは届かなかったということだろう。

彼女は別離を選んだ。あるいは発病を宣告されるまで実家にもどっていて、診断の結果を知ったあとで正式に離婚したのかもしれない。どちらにしても、二月半ば過ぎには家を出たのである。民雄の旧友は、別れていく妻を見送りながら眼にいっぱい涙をためていた民雄の姿をいまも憶《おぼ》えている。

夫が癩だと知った彼女は、離婚の理由を実家に告げることさえできず、たったひとり重たすぎる秘密を胸に抱いて悩み苦しんだことだろう。死よりも恐ろしい癩、自分がその病におかされているとすれば、親きょうだいまで癩になる。村にも住めなくなる……。孤独な受難者となった哀れな幼いこの妻が、わが身ひとつを犠牲にしさえすればと思いつめ、「入水自殺」をはかったとしても不自然な話ではない。彼女は民雄より少しだけ背が高かった。色白の美しい娘だったという。

ふたりの結婚生活は、わずか四ヶ月で破局を迎えた。

3

大きな川のほとりにしがみつくようにして横たわる郷里の村では、四国八十八ヶ所をめぐるお遍路《へんろ》の姿がしばしば見かけられた。民雄が恋文事件を引き起こした小学生のとき、女子生徒に贈るおもちゃの指輪を買ったという露天商が店を出していたのは、立江寺《たつえじ》という十九番札所の例祭の日だった。そこから西へのぼって行けば、那賀川に沿った小さな山脈のはじまりに二十番札所の鶴林寺《かくりんじ》があり、川を越えて反対側には二十一番札所の太龍寺《たいりゅうじ》がある。村から遍路道も近い。

お遍路のなかには癩者《らいじゃ》もいた、結核の人もいた。社会からはじき出された病者たちは、日々の糧《かて》を得るため、そして来世の幸福を祈りながら清く死んでいくために、行路病者《こうろ》となって遍路道を歩きつづけた。民雄も彼らの姿を見たはずだった。別れた妻も、その姿におびえたひとりだったかもしれない。民雄の旧友のひとりは、巡礼の札所が近くにあるので、子供のころから行路病者の哀れな姿を何度も見かけたという。

行路病者は健康なお遍路に遠慮して、宿坊《しゅくぼう》には泊まらなかった。弘法大師の信心も深い村の人びとは、物乞いに来た彼らを追い返すようなことはしなかった。「同行二人」と胸にしるして歩く彼らを、大師とともに歩く人として、休息の場をあたえ、食事をあたえた。

民俗学者の宮本常一《つねいち》は『土佐寺川夜話』(『忘れられた日本人』所収・岩波文庫)で、伊予《いよ》から土佐へ向かって森深い谷を歩いている途中、阿波徳島からこの山道をわざわざたどって来たという老婆と出会い、そのときのことを感慨深げに書いている。

〈その原始林の中で、私は一人の老婆に逢《あ》いました。たしかに女だったのです。しかし一見してはそれが男か女かわかりませんでした。顔はまるでコブコブになっており、髪はあるかないか、手には指らしいものがないのです。ぼろぼろといってもいいような着物を着、肩から腋《わき》に風呂敷包を襷《たすき》にかけておりました。大変なレプラ患者なのです。(中略)そのうち少し気持もおちついて来たので、「婆さんはどこから来た」ときくと、阿波《あわ》から来たと言います。どうしてここまで来たのだと尋ねると、しるべを頼って行くのだとのことです。「こういう業病で、人の歩くまともな道はあるけず、人里も通ることができないのでこうした山道ばかり歩いて来たのだ」と聞きとりにくいカスレ声で申します。老婆の話では、自分のような業病の者が四国には多くて、そういう者のみの通る山道があるとのこと

です。私は胸のいたむ思いがしました〉

宮本常一がこの山道を歩いたのは、太平洋戦争がはじまったばかりの昭和十六年十二月九日のことだった。山中で出くわした老婆は行路病者で、指を失い、年老いてもなお癩院へ行こうとせず、こうして人の道を避けて、ただひたすら歩きつづけていたのである。

徳島在住の文筆家で北条研究者でもある岸文雄の『望郷の日々に　北條民雄いしぶみ』(徳島県教育印刷)には、民雄の郷里の近辺をさまよっていたと思われる癩放浪者の貴重な肉声が紹介されている。

〈「宿屋へ泊まるだけの金は持っていたけど、泊めてくれない場合がありましたので、野宿する方が多かったですね。第一、宿屋へ泊まっても私は本病でしたので、人に顔を見られるのがいやでしてね。」

と語る当時の放浪者Ｋさんから、後日、私はある証言を得たのであった。

「ちょうど××川の堤防の陰にね、麦わらを積んだのがあったので、その中にもぐり込んで寝てたところ、人の声がするんで、てっきり追い立てられるものかと思っておりました。ところが、その男の人は、寒いだろうからと言って、その人の家の納屋に寝床を作ってくれてね。それに熱いお茶まで戴《いただ》きました。あのことは未《いま》だに忘れようたって、忘れませんね。」

Ｋさんは、当時二十五歳であった。放浪の一人旅が如何《いか》に過酷なものだったか、らい者故《ゆえ》に辿《たど》らねばならなかった果てしない旅路であった。

当時の、民雄の生地周辺の人々はらい者にらいの怖さを見、らい者からこの病の苦しさを聞き、らい者の悲しみを知った。そして、父母から子へ、祖父母から孫へと、怖さが誇張されて語り継がれたようだ。たとえば、らい者に接したはずもない青年が、らいを恐れるのである〉

岸文雄は同書のなかで、昭和初期のころの行路病者の歩いた経路について、

「夏は平泉《ひらいずみ》や月山《がっさん》、湯殿山《ゆどのさん》など、東北の方を巡り、冬はね、伊豆《いず》とか紀州、それから四国路といった暖かい地方で過ごしたんですね」

と「とあるハンセン病療養所の入寮者」から聞いたという話を伝えている。郷里と断絶し、住む家さえ持たず、季節ごとに北から南まで列島の聖地を渡り歩く、はるかな流離の姿が思い浮かぶ。

こうした旅の癩者たちや物乞いの癩者たちの姿を民雄も折にふれて眼にし、民雄を育てた祖父母や父ともなれば、さらに数多く見たことだろう。発病を民雄から告げられたときのおどろきは、想像にあまりある。

十日に一度、徳島市内の皮膚科医院へ行き、大風子油の注射を打ってもらいながら、半年ばかりの月日を民雄は生家で過ごした。売薬や薬湯も試してはみたが、いずれも効果はなかった。十歳年下だという近所の人は、そのころまだ八歳か九歳くらいだったが、民雄の家へよく遊びに行ったという。むろん病気のことは知らなかった。

「あの人は家にこもりがちだったんですよ。私はよく遊びに行って、漢字やローマ字を教

えてもらいました。熱心に教えてくれました。部屋には『改造』や、いろいろな本がたくさんありました。なんの本だったかもう忘れてしまいましたが、一度本を貸してもらったことがあります。むずかしくて、とても読めませんでした。家にこもりがちだったので、近所の子供に字を教えたりするのが楽しみだったのかもしれませんね」

そのころの生活ぶりがしのばれる話である。

昭和八年七月、民雄は家から無断で百円あまりの金を持ち出し、忽然《こつぜん》と消える。無謀とも思える三度目の上京を決行し、蒲田《かまた》区大崎にある従兄《いとこ》の家に転がり込んだのだった。そのころのことを、民雄は日記（昭和十年六月十一日）のなかでふり返っている。

今までを振り返って見ても、ほんとに苦しんでいる人と交わる時にだけ自分は信頼された。例えばF子（従兄の妻）である。彼女等と同居している時、初めの間彼女は、ルーズな、手に負えないひねくれ者でそのくせ人一倍図々《ずうずう》しい――と言って自分を猿のように嫌った。けれど日が経ち、語り合うことが多くなり、お互の苦痛を話し合うようになるにつれて、彼女は自分を信じ始めた。彼女にとって、心の悲しみを語り得る者が、その夫にはなく、実に僕だったということが理解されて来た。（これは決して自惚《うぬぼれ》ではない。）彼女は、僕が自殺に出発した遺書を見ると、唯、わけもなく泣き出してしまった。そして彼女は、僕が癩であることを識《し》らず、僕の病的な苦悩が理解出来なかったらしいが、唯真に苦しんでいる者として、僕の中に共通点を見出したのだろう。

当時の民雄を知る駒田和夫という人の証言が、五十嵐康夫の連載『三十代の川端康成』の第五回「病の北条民雄と川端康成との交流」(「経済往来」一九九一年七月号)のなかにある。それによると、民雄が大崎に寄寓《きぐう》していたのはほんの数日間で、十一月の中頃になって亀戸にあった駒田家の二階に下宿している。駒田家は別れた妻の家と縁戚関係にあった。当時、第二亀戸小学校高等科二年生だった駒田和夫が語ったところによると、民雄は「売られない小説」を書いており、駒田家では一人前の作家として遇され、郷里の父からは毎月百円の送金があったという。そして、「北条は死ぬために、度々《たびたび》円タクの中でカルモチンを多量に飲んだが死ねなかった」と何度も自殺をはかったことがしるされている。暗鬱《あんうつ》な毎日ばかり送っていたようだが、女給たちのいるバーへもたびたび繰り出していたらしく、昭和九年七月二十一日の日記のなかで民雄は、癩院に慰問に訪れた劇団の芝居を観たあと、かつて親密にしていた女給の姿を追想している。

〈あの中に出て来る「忍《しのぶ》」という女の声から体つき、面影まで亀戸の君ちゃんにそっくりだったのであきれた。君ちゃんに会って見たいような気持になった。彼女はまだ例のバアに働いているのであろうか。どうかすると結婚したかもしれぬ〉

ある日、駒田和夫は小学校から帰って来ると、母親から民雄が保健所の係官に連れて行かれたと知らされる。いっこうに通院して来なくなった民雄の身を案じて、徳島のS皮膚科から連絡が行ったのだ。保健所では、関東一円の癩者を収容する全生病院への入院を強くすすめられたはずである。郷里の父へも、息子を一刻もはやく入院させろという勧告がおこなわれた。

保健所に連れて行かれたとあっては、これ以上駒田家にはいられなくなって、民雄は亀戸を逃れるようにして蒲田区町屋町に移り住んだ。入院手続きのために上京してきた父は、村を出る日の朝、役場に立ち寄り、息子の籍を本籍から抜いた。区役所へ行き蒲田区町屋町二四五番地を息子の本籍とする手続きを終えたあと、東京府の西のはずれにある全生病院を訪ね、入院手続きをすませた。

民雄はそのまま何事もなく、父に伴われて癩院の門をくぐったのだろうか。五十嵐康夫は前掲の記事のなかで、入院するばかりの身の上となった民雄が激しくのたうちまわる様子を伝えている。それは昭和九年五月上旬のことだったという。同郷の四歳年上の親友、小林龍之介とふたりで、自殺を決行するために日光の華厳滝《けごんのたき》へ向かったというのだ。だが、滝壺を見下ろしながら、民雄の決意は寸前で砕けた。五十嵐康夫はそのときのことを、あっけないほどさらりと書き捨てている。

〈「俺《おら》はもう少し生きてみる」という北条に対し、「そうするか、じゃ俺はひとりで行っからな――」と言って、北条の目の前で滝壺に向かって龍之介氏は飛び込んでいった。北条は絶えず死ぬことを考えていた〉

随筆『発病』の終わりのほうで、民雄はこうしるす。

そして今いる病院へ這入《はい》るまでの一ヶ年に幾度死の決意をしたか知れなかった。しかし結局死は自分には与えられていなかったのである。死を考えれば考えるほど判ってくるものは生ばかりであったのだ。

けれど、病名の確定した最初の日、活動館の中で呟《つぶや》いた、

「なんでもない、なんでもない、俺はへこたれやしない。」

という言葉と、海辺で口走った言葉、

「ああ俺はどこかへ行きたいなあ。」

の二つはいつまでも執拗《しつよう》に私の頭にからみつき、相戦った。今もなおそうである。恐らくは死ぬるまでこの二つの言葉は私を苦しめ通すであろう。どっちが勝つか自分でも判らない。もしあとの方が勝てば私は自殺が出来るであろう。どちらが勝っても良いと思う。私は自分に与えられた苦痛をごまかしたり逃避したりしてまで生きたくはない。生きるか死ぬか、これが解決を見ないまま時を過して行くことは実際苦しいことではある。しかし私の場合に於てそう易々《やすやす》と解決がついてたまるものか。苦しくともよい、兎《と》に角《かく》最後まで卑怯《ひきょう》なまねをしたくないのである。苦痛に正面からぶつかって自分の道を発見したいのである。

華厳滝で自殺を思いとどまったとき、民雄のなかではこうした思いが激しく沸き起こっていたのだろう。東京へ引き返してきた民雄は、全生病院への入院を、くずおれるように

自分に言い聞かせた。もうこの社会へはもどれないかもしれない。それでも「死を考えれば考えるほど判ってくるものは生ばかりであった」というほど、生に強くひきずられて、癩院の門をくぐったのである。

第三章　全生病院

1

東京の中心部から三十二キロ西方にひろがる武蔵野の広大な緑のなかに、全生《ぜんせい》病院は横たわっていた。欅《けやき》や松の大木の向こうに秩父《ちちぶ》の連山が浮かび、遠くには富士も見渡すことができた。明治四十二年九月二十八日に開院したこの癩《らい》療養所は十万坪もの敷地を誇り、近隣の集落が軽くひとつやふたつ呑《の》み込まれてしまうほどの広さだった。地番はいまは東村山市青葉町となっているが、当時は北多摩《たま》郡東村山村大字《おおあざ》南秋津という畑作農家が大半を占めるのどかな農村である。民雄が入院したとき、全生病院には千人あまりの人びとが療養生活を送っていた。

昭和十六年七月、国に移管され「国立療養所多磨全生園《たまぜんしようえん》」と改称されるまで、正式な名称は「第一区連合府県立全生病院」といい、東京府、神奈川県、千葉県、埼玉県、茨城県、群馬県、栃木県、静岡県、愛知県、山梨県、長野県、新潟県の一府十一県によって運営されていた。国立多磨全生園となったいまでも、六百人あまりの人びとがこの療養所で静かに余生を送っている。

全生病院へ行くためには、いまと変わらぬ三つの方法があった。ひとつは高田馬場《たかだのばば》駅から西武新宿線に乗って東村山で下りる、あるいは池袋から西武池袋線に乗って秋津で下りる、もしくは国分寺から西武国分寺線に乗って東村山で下りるという方法である。

当時、甲武鉄道といったいまのJR中央線の支線が、国分寺と東村山のあいだに開通したのは明治二十七年十二月、東村山と川越《かわごえ》のあいだに開通したのは翌年三月のことである。その後、昭和二年四月になって高田馬場から川越まで西武鉄道が開通し、東村山にも列車が停まるようになったことから、甲武鉄道の東村山・川越間は廃止されたが、国分寺・東村山間はそのまま残された。それより先、明治四十五年には、武蔵野鉄道（現西武池袋線）が池袋と飯能《はんのう》のあいだに開通しており、大正四年四月には全生病院の最寄り駅として秋津駅が開設された。

北条民雄が西武鉄道の東村山駅に下り立ったのは、昭和九年五月十八日の昼下がりであった。手には大きなトランクをふたつ提げていた。鳥打ち帽を眼深にかぶり、薄くなった左の眉には眉墨をひいていた。七三に分けた前髪をながく伸ばし、左眉の上に垂らしていた。

駅から全生病院までは、四キロほどの道のりを行かなければならなかった。小説『いのちの初夜』では、主人公の尾田高雄がたったひとりで癩院へ向かう姿が描かれているが、随筆『柊《ひいらぎ》の垣のうちから』では、実際には実父とふたりで歩いて行ったことがしるされている。「見渡す限り青葉で覆われた武蔵野で、その中にぽつんぽつんと蹲《うずくま》っている藁《わら》屋根が何となく原始的な寂寥《せきりょう》を忍ばせていた」(『いのちの初夜』)とあるけれども、いま父と子のふたりが歩いたあとをたどってみても、拡張された道路の両側には家々がひしめき合い、トラックやバスや乗用車が騒音をまき散らして走り過ぎてゆく。小説にあるのどかな風景は、夢のように遠い。

駅には二、三台のシボレーのタクシーが停まっていた。荷物があるので、民雄はそれに乗って行こうと父に言った。随筆『柊の垣のうちから』では、そのときはじめて癩という病の重さを思い知る場面が描かれている。

「お前ここにいなさい。」

と父は私に言って、交渉に行った。私は立ったまま、遠くの雑木林や、近くの家並や、その家の裏にくっついている鶏舎などを眺めていた。淋しいような悲しいような、それかと思うと案外平然としているような、自分でもよく判らぬ気持であった。

間もなく帰って来た父は、顔を曇らせながら、

「荷物だけなら運んでもよいそうだ。」

とそれだけを言った。私は激しく自分の病気が頭をかき廻すのを覚えた。私は病気だったが、まだ軽症だったし、他人《ひと》の嫌う癩病と、私の癩病とは、なんとなく別のもののように思えてならなかった時だったので、この自動車運転手の態度は、不意に頭上に墜《お》ちてきた棒のような感じであった。が、考えてみるとそれは当然のことと思われるので、

「では荷物だけでも頼みましょう。」

と父に言った。

自動車が走って行ってしまうと、私と父とは、汗を流しながら、白い街道を歩き出した。


民雄の顔には、著しい癩の症状は出ていなかった。おそらく運転手は、ふたつの大きな荷物と長髪の下のわずかに赤らんだ顔を見て、これから入院しようとしている新しい患者にちがいないと見てとったのだろう。まして全生病院は土地の人たちから「お山の監獄」と呼ばれていて、なるべくなら行きたくはない。

ふたりは四キロの道のりを歩きだした。入院手続きのために一度来たことのある父は、

「道は知っている」と言って平然と歩いてゆくのだが、はじめての民雄にはひどく遠く思えて仕方なかった。間違うはずはなかった。道はひとすじに癩院へとつづいている。

「お前、いくつだった?」

と父は訊《き》いた。知ってるでしょう、と民雄が言うと、

「二十一か、二十一だったなあ。ええと、まあ二年は辛抱するのだよ。二十三には家へかえられる」

父はそう言いながら、ひとつふたつと指を折る。まえに病院で息子の症状について話したとき、退院の見込みを告げられたにちがいなかった。軽症者によっては「一週間で治

る」とさえ病院側は言うこともあった。満でいえば民雄は十九歳と八ヶ月、二年後は二十一、二になっている。だが、この父は、息子の籍を家族の戸籍から抜いているのだった。後妻がいて、その後妻とのあいだには娘や息子たちがいる。民雄にとっては異母姉弟となる子供らと一家をなすこの父は、息子の不憫《ふびん》さを思いやりながらも、家族の戸籍から癩の痕跡を消さずにいられなかった。

そうした父のこころを民雄は敏感に察し、父もまた息子に悟られているのを感じながら、黙り込みがちに歩いてゆく。「空は晴れ亙《わた》って、太陽はさんさんと降り注いでいた。防風林の欅《けやき》の林を幾つも抜け、桑畑や麦畑の中を一文字に走っている道」を歩いていると、ふと父は「困ったよ。困った」と言いだした。

父は便意を催したのである。私は苦笑したが、急に父がなつかしまれて来た。父はばさばさと麦の中へ隠れた。街道に立っていると、青い穂と穂の間に、白髪混りの頭が覗いていた。私は急に悲しくなった。

出て来ると、父は、しきりに考え込んでいたが、

「道を迷ったらしい。」

と言った。

腰をおろすところもないので、二人はぽつんと杭《くい》のように立ったまま、途方に暮れて、汗を拭《ぬぐ》った。人影もなかった。遠くの雑木林の上を、真白な雲が湧いていた。

そのうち、電気工夫らしいのが自転車で駈《か》けて来たので、それを呼びとめて訊いた。父は病院の名を出すのが、嫌らしかったが、なんとも仕方がなかった。

それからまた十五六分も歩いたであろうか、私達の着いたところは病院のちょうど横腹にあたるところだった。真先に柊の垣が眼に這入《はい》った。私は異常な好奇心と不安とを感じながら、正門までぐるりと垣を巡る間、院内を覗き続けた。


『柊の垣のうちから』


全生病院までの四キロの道のりを、ふたりは迷ったあげく一時間以上かけて歩いたのかもしれない。一般社会はもとより、家族の戸籍からも消され、天涯孤独となって、どこの何者だかわからなくなっていこうとしている十九歳の息子と、そうせざるをえなかった父親にとって、その時間は長くも短くも感じられたことだろう。麦畑のなかにしゃがみ込んだ父親の姿を眺める民雄の眼差《まなざ》しは、それまで懐《いだ》いていた父親への複雑な感情をひらりと飛び越えて、慈しみの色さえ浮かべている。見送られる側の民雄が、見送る側に転じている。

ふたりはようやく癩院にたどり着く。たどり着くといっても、そこにはそれが癩院であることを告げる柊の高い垣根があるだけで、正門まではなおその垣根に沿ってひとめぐりしなければならなかった。

そのとき民雄が眺めた見上げるほど高かったはずの柊の垣根は、いまでは足もとまで短く刈り込まれている。終生隔離を象徴する三メートルあまりの樹高を誇っていたその垣根は、昭和三十五年から一・三メートルの高さにすべて伐りそろえられた。癩院をぐるりと取り囲んだそれは隙間もなく密生し、患者たちに逃亡の衝動を鈍らせた。のちに民雄の親友となる東条耿一の妹渡辺立子は、「柊の垣根の下を通り抜けようとして通れなかったのでしょう。いっぴきの野うさぎが垣根の下に挟まって動けなくなっているのを見たときには、心底怖いところに来たものだと思ったものでした」と言う。鋭く尖《とが》った無数の刺《とげ》をもつ柊の垣根は、有刺鉄線の鉄条網の役割を果たしていた。

民雄はときおり立ち止まっては垣根に額を押しつけ、院内の風景をのぞいてみる。患者たちが丹精込めてつくったと思われる菜園が遠くまでつづき、それが果てたところに森のような深い木立ちが見え、巨大な煙突が空高く突き出していた。「煙突は一流の工場にでもあるような立派なもので、尾田は病院にどうしてあんな巨《おお》きな煙突が必要なのか怪しんだ。或《あるい》は焼場の煙突かも知れぬと思うと、これから行く先が地獄のように思われて来た。こういう大きな病院のことだから、毎日夥《おびただ》しい死人があるのであろう、それであんな煙突も必要なのに違いないと思うと、俄《にわか》に足の力が抜けて行った」(『いのちの初夜』)

実際それは火葬場の煙突で、民雄が入院した年、開院から二十五周年を迎えようとしていた全生病院の死者の総数は、軽く千人を超えていた。入院より三年まえの秋の慰霊祭の時点で、死亡者は千九十人を数えている。普通の病院の景色とは、まるでちがう。

眼のまえの事務本館の白い建物に足を踏みいれ受付で案内を乞うと、四十歳くらいの恰《かっ》幅《ぷく》のいい事務員が出てきて民雄の顔を上から下まで眺めまわし、ポケットから手帳を取り出すと警察でするような身許調査をはじめた。トランクを開け、もってきた本の名前までひとつひとつ書きしるしたあと、となりの小さな家へ連れて行った。

田舎駅の待合室のような汚れたベンチがひとつ置かれたきりの殺風景なその建物が診察室だと聞いて、民雄はうすら寒さをおぼえた。まもなく五十嵐正《まき》という眼もとの涼しい三十五、六歳くらいの女医がやって来て、民雄から聞き取りをしながら詳細な病歴カルテをつくり上げていった。五十嵐正は歌誌「遠つ人」の同人で歌名を北海みち子といい、なにかの事情で夫と別れ、小学生の娘ひとりを抱え、両親とともに院内の官舎で暮らしていた。美しい女医で、院内の因習を突き抜けた考えを持ち、以後、民雄のよき相談相手となった。

このとき病歴カルテに記録された民雄の体格は、身長百五十三・六センチ、体重四十五・七五キロ。当時の日本人がいかに小さかったとはいえ、満十九歳の民雄はまるで子供のように小柄で貧弱な体つきをしていた。

診察室を出た民雄は、病棟の裏にある風呂場《ふろば》へ連れて行かれた。瞼《まぶた》までかぶさってしまうような大きなマスクをかけた若い看護婦がふたり、民雄が来るのを待ち構えていた。消毒するから風呂にはいれと言う。脱いだ衣類をいれておく籠さえなく、片隅に薄汚い莚《むしろ》がいちまい敷かれてあるきりだった。

消毒といっても風呂には消毒液がはいっているわけではなく、ただの湯だと看護婦は言う。風呂につかっていると、彼女たちはトランクを開けて中身をあれこれ点検しながら、持ち物を消毒室に送ると言い、所持金もすべて預かると言う。あとで院内のみで通用する金券を渡すと聞いたとき、民雄は「初めて尾田の前に露呈した病院の組織の一端を摑《つか》み取ると同時に、監獄へ行く罪人のような戦慄《せんりつ》を覚えた」と『いのちの初夜』の主人公に託して書いている。

入浴を終えた民雄が向かった先は、収容病室といわれるところだった。新規の入院患者はだれでも病状観察のために一週間、そこに留め置かれた。収容病室といっても独立した病室があるわけではなく、どういうわけかそれは重症病棟のなかにあって、病勢の悪化した患者たちとベッドをならべ、ともに寝起きするのである。

病院に取り上げられた所持金は、まもなく「金券」や「院券」と呼ばれる院内のみでしか通用しない「通貨」に化けて返ってきた。いま全生園内にあるハンセン病資料館に行けば、それらの金券を見ることができる。

一銭、五銭、十銭、五十銭の四種類の「硬貨」は、金物ばさみで真鍮《しんちゆう》の薄い板を丸や楕《だ》円《えん》に切り抜いて、簡単な模様と院名、単位が黒っぽく焼きつけられた粗末なもので、それは九段坂下あたりにあった徽章《きしよう》やバッジなどをつくる店で製造されたものではないかと言い伝えられている。「紙幣」は十銭、五十銭、一円、五円の券が発行され、それぞれ中央に「全生病院通用券」としるされ、通し番号と発行年月日、病院の印と院長、主事の印が押してある。これらの紙幣はすべて病院の係の者の手づくりで、当時の患者がいかにぞんざいに扱われていたかは、たとえば一円券と五円券が荷札をそのまま利用してつくられていることからもわかる。五円券にいたっては、荷物に結わえつけるためにくり抜かれたコヨリを通す穴が、ぽっかり空いたままになっている。

そんなありさまだったから、偽造事件も起きた。それは民雄が入院する一ヶ月まえのことで、患者のひとりがどこでつくったのかは定かではないが、大量にこしらえた偽造一円券をみかん箱にいれ天井裏に隠していると自白し、一ヶ月間、監房に閉じ込められている。強制収容所を思わせる監房というものが、院内にはあったのである。監房のまえには見張所があり、常時五、六人いる監督は、夜になってもふたりひと組の当直を怠らなかった。

風呂場に足を踏みいれて以来、目の当たりにすることになった恐ろしい出来事の数々について民雄は、「たとえばあなたが、あなたのあらん限りの想像力を使って醜悪なもの、不快なもの、恐るべきものを思い描かれても、一歩この中へ足を入れられるや、忽《たちま》ち、如何《いか》に自分の想像力が貧しいものであるか、ということを知られるであろう」(『柊の垣のうちから』)と書いている。こうした衝撃のありさまを、いまは民雄の翌年に全生病院の門をくぐった松本馨《かおる》という人の回想にゆだねてみたい。十七歳で入院した松本馨は十五年後に失明し、やがて手足の感覚まで失ってしまう。みずからの生を「零《ぜろ》の生」とよび、無教会キリスト者として聖書におのれの存在権の根拠を求め、ながく信仰の道を歩んでいった。戦後は「らい予防法」の廃絶にも立ち上がった人である。

私を載せた自動車は全生園の門をくぐると、病棟の風呂場に横づけになった。……いきなり裸にされた、そして入浴している間に、所持金を取り上げられてしまった。逃亡を防ぐために、直接金は持たせなかったのである。……当時は、特別に新入園者用の病棟はなく、一般病棟を併用していた。私は自分の病気が、顔が崩れたり、手足の指が溶けたりする病気である事は、わかっていたが、それがどのような姿になるのか想像もつかなかった。患者を見たことがなかったからである。病室に一歩足をふみ入れたとき……一せいに私の姿に目をそそいでいる患者を見た。……目の前がパッと明るくなり、一瞬なにも見えなくなってしまった。軽い貧血を起こしたのである。人間ではない。恐ろしい醜悪な生き物「化けものだ！」と思った。私の生はこのとき糸が切れたように、人間から切りはなされてしまったのである。

『小さき声』第十一号

民雄は『いのちの初夜』のなかで、風呂場のガラス戸が突然ひらき、ぬっと突き出された「奇怪な貌《かお》」について、「泥のように色艶《いろつや》が全くなく、ちょっとつつけば膿汁《のうじゅう》が飛び出すかと思われる程ぶくぶくと脹《ふく》らんで、その上に眉毛が一本も生えていないため怪しくも間の抜けたのっぺら棒であった」としるしている。その後、収容病室とは名ばかりの重病室にはいって目撃した多くの患者たちの姿と主人公の動揺ぶりを、〈悲しいのか不安なのか恐ろしいのか、彼自身でも識別できぬ異常な心の状態だった。佐柄木《えき》に連れられて初めてはいった重病室の光景がぐるぐる頭の中を廻転して、鼻の潰《つぶ》れた男や口の歪《ゆが》んだ女や骸骨《がいこつ》のように目玉のない男など眼先にちらついてならなかった。自分もやがてはああ成り果てていくであろう、膿汁の悪臭にすっかり鈍くなった頭でそういうことを考えた。半ばは信じられない、信じることの恐ろしい思いであった〉と何物かに取りすがろうとするかのように書きつける。その動揺ぶりは、なにも民雄ひとりだけのものではない。松本馨のそれと寸分のずれもなく響き合っているように、新入所者のだれもがおぼえる恐ろしい感動であった。民雄にとって生涯忘れることのできぬ一週間が、こうしてはじまったのである。

2

癩病患者の収容の歴史をふり返ってみるとき、瞭然《りょうぜん》と浮かび上がってくるのは、明治以降の近代化の流れのなかで癩を近代国家にあってはならぬ病とし、諸外国への体面から癩者をまるで虫けらのように踏みにじってきた、ファシズムとしての医療のあからさまな姿である。

そもそも収容の起こりは明治五年、ロシアのアレクセイ皇太子の来日を前日に控えて、明治政府が東京市中を徘徊《はいかい》する乞食たちの姿は不体裁だとして、およそ二百人の浮浪者を本郷にあった加賀屋敷跡の空き長屋に集め、給食や治療をおこなうようになってからである。二年後、これら二百人の浮浪者たちを中心として、東京養育院が開設された。その初代院長をつとめたのは、前年にわが国初の銀行として創設された第一国立銀行の初代頭取、渋沢栄一だった。

　日本資本主義の生みの親、育ての親として知られる渋沢栄一がなぜ東京養育院の院長になったのかといえば、ひとつには江戸時代末期に非常時の細民《さいみん》救済のために「七分金制度」と称して集められた基金が、明治になって東京府の管理下におかれ、渋沢の尽力によってつくられた第一国立銀行に預けられたという経緯があるからだ。その基金が養育院の運営資金にあてられた。東京府議会のなかには運営をめぐって、「敗残者を保護するのは、怠惰《たいだ》を奨励するようなものだ」などと主張する者があって一時廃止されたりしたが、そうした冷遇のために渋沢はひと肌もふた肌も脱がねばならなかった。邪魔者あつかいされた養育院は、浅草、上野、神田、本所《ほんじょ》と追われるように移転をくりかえし、ようやく大塚に落ちついたのは明治二十七年のことだった。渋沢は院長となった明治七年から昭和六年十一月、九十二歳で死ぬ直前まで数多くの事業を起こし名誉職を歴任したが、その五十八年間にそれらの職をすべて辞したあとも養育院の経営に力を尽くした。

　ところで養育院とは、もともと癩者たちの収容を目的として生まれたわけではなかった。孤児や捨て子、行路病者や老人、身体障害者などおよそ六百人を収容しており、そのなかに浮浪の癩者たちの姿もあった。彼らは故郷を追われ、東京に出てきて神社仏閣の祭りや縁日で物乞いをし、新宿や深川、本所などの木賃宿《きちんやど》にもぐり込んで生活していたが、苦しい日々を送っていただけに、検挙されたときには、ただで飯が食えると安心し、よろこんで運び込まれる者もあった。ただ、実際に行ってみると、そこは一畳にふたりの割合で浮浪者たちがひしめき合う魔窟《まくつ》のような場所なのだった。

当然のごとく死人も出た。遺体は研究解剖のために東京帝国大学医学部に献体され、そのかわり東大からは医員を派遣するという契約になっていた。いわば養育院は近代医学発展のための研究資源の供給の場でもあったわけである。やがて養育院が癩者にたいする絶対隔離政策の出発点となっていったのは、のちに「救癩《きゅうらい》の父」といわれるようになるひとりの医学者の出現が大きくかかわっている。

東大医学部選科を修了した光田健輔《みつだけんすけ》が、養育院に勤務したのは明治三十一年七月のことである。医学生時代、養育院から送られてくる遺体のなかに癩者の遺体もあった。医学生たちはだれもさわりたがらなかったが、光田健輔だけはひとり助手として解剖にあたった。このエピソードが後年「救癩の父」としての光田を美しく物語らせる伝説のはじまりとなった。以後、生涯にわたって解剖した遺体は、三千体にものぼったという。熱心といえば熱心、しかし同僚たちは「解剖好きなのだ」と囁《ささや》き合っていた。

癩は遺伝病ではなく伝染病であると確信していた光田は、渋沢栄一院長らに癩者を隔離する必要があると迫り、その結果、養育院内に十二坪の伝染病室と八畳三部屋の隔離室が設けられ、「回春病室」と名づけられた。これが日本で最初の公的機関による癩専門の隔離施設となった。

日本ではじめて本格的な癩患者の一斉調査がおこなわれたのは、光田が養育院に来てから二年後の明治三十三年である。それによると患者数は三万三百五十九人、人口一万人にたいする率は六・四三パーセントであった。また、癩血統戸数十九万九千七十五戸、癩血統家族人口九十九万九千三百人と発表された。調査は医師ではなく警察官によっておこなわれたもので、実数はこの二倍と推定された。「癩血統」という言葉に遺伝病と見る因習が色濃くあらわれ、その戸数と家族人口の多さに眼を見張らされる。

光田健輔が癩者をどう見ていたのか、養育院のころをふり返った彼自身の文（『愛生園日記』毎日新聞社）に端的にあらわれている。

〈養育院は東京市の掃きだめだといわれるほど、雑多な行き場のない人たちが集まり、栄養不良の子供たち、性病の鼻っかけにまじって、腐った梨のように肉のくずれたライ患者が、のんびりとイロリにあたって煙草をふかしていた。伝染病というのはコレラかチフスのことで、ライが伝染するとはだれも思っていない。私は膚《はだ》に粟立つ思いがした。いくら浮浪者ばかりの集まりといっても、ライでもないものに、絶対にライをうつしてはならないのである〉

だれにも打ち明けられぬ秘密を胸深くかかえ、栄養不良にも性病にもなりたいと思ってなったわけではない浮浪の者の無知をなじり、あまつさえ癩者にたいして彼ら以下と蔑《さげす》むのだった。明治三十五年、『癩病隔離必要論』を刊行した光田はくりかえし癩病の恐怖を語り、翌年、在京山口県医学総会に調査報告を提出した。会長は山根正次といい、警視庁警察医長をつとめたこともある衆議院議員であった。総会は山根代議士から国を挙げて癩対策に乗り出すことをむねとした法案を議会に建議することを満場一致で決議した。山根正次はそれまでにも明治三十二年の第十三回帝国議会で、「政府はらい病を以《もっ》て未《いま》だ伝染病と認めざるや。三府五港其他各地における乞食の取締りなきは、国家の体面に関係なきものとするや」と追及しているが、それこそが近代国家にとって癩とはなんであったかを如実に言いあらわしている。

山根正次はいくたびも法案を建議したが、国の動きは鈍かった。すでに明治三十年、日本ではじめて伝染病予防法が公布されていたが、癩病はその対象にさえふくまれていなかった。同じその年、ベルリンで第一回国際癩学会がひらかれ、伝染病説が学会の定説として公式に認められていたのに、である。

ところが、ロシア皇太子の来日にさいして浮浪者の存在を隠したときのように、外国人、とりわけ先進国の西欧人の意見をまえにすると政治はようやく重い腰を上げた。日露戦争が終わった明治三十八年十一月、熊本で癩療養所「回春病院」を運営していた英国人宣教師ハンナ・リデルが上京し、渋沢栄一に経済的援助を求めた。渋沢の提唱で大隈重信《おおくましげのぶ》、清浦奎吾《けいご》ら大物政治家が発起人となって、銀行倶楽部に内務省衛生局長の窪田《くぼた》静太郎、山根正次らを招き、リデルの講演を聞いた。そのときリデルとともに講演したのが、癩研究の権威となっていた光田健輔である。光田は絶対隔離、癩撲滅の持論を展開した。リデルもまた絶対隔離論者であり、癩患者は男女を切り離して生活させ、結婚さえさせてはならないという徹底した性分離論者だった。

「軍艦一隻維持するだけの費用で、五十年のうちにひとりも癩患者をなくすことができようと思います」

とリデルは日本の癩対策の遅れを強く批判し、内務省の窪田静太郎は法案提出の可能性をほのめかした。

翌年には英国大使館まえで癩の重症患者が行き倒れになり、偶然そこへ通りかかった大使がおどろいて外務省に駆け込み、文明国である日本にはひとりの癩患者を収容する場所さえないのか、と抗議した。こうした一連の出来事が政治を動かし、ついに明治三十九年、山根正次を代表として第二十二回帝国議会に癩予防法案が提出された。衆議院では可決をみたが貴族院では審議未了となって、翌年の議会にふたたび提出された。政府も「患者が相当数に上り、神社仏閣、公園、温泉場等を徘徊して疫毒伝搬《えきどくでんぱん》のおそれがあり、その伝染を防止するためには法律を制定する必要がある」との見解に達し、ようやく可決されたのである。

日清日露の両戦争に勝利をおさめた日本は、近代国家の体裁をとりつくろおうとして、駆け込むように法案を成立させた。法律の名称は「法律第十一号」という味もそっけもないものだったが、内容は浮浪の癩患者を強制的に収容することを刻んだ画期的なものだった。大谷藤郎の『らい予防法廃止の歴史』から要点を書き写してみると、
①府県連合立のらい療養所を設置して、浮浪らい患者を収容すること。
②らい菌に汚染した家について消毒その他の予防方法を行うこと。
③医師はらい患者を診断したとき、転帰の場合及び死体を検案したときはこれを届け出

るべきこと。

④指定医師をして患者又は容疑者の検診を行わせることができること。

目的ははっきりしている。全国の市中を徘徊する二千名といわれる浮浪癩《ふろうらい》を摘発し、療養所に放り込み、街頭を浄化することである。この法律に基づいて、北条が入院した全生病院は開設された。初代医長として乗り込んだのは光田健輔、院長は池内才次郎という千葉県市原郡の郡長をしていた警視だった。警察官が院長をつとめる、このことが療養所がなんであるのかを雄弁に物語っていた。

東京の全生病院を第一区として青森の石江、大阪の外島、香川の大島、熊本の菊池《きくち》の全国五ヶ所につくられていった癩院のなかでも、とりわけ全生病院の建設をめぐっては、村びとのあいだから凄《すさ》まじい反対運動がわき起こっている。それまで目黒、田無《たなし》、清瀬《きよせ》といった候補地を地元の反対でつぎつぎに潰《つぶ》されてきた東京府当局は、こんどこそとばかり密《ひそ》かに東村山の村長らと語らい、土地の買収をおこなった。それが村びとたちの怒りに火をつけた。畑作農家のあるじである彼らの怒りの理由は「病毒が自分たちに伝染し、作物の値段が下落する」というものであり、また時価にして坪五十銭が相場だった土地が一円八十銭という法外な高値で取り引きされたことに、「村長は賄賂《わいろ》をもらっている」という疑念を抑えきれなくなったからだ。予定地と隣り合う久留米《くるめ》村（現在の東久留米市）では、村議会で建設反対の決議がおこなわれた。

東京府から内務部長と庶務課長が測量検分にやって来るという日、実力で阻止するしかないと思いつめた五十人を超える村びとは、予定地の森のなかで待ち伏せし、気勢をあげながら一行に襲いかかった。内務部長は血まみれになって逃げだし、庶務課長は倒れて意識を失い、慰廃園《いはいえん》という目黒にある癩院の園主は負傷し、案内役をつとめた東村山村長は腕に傷を負い、森のなかを逃げまわった。「逃がすな」「たたき殺せ」という声があちこちで上がり、落ち葉かきの少年に落ち葉の下に身を隠してもらった村長は、すんでのところで命をひろわれた。「療養所敷地反対騒擾《そうじょう》事件」といまも語り継がれるこの事件で、検挙された村びとは五十四人を数えた。

全生病院ができる以前、「大岱原《おおたつぱら》」と呼ばれていたこの武蔵野の大地の一隅には、天を突くような松や杉の大森林が鬱蒼《うっそう》とひろがっており、所沢や田無からも望むことができたという。全生病院の成立前後から戦後の開放期までを各方面の資料を駆使して詳細に記録した『倶会一処《くえいっしょ》』（多磨全生園患者自治会）という貴重な書物には、「正門付近の十字路は、江戸街道と志木又《しきまた》街道の要所でありながら、それだけに追いはぎが出たり、狐に化かされたという噂もしばしばで、そこがハンセン氏病患者を肉親から、社会から、隔離するのにふさわしい場所とされた理由でもあった」としるされている。人生の大半を療養所で過ごしてきた患者みずから調査にあたり、文字を刻んでいった書物でありながら、たとえば光田健輔にたいする記述にも予断ひとつ差しはさまず、冷静に書かれている。

流血まで見た反対運動にあいながら、全生病院が開院の日を迎えたのは明治四十二年九

月二十八日であった。開院式には阿部浩東京府知事をはじめ衛生局長、府会議員、代議士、

地元町村長や地主、新聞記者らが人力車百五十台を連ねて参列し、余興に芸者の手踊りま

でおこなわれた。地元の人びとは洋式の建物や官舎をひとめ見ようと正門付近にぞくぞく

と集まってきた。人出をあてこんで串団子やおでん、いなりや燗酒《かんざけ》などを売る屋台がなら

び、花火まで打ち上げられた。こうして収容がはじまった、と『倶会一処』は伝えている。

東京市内をはじめ、乞食を仕事に浮浪の生活をしていた者たち、病人宿や木賃宿を寝ぐらに蹴込み（恐喝）やばくちをやったり、大学病院に通ったり、紙屑拾いをしたり、生きるためのありとあらゆるわけのわからないことをしていた者たちが次つぎにつかまり、東村山へ東村山へと送られ、三〇〇人の定員はすぐいっぱいになってしまった。

収容は男だけではなかった。

生まれたときから乞食であったり、浮浪らいであったわけがなく、故郷を忘れて幾年《いくとし》月《つき》、もういいかげん疲れ、死ぬ場所であってもいい、おだやかに過ごせるなら、と考えた者もあるだろう。

治る薬があるというし、食べて寝て着せてもらってただなら安い。いやなら逃げればいいし、まさか注射で殺されることもあるまい。だまされたつもりで行ってみよう、と考えた者もいたことだろう。

逃げたりかくれたり、さからいながら、不覚にもつかまり、無念の涙をのんで連行さ

れた、という者もいたに違いない。

大正三年、光田健輔が院長に就任すると、療養所内の管理強化はいっそう進んだ。光田は秩序維持のための意見書を政府に提出し、それをきっかけにして大正五年には法律の一部が改正され、院長に入所患者にたいする懲戒《ちょうかい》検束権をあたえるとともに、各療養所に悪質患者を収容するための監房を設置することになった。裁判もおこなわず患者を処罰するという、人権もへったくれもない措置であり、ここにいたって癩療養所は文字通り強制収容所のおもむきを呈するようになった。

光田が政府に提出した意見書の内容とは、絶海の孤島の住民をすべて立ち退かせ、そこに患者だけが暮らす村をつくろうというもので、一歩たりとも患者を外へ出さず、彼らが全員死んだとき癩も自然に死に絶えるという、およそ医療行為者とは思えぬ考え方であった。また、光田は療養所の管理者に懲罰権をあたえるべきだと提案し、それが懲戒検束権というかたちで法改正に反映されたのだった。

『倶会一処』には、毛涯鴻《もうがいこう》という庶務主任のサディスティックなまでに不良患者を摘発する姿がしるされている。「百たたき」「二百たたき」は実際にあり、逃走患者を捕まえるたびに、この庶務主任の命令を受けた請願巡査がたたくことになっていた。患者の泣き声が、監房の外まで聞こえてきたという。また、無断帰省しようとしただけで監房に閉じ込められ、首をくくって死んだ哀れな患者の話も伝えられ、同病の兄にさえ遺体と対面させず納棺したということで、怒りを抑えきれなくなった患者たちが朝から夕方まで光田健輔と毛涯鴻の責任を追及した事実が書かれている。

癩者たちの苦難は、いつ果てるとも知れなかった。満州事変が起きた昭和六年になると、それまで浮浪癩のみの収容を規定していた法律を大幅に改正し、すべての患者を収容するという方針が打ち出された。法律の名称も「癩予防法」と命名された。大きな項目は三つである。『らい予防法廃止の歴史』から抜き書きしてみる。

①行政官庁は、らい患者が業態上らいを伝染させるおそれのある職業に従事することを禁止すること。

②古着、古蒲団《ふるぶとん》等らい菌に汚染し、又は汚染した疑のあるものの売買、授与を制限し、又はそれらの物件の消毒、廃棄をなすこと。

③らい患者でらいを伝染させるおそれのある者を国立又は都道府県立らい療養所に入所させ、その費用は国又は地方の負担とすること。

こうして癩者たちは救済の希望さえ奪われ、伝染の可能性のほとんどない軽症者であっても家を追われ村を追われ、すべての者が近代国家の景観から消される運命を背負わされたのだった。癩者とおぼしい人間を見つけた村の者は警察に密告し、その家には消毒液がふりまかれ、すぐに知れわたるところとなって村八分にあうという悲劇をたどった。

北条が全生病院に入院した昭和九年という時期は、このような徹底した患者狩りがおこなわれたために癩の恐ろしさがよりいっそう喧伝《けんでん》され、居場所を失った癩者たちのなかには自分のほうから入院を求めてくる者があらわれはじめていた。民雄もまた、そのひとりだった。

3

北条が入院したとき、光田健輔はすでに全生病院を離れていた。瀬戸内海に浮かぶ長島《ながしま》という小さな島に開設された日本ではじめての国立の癩療養所「長島愛生園」に、昭和六年二月、園長として赴任していったのである。かねて政府に提案していた孤島での完全隔離の大いなる実践に踏みだしたのだった。

光岡良二は、入院してきたばかりの民雄と会った最初の患者だった。民雄の病歴カルテをとった女医の五十嵐正から一度会ってみるように言われ、民雄もまた同じように光岡に会ってみたらどうかとすすめられていた。ふたりとも文学青年という共通点があって、五十嵐女医は孤独にしている民雄の話し相手に光岡ならなってやれるだろうと思ったのだ。いま私たちが触れることのできる入院当初の民雄の姿は、光岡の記述のなかにしかない。

昭和九年の五月に北條は入院して来た。セルの着流しで何かの本を小脇に、療舎《(ママ)》の間の道を、わき見もせず足早に通り過ぎてゆく長髪痩軀《そうく》の青年、それが彼の最初の印象だった。僕等が知り合ったのはたしか入院後まだ二三日にしかならない頃だったと思う。（中略）或《ある》午後、当時収容病室だった三号病室を訪ねると、その青年ももう僕のことを聞いていて、笑いながら初対面の挨拶を交したが、僕は人なつこさをぐっと感じ、彼のベッドに並んで腰掛けたまま二時間ばかりも話した事を覚えている。それは何か永い飢えを充たすような感情だった。僕はもう其《そ》の時一年を此《こ》の中で暮していた。始めて此の異常な世界に踏み入った激動は流石《さすが》に隠せなかったが、彼は割合に元気な、しっかりした様子でよく話した。どんな時にも自分を見失わない、そんな強さがあった。ベッドの頭のけんどんの上には、所持品消毒が済んで帰って来たばかりの書物が積まれ、原稿紙も拡げられていたが、勿論《もちろん》何も手につかない様だった。（中略）

始めて会った時から彼の眼は僕の中に強く灼《や》きついている。小刀ででも抉《えぐ》った様に細く小さなそしてどこか三角な眼、それは笑うと殆《ほとん》ど無くなってしまいそうになりながら、その奥にキラと光る何かがある。始めての人ならまともに合せていられない眼だ。それは苦しんでいる眼、絶えず相手の心理の裸形を感じ、それに傷つき続けている眼だ。又何かにしっかりと凭《もた》りかかり絶えざる憂鬱《ゆううつ》から逃れようとする無限の飢渇《きかつ》をひそめた眼だ。だが又、感傷もなく卑屈もない、残忍なほど冷たい眼でもある。女の人など「北条さんに見られると何だかこわいわ。」と言ったりした。

『北條民雄の人と生活』

光岡良二はさらに『いのちの火影』のなかで、収容病室ではじめて会ったときの民雄の笑顔について、「その時の北条の笑いは、それこそ意志の力を最大限に必要とした笑いであっただろう」と書き、「とにかくあの時、入院数日後の北条は、暗澹とした絶望と、周囲から圧《お》しせまってくる重病者の世界の恐怖圧迫から必死に自分を支えるために、真白な原稿用紙にしがみつき、私との出会いの笑いにしがみつき、何をしゃべり合ったか覚えていないが、思いきり現実離れのした知的高踏的なたわごとにしがみついていたのにちがいない」と民雄の心理の奥底をあぶりだしてみせる。

民雄より一年まえに東大文学部哲学科に籍を置いたまま入院してきた三歳年長の光岡には、収容病室で過ごす最初の日々がどのようなものであるのかよくわかっていた。自分も同じ病室で同じ一週間を過ごしたのだ。

ただ、民雄の場合ちがっていたのは、この最初の一週間の体験こそが、いままでの青臭い小説家気どりの自我をいっきょに崩壊させ、まもなく生涯にわたるテーマを自分にくりかえし突きつけてくるようになるのである。重症患者たちの異様な姿におそれ慄《おのの》きながら、これほど感情を取り乱している自分とは何者なのかとおのれに問いかけるとき、結局のところ自分も彼らと同じ身の上にあるのだと気づかされ、自分だけはちがうと必死になって打ち消そうとすればするほど、彼らの姿はなおさら自分の行く末をあらかじめ生きてみせているのだと思えてくる。「膿汁《のうじゅう》に煙った空間」に「ずらりと並んだベッド」、その上に死にかけた重症患者が横たわり、「ぬるぬると全身にまつわりついて来る生命を感じるのであった。逃れようとしても逃れられない、それは、鳥黐《とりもち》のようなねばり強さであった」(『いのちの初夜』)。この恐ろしい感動に、民雄は全身を打ちのめされていた。

収容病室に一日中いるというわけではなかった。民雄は病室にじっとしているのが耐えられず、毎日訪ねて来てくれる光岡に案内されて、広大な敷地をぶらぶら歩きまわった。療養所はひとつの村といえた。西北のはずれに永代神社という神社があり、ちょうど祭りがおこなわれていて、お囃子《はやし》にあわせて患者たちが踊っていた。鎮守の森の上に、火葬場の巨大な煙突が見えた。

菜園を越えて行った北のはずれには、ぽつんと大きな納骨堂があった。墓地もあった。療養所で死んだほとんどの者は、骨となってもふるさとへは帰れず、ここにおさめられるのだった。南へひきかえし敷地の中心あたりから東に折れると全生学園という木造の小さな学校があり、肉親と別れてやって来た癩児たちの声が聞こえてくる。教師はある程度の学歴を経た入院患者がつとめ、光岡もここで子供たちに教えているのだという。グラウンドを隔てた向こうに、こんもりとした丘が見えた。

「望郷台というんだよ。以前、患者たちみんなでつくったんだそうだ。完成するまで、ずいぶん年月がかかったようだよ」

と光岡が教えた。

工事がはじまったのは大正十三年秋、ようやくできあがったのは昭和三年である。はじめはたんに築山《つきやま》と呼んでいたが、いつのまにかだれからともなく望郷台と呼ぶようになった。青葉に蔽《おお》われた丘の高さは、八メートルはあるだろうか。柊《ひいらぎ》の黒い垣根が壁のように、すぐ向こうに見えていた。この垣根があるせいで外の世界を眺めることも叶《かな》わず、それに見えたとしても周囲を雑木林にぐるりと囲まれているので、ちょっとやそっとの高さでは富士や秩父《ちちぶ》の連山まで見渡せなかった。この丘ができて、やっと見えるようになった。

「子供たちがね、ふるさと見たさによくのぼるんだ」

ふるさとの方角に向かって、「お母さん」と呼びかけるのだという。歌をうたうのだという。

ふたりは夜になっても歩きまわった。若葉の匂いが夜気に混じっていた。民雄は光岡に、

「いま自分が経験しているこの恐ろしい感動を、『一週間』という題で書いてみるつもりだ」

と言った。やがてそれは一週間の体験としてではなく、入院した最初の一夜の物語として、『いのちの初夜』という作品に結実することになるのだが、そうなるまでにはあと一年半という月日を待たねばならなかった。

収容病室を出た民雄は、秩父舎という平屋建ての小寮舎にはいった。新築されてまもないその寮舎は、小松や櫟《くぬぎ》の林が残っている西南の隅に、ほかの五棟の小寮舎とともにひっそりと立っていた。十二畳半の大部屋がふたつあり、それぞれの部屋に四、五人の患者が同居していたが、民雄は割り込むような恰好《かっこう》でそこへいれられた。北側には園芸部の花畑があり、教会の礼拝堂の大きな屋根が木立ちに浮かんでいた。同部屋の人びとは、医大予科在学中に発病した学生や小学校の教師、海軍の下士官、自動車運転手、鞄職人に大工、植木屋、洋服の仕立て屋といった具合に、社会にいたときの職業はばらばらだった。みな

入院して一年かそこらの者たちで、きっと軽快退院して社会復帰するとそれぞれが希望をもっていた。

いま、それらの寮舎群は跡形もない。とっくのむかしに取り壊されていて、そのあとに建てられた木造平屋の小さな図書館が一軒、古びて懐かしい風情を伝えているだけだ。風通しのよい櫟や楓《かえで》や杉の林の下に立つと、ほんとうに民雄はここにいたのかと思えてくる。神社や納骨堂、望郷台はむかしの姿のままある。プロテスタントやカトリックの教会もある。全生学園はその使命を終えたが、木造平屋建ての田舎の分校のような校舎も姿だけはまだ残っている。

たしかに民雄はここで暮らし、収容病室から解き放たれるや原稿用紙の枡目《ますめ》を埋めようともせず、野球チームのメンバーに誘われるままグラウンドに飛び出して、白球を追いかけていたのだった。尋常小学校のころから野球をはじめ、亀戸の日立製作所の工場で働いていたときも野球部に属していたから、プレーはほかの患者たちよりも洗練されていて、「俺がやる、俺がやる」としゃしゃり出て、ピッチャーでも一塁手でも難なくこなしてみせた。新しい仲間もできて、光岡とはすっかり会うこともなくなってしまった。こうして体を動かせるということが、嬉しくてたまらなかった。野球に興じているときは、恐怖を忘れられた。

ところが、ひと月あまりたったある日、試合でセカンドを守っていたところ、一塁から走り込んできた走者にスパイクされ、怪我を負ってしまった。そのことが一転して民雄を自己の内側に向かわせることになる。傷つけられたのは、あいにく麻痺《まひ》しているほうの左のふくらはぎだった。痛みはまったく感じなかった。いつまでたっても痛みはなく、スパイクによって穿《うが》たれた穴は二週間近くたっても閉じてはくれなかった。病の恐ろしさが、にじり寄る。民雄は日記に書きつけた。それが入院してはじめて書いた文章だった。

七月十三日。

盆が遂に来た。何の親しみも光りもない盆が。数日前から踊りの練習をやっているが、自分の足の傷が癒《なお》らないので、それも出来ない。出来るならば、自分も精一ぱい唄を唄って踊りたい。一切を忘れることが出来るならば、それ以上の嬉しいことが他にあろうか。足の傷は野球をやっていて、踏まれたもの。もう十三日になるのに穴の深さが浅くならぬ。傷の所が麻痺している故、痛みとてはないのだが、癒りの悪いことは二倍である。これが健康時ならば二週間も経てば良くなってしまうのだが。

痛みとてはないのだが、疵《きず》があるということは自分にとっては苦しみの導火線だ。弱り切った自分の神経は、どんな些細《ささい》なことにもそれを利用して狂い始めるのだ。疵をしてからの自分の不安と焦燥は筆紙に尽せぬ。原稿は書けぬ。日記すらようやく今日になって思いついて書き始めたくらいだ。

あの重症病者たちの姿が、こんどこそ自分の末路として実感されてくるのだった。いつかは自分もあんなふうに手が使えなくなる、眼も見えなくなる、そうなったらどうやって小説を書けばよいのだろうか。

グラウンドでは、盆踊りが賑やかにはじまっていた。単調な療養所生活のなかで、夏のあいだの楽しみは盆踊りだけである。三日間というもの、患者たちは子供から大人までみな浴衣姿で踊りまくった。

民雄も生まれてはじめて盆踊りの輪に加わった。踊りながら、癩の症状もあらわな少女たちの無心に踊る姿を見て、声をあげて泣きだしそうになった。

第四章　わが師　川端康成

1

　民雄が入院後はじめて作品を発表したのは、昭和九年六月のことである。『童貞記』という原稿用紙わずか四枚の小品で、院内の機関誌「山桜」の七月号に掲載された。ペンネームは自分の寮舎名からとって、秩父晃一とした。

はかなくうら悲しい日が続く。万象を浮せる一切の光線は湿って仄《ほの》暗い。夕闇のように沈んだ少年の眼は空間にゆらぐ幽《ほの》かな光線を視《み》つめる。空気に映った光線は一つの映像を刻んで行く……。

　そんな書きだしではじまるこの作品には、主人公の少年の憂愁がもったいぶった調子で綴《つづ》られ、全編を通してふりまかれる甘く華美な言葉の装飾に、ひとりよがりのナルシシズムが露骨に噴き出していた。

　だが、これが書かれたのが入院してからではなく、作品の末尾にわざわざ書かれてあるように入院直前の五月十三日だったということを考えたとき、華厳滝への自殺行のころの心象風景がなんとなくにじみ出ているようにも思えてくる。

たとえば少年は、月夜の森で地面に落ちた葉影を見る。「葉影は生を装って地面を這《は》う。腕を伸ばして少年は葉影の一枚を拾い取ろうとする。影は巧みに少年の指にもつれて逃れる。逃してはならぬと腰を及ばせて再び摑《つか》む。影は奇怪な敏捷《びんしょう》さを有《も》って少年の拳の上に乗る」——。葉影とは少年の生。それをつかもうとするが、生はまるで彼をあざ笑うかのように、すばやく飛び跳ねて逃げまわる。

全集下巻におさめられている七月二十一日の日記には、『童貞記』をめぐって、「自分が此《こ》の病院に来てから、最早二ヶ月が過ぎてしまった。その間に自分は何をやっただろうか。僅《わず》かに『山桜』七月号のコントを四枚書いたに過ぎない」とあるのだが、それは新しく書き下ろしたということではなく、もともと持っていた原稿に手を加えたということである。民雄はこの舌足らずな一作をたずさえて入院し、二ヶ月ものあいだなにも書けずにいたのだった。

足を怪我してからというもの、しばらくのあいだ運動もできなくなり、このままではいけないと、あせりはじめている。同じ日の日記には、「『文藝首都』七月号来る。久しぶりで熱心な文学修業者達の雰囲気に触れて、気分の躍動するのを覚える。自分も何か書かねばならぬ」とあり、「毎日どんなことでもいい、原稿用紙を一枚は書くこと」「これだけの苦しみを受け、これだけの人間的な悲しみを味わされながら、このまま一生を無意味に過ごされるものか！」。そして翌日の日記には「ゆっくり横になって『一週間』の空想でもすること」と書いている。

問題はひとりきりになれる空間がどこにもないということだった。四、五人が雑居している寮舎は騒がしく、どうしても集中することができなかった。どこか落ち着いて取り組める場所はないものかと思案していた民雄は、まもなく一風変わった書斎を手にいれた。同じ秩父舎の寮友で、試験用動物の飼育係をしている上村という内気で心優しい青年に便宜をはかってもらい、動物小屋の片隅にしつらえられた土間一畳と畳一枚だけのささやかな休み部屋を使わせてもらうことにしたのである。

小屋には猿や山羊《やぎ》、モルモット、白ねずみ、兎がいて、上村という青年は動物たちに餌をあたえ、汚物をきれいにしてやっていた。仕事の合間の一服に休み部屋を使っていたが、四六時中いるというわけではなかった。小屋は民雄が最初の一週間をすごした収容病室の裏手にあって、まわりを雑木にかこまれているので、昼でも陽の光はわずかしか届かなかった。夫婦《めおと》松とよばれる三抱えほどもある大きな二本の松が屋根を蔽《おお》っていた。近くには監房や死体解剖室、霊安所などがあり、人はあまり近づきたがらない陰気な場所だった。動物たちは癩菌を注入され、実験に使われた。

山羊の糞の臭いにはちょっと閉口したが、すぐにそれにも慣れ、初日の七月二十三日には『一週間』の冒頭部分を四枚書いた。六時の時報とともに床から起き上がり、部屋の掃除をして飯を食い、八時には医局へ行って、馬に打つような太い針で大風子油《だいふうしゆ》の注射を受ける。それが終わると一目散に動物小屋へ行き、十時の消灯まぎわまで原稿用紙に向かった。

ようやく、やる気も出てきた。「これからほんとうの作家の生活をはじめるのだ。作品することと、読むこと、観察すること、より多く苦しむこと、自己の完成へ」（七月二十四日）、「激しく創作の欲望が心をゆする。昨日書いたものを今日書きなおす。いよいよ明日からあの作品の真髄に近づく」（七月二十五日）と日記に書きつけている。ところがすぐに沈み込み、「今日はどう力んでみても書けなかった。又あの作品も行詰まって迷い出したかと思うと残念でならぬ。又材料の圧迫に苦しまねばならぬか」（七月二十六日）と、あの一週間の体験の衝撃に立ち往生してしまっている。以後、筆はぴたりと止まり、動かなくなってしまった。

この療養所には自分とまともに切り合える文学志望の友も先輩もいない。まして自分は「山桜」に発表するために小説を書こうとしているのではない。隔離の身の上とはいえ、院内作家にとどまるつもりはさらさらない。あくまでも癩院の外、一般社会に向けて自分の作品を問うていきたいのだ。そう思いはじめると、民雄はなんとかして外の世界に自分を送り出してくれる存在がほしくなった。外の世界に、文学の師を求めはじめた。癩者であるこの自分を引き受けてくれる大きな存在とは、いったいだれか……。

それがなぜ川端康成だったのか、民雄はひとことも書き残していない。川端は新人発掘の名人と言われていた。その伝説にすがろうとしたのだろうか。プロレタリア文学をこころざしてきた民雄は、しかし、そこから遠く隔たった川端のどんな作品を読んできたというのか。

考えられるのは、「死」という触媒が民雄を川端に結びつけたのではないかということである。大正十四年の『青い海黒い海』以降、民雄が全生病院に入院する昭和九年までの十年間に川端康成が発表してきた作品群は、『春景色』『死者の書』『水晶幻想』『抒情歌』『それを見た人達』『禽獣《きんじゆう》』『末期《まつご》の眼』『散りぬるを』と、どれも死を主題に据えたものだった。聖書や仏典、心霊学にも通じた川端が、強く惹《ひ》かれていたのは輪廻《りんね》転生《てんせい》と万物一如《ばんぶついちによ》という仏教の考え方である。生き死にを永劫《えいごう》にくりかえす生命はそれゆえにこそ永遠であり、宇宙にある万物は一体であるという夢のような考え方を基本において、人間救済をめざして横光利一らと「文藝時代」を創刊した川端は、その後、文壇全体が政治の波に洗われるようになると夢を破られ、ときに現実の酷さに打ち砕かれ虚無をふり仰ぎながら、これらの物語を紡ぎだしていった。絶えず死ぬことを考えていた民雄は、こうした川端作品のいくつかを読んだことがあるのかもしれない。

癩者が書いたものを手にしただけでも感染すると恐れられていた時代であった。手紙を出したところで読んでもらえるかどうかわからない。民雄は振り切るようにその手紙を書いたはずである。八月十一日のことだった。全文を書き写してみる。

突然こうしたものを差上《さしあげ》誠に失礼と存じますが、僕は××と申すものです。先生の御作はずっと拝見致して居りました。そして自分もそのようなものを書き度《た》いと希《ねが》い出来得る限りの努力を重ねて参りました。まだ東京に住んでいました頃是非一度お訪ねしたいと思い度々《たびたび》先生の家の方へ参りましたが、自分がこのような病気を持っているためどうしてもお訪ねすることが出来ませんでした。もし自分が癩《らい》でなかったら、もうずっと以前に先生にお眼にかゝれていられるのでしたけれど。

この病院へ入ったのは五月でした。それから三ヶ月の間闘病を続けつゝも、ずっと前からやっていました文学を励んで来ました。けれど病院に慣れるに随《したが》って頭は散慢《（ママ）》になり、苦しみが余り深いためか一種虚無な心の状態になって凡《すべ》ての感激性は麻痺《まひ》し始めました。創作への情熱は消えそうになり、意力は弱まり、このまゝで進んで行くなら生存の方針すらもつかなくなりそうです。自分達にとってこれ程苦しいことが外にありましょうか？　現在こそこうしてペンを持たれ、文章を書くことも出来、殆《ほとん》ど健康者と変るところはありませんが、やがて十年乃至《ないし》十五年過す間には腕も足も眼も、その他一切の感覚は麻痺するばかりでなく、腐り落ちて了《しま》うに定《きま》っているのです。こう考える時自分には死以外にないことは分り切っています。けれど僕は死ねなかったのです。実際死ねなかったのです。こうなると僕にとって生くるという以外になにがありましょう。そして働くことの出来ない自分のすることは文学以外にありません。院内にも勿論文芸に親しんでいる人も随分いますが、病者という弱さの故にか、真に癩を見つめようとする人は一人もいなく、唯《ただ》俳句、詩、短歌の世界にディレッタントとして逃避して了い、文学を生きようとする熱と望みも有《も》っていません。これは僕にとって非常に残念なことです。そしてこうした周囲は僕の反発《はんぱつ》性を踏みにじって僕を彼等と同じいボックスの内部に押しこめようとします。僕は最早自分の片方の足がそのボックスの中に入り込もうとしているのを意識しては苦しみました。

もう先生はとっくに僕がこの文章を書き綴ってお送りしようとしている僕の気持をお察しになられたと思います。僕は先生に何かを求めているのです。今の僕は丸で弱くなっています。きっと僕は先生のお手紙を戴《いただ》くだけという理由から文学に精を出すことが出来ると思います。

僕は今百五十枚くらいの見当でこの病院の内部のことを書き始めています。出来上ったら先生に見て戴き度いのですが見て戴けるでしょうか？

きっと返事を下さい。こうしたどん底にたゝき込まれて、死に得なかった僕が、文学に一条の光りを見出し、今、起き上ろうとしているのです。

きっと御返事を下さい。先生の御返事を得ると云う丈《だけ》のことで僕は起き上ることが出来そうに思われるのです。

尚《なお》、この手紙その他凡てこの病院から出るものは完全な消毒がしてありますから決して御心配しないで下さい。

東京府北多摩郡東村山
全生病院内
×××

八月十一日

河端《(ママ)》先生　机下

全集下巻におさめられたこの手紙からは、民雄のすがりつくような思いが感じとれる。ただ、川端の苗字を「河端」とまちがえて書いている。封書の表にも「河端康成様親展」とあって、うっかり間違えて書いたのではないことがわかる。手紙に書いているように、ほんとうに川端の作品をずっと読んできたのか、はなはだ疑わしいものがある。

実際、民雄は小林多喜二の虐殺をきっかけにプロレタリア文学運動が事実上壊滅すると、かねてプロレタリア文学を仮想敵と位置づけてきた、「小説の神様」といわれた横光利一《よこみつりいち》へのあこがれを強く懐《いだ》きはじめた。郷里にいるころに横光利一に手紙を書き送ったことがある、とふるさとの文学仲間は言う。返事は来なかった。この文学仲間は、横光と双璧《そうへき》をなしていた川端康成にたいして民雄がどう思っていたかについては、「たしか川端康成が『浅草紅団《くれないだん》』を出したころだったと思うが、あいつはあんな享楽的なものをこの時代に書くなんて言語道断だと言って、批判していた」と語る。けれども、いま癩院に隔離されてある民雄のこころは、そのような過去の感情など引きずってはいられないくらい切迫していた。「僕の反発性を踏みにじって僕を彼等と同じいボックスの内部に押しこめよう」としているとしか思えぬ院内の文学空間をひと思いに飛び越えて、川端に必死の形相で救いを求めているのだった。

民雄のとった行動は、破れかぶれの行動だったようにもみえる。業病、天刑病《てんけい》といわれ恐れられた癩という病は、巷《ちまた》では病者が手にしたものに触れただけでも感染するという迷信がはびこっていたし、手紙を書いたところで病院側の深謀遠慮《しんぼうえんりょ》によって川端の手もとにちゃんと届くかどうかも疑わしく、それを案じたのか民雄は手紙を出したことを日記にさえ書かず、病友たちにもずっと打ち明けずにいた。そして「きっと返事を下さい」と二度までも懇願を綴《つづ》った民雄に、川端からの返事はいつまでたっても届かなかった。

2

川端康成は六月十四日に、満三十六歳を迎えたばかりだった。旅に出ては逗留《とうりゅう》先の旅館で執筆するという生活にあけくれ、民雄から手紙が届く二ヶ月まえの誕生日のころには、『雪国』の舞台となる越後《えちご》湯沢《ゆざわ》をはじめて訪れている。

そもそも湯沢行きは、偶然のなりゆきから生まれた。川端秀子夫人の回想（『川端康成とともに』）によれば、ちょうど上野の桜木町から谷中《やなか》坂町に引っ越すことが決まり、大家から家を出るまえに手いれをしろだの、出るにあたっていくら金を出してほしいだのとうるさく言われ、川端は金策のために多くの原稿を書くしかなく、群馬の大室温泉に行って執筆をはじめ、六月十三日には「文學界」の原稿を鉄道郵便で送るために水上《みなかみ》駅へ行き、息ぬきのつもりでそのまま上越国境の清水トンネルを越えて、はじめて湯沢に足を踏みいれた。泊まった先が『雪国』の舞台となる高半《たかはん》旅館で、そこではじめて小説の着想を得たのだ。

川端はこのひなびた温泉町の旅館がよほど気にいったらしく、翌日には大室温泉に荷物を取りにもどり、湯沢へ引き返している。あわただしく動きまわっているそのあいだにも、水上駅でまた新しい別の小説の着想も偶然に得た。六月十三日付けの秀子夫人への手紙には、

〈今日水上駅で、駈落者騒《かけおちしゃさわ》ぎがあった。心中しそうで宿屋から東京へ三度電報打つと、娘の父迎えに来たが、駅へつく途端　男　自動車から逃げだし、番頭共総がかりで捜し、つかまえた。川へ飛びこんだろうと皆々心配。昨日別口のカルモチン自殺未遂もあった。駅のこの見物面白かったので、モダン日本の長編の書き出しにする。これは一二日中に書く〉

とあり、こうして書き上げられた『水上心中』は「モダン日本」に八月号から連載が開始され、その第一回が発表されると同時に松竹でシナリオ化され、十一月には連載が終わらぬうちに映画館で封切られるという運びになった。ようやく桜木町から谷中坂町に引っ越すことができたのは、川端が『水上心中』の第一回分を書き終え、湯沢から東京にもどって来た六月末のことだった。

八月、川端はふたたび湯沢の高半旅館に逗留していた。滞在中に従妹《いとこ》の夫が亡くなり、谷中の全生庵で葬儀をとりおこなうことになって、所持金も底をついているだろうと夫のふところを案じた夫人が、百円を握りしめて湯沢まで川端を迎えに行った。民雄の手紙が届いたのはちょうどそのころのことで、公私ともに忙しいさなかだった。川端はそれからも『水上心中』の連載と同時に、『浅草祭』を「文藝」の九月号から連載しはじめ、『雪

国』の構想にも没頭していた。

プロレタリア文学への弾圧はますます激しさを増し、作家たちは自由な表現の場を失いかけていた。この十年のあいだ川端は死を主題にして小説を書いてきたが、そもそも大学を卒《お》えた年に横光利一、片岡鉄平、今東光《こんとうこう》、中河与一らと同人誌「文藝時代」を創刊したとき、これからは文芸が人間救済の役割を果たさなければならないと考えていたのは川端自身なのである。だが、この凄《すさ》まじい弾圧下にあって、文学者たちはたがいに疑心暗鬼に駆られ、川端は人間救済の甘い夢も喰い破られそうになって、虚無の深まりに身を置くようになっていた。そして、ふと訪れた越後湯沢で、なにかしら再生の兆しをつかんだのである。

政治の坩堝《るつぼ》と化した中央の喧騒《けんそう》が遠い世界のことのように思えてしまうほど、雪国の美しい山河は凜《りん》として横たわり、むかしながらの人びとの暮らしが淡々と営まれていた。これといった変化もなく、約束事のように同じ毎日をくりかえす雪深く山高い温泉町の生活は、ともすれば徒労とも映ったが、しかし川端は、そこに人間救済の新しい物語の可能性をじっと見つめていた。

やがて完結をみる『雪国』は、生きてゆくことの無意味さにとり憑《つ》かれた「無為徒食《むいとしょく》」の男島村と、徒労など承知のうえで日々客を迎えて生きる芸者駒子の物語である。生きることに意味を見出そうという考えこそが浅ましく無意味なのだと言わんばかりに、駒子はひなびた温泉町で毎日をたくましく健気に生きている。その姿に島村は打たれ、やがて駒子に背中を弾かれるようにして、ふたたび生きる力を得て雪国を去ってゆく——川端はこうした物語を構想しながら、小説家としての再生を期していた。

民雄から手紙が届いたのは、ちょうどそうした時期だった。考えてみれば、なんとも不思議な縁《えにし》である。川端が再生への道を踏み出そうとしていたとき、民雄は癩院に閉じ込められ、ひとすじの光を求めて川端に手紙を書いたのだった。

その時期、川端が多忙をきわめていたのは、個人の仕事の面だけではなかった。昭和八年十月の創刊以来ずっと同人をつとめてきた「文學界」が廃刊になるかどうかの瀬戸際に立たされていた。もともと「文學界」は小林秀雄、武田麟太郎《りんたろう》、林房雄、宇野浩二、深田久弥《きゅうや》、広津和郎、豊島与志雄《とよしまよしお》、そして川端の八人が集まり、文化公論社から毎月発行されていた文芸同人誌で、採算がとれないために五号目にあたる昭和九年二月号で休刊となり、数ヶ月間の休眠を経てようやく六月号から復刊されていた。

新しい発行元は本郷の森川町にある帝大(現在の東京大学)正門まえの文圃堂《ぶんぽどう》書店という古本屋と出版を兼ねた本屋だった。立ち上げてから三年ほどしかたっていない小さな書店で、社長をつとめているのは、まだ二十代半ばの野々上慶一という人物だった。その青年社長に旧知の小林秀雄が頼み込み、発行を引き受けてもらったのだ。このとき野々上に「文學界」の紙型を渡したのが川端で、川端は復刊号の編集にじかにたずさわった。

同人は創刊時の八人に里見弴《とん》、横光利一、藤沢桓夫の三人を加えた十一人の錚々《そうそう》たる顔ぶれではあったが、ちょうど川端が民雄から手紙を受けとった直後、復刊から四冊目となる九月号を出したとき、またしても廃刊話が持ち上がったのである。文圃堂の社長だった野々上慶一の回想によれば、「四冊出したところで採算割れがはっきりして、たちまちピンチに見舞われたのである。だれでも損をするのはイヤなもので、私も損をするのはイヤだった。そこで廃刊問題が起きた」（『さまざまな追想』文藝春秋）

それにしても「文學界」は、川端にとってもひとつの生命線といえる同人誌なのかもしれなかった。もともと小林秀雄、武田麟太郎、林房雄の三人から引っ張られて同人となったのだが、満州事変以降プロレタリア文学運動が徹底的に弾圧され、そのあげく大衆迎合的な文芸や暴露雑誌が広く大衆に歓迎されるようになり、純文学は衰退の一途をたどろうとしていた。そうした状況に直面して、プロレタリア文学から転向した武田麟太郎や林房雄らと純粋芸術派の小林秀雄や川端らは、それまで異にしてきた歩みを文芸復興という名のもとにひとつに集まり、「文學界」を創刊したのである。武田麟太郎はそれを「文学者の自衛運動」と言い、「積極的行動」と言った。

昭和九年三月に解散した日本プロレタリア作家同盟の一員であった高見順は、かつての同盟員だった武田麟太郎にこのときばかりは共感を寄せ、「プロレタリア文学の政治主義的偏向によって圧殺されそうだった私のなかの作家が、ほっと息をついた、『文學界』創刊が私に、ほっと息をつかせた」（『昭和文学盛衰史』角川文庫）と明るい期待感を語っている。その後、高見順も「文學界」に寄稿者として参加するようになり、最終的には「文学壇強者連盟」などという批判をあびせて背を向けていくことになるのだが、創刊当時に懐《いだ》いたこの感慨は、いかにそれまでの文学状況が息苦しいものであったかを痛ましいほど物語っている。そうした意味でも「文學界」の動向は、ほかの作家たちからもあまねく注目されていたのである。

廃刊の危機に立たされた「文學界」では、同人会議がひらかれた。会議は小林秀雄の独演会となった。手酌でグイグイ酒をあおりながら、ときに高踏《こうとう》的で抽象的な文学論をからませて、

「文士というものは書きたいものを書きたいときに書いて、なんの拘束もなしに発表する、そういう場所がぜひ必要だ。自分もそれがほしいし、ほかの人にもそれをあたえたい。そのためには『文學界』を絶対つぶしてはいけない」

と先輩作家たちが居並ぶまえでひとり滔々《とうとう》と気を吐いたあげく、

「原稿料なんかなしでも、あたしゃァ覚悟を決めてやりますよ」

と、いつものベランメエ口調で言い放った。

経営者として同人誌にばかりいれあげるわけにもいかない野々上慶一も、小林の迫力に圧倒され、その場で決意を促されると、「縁あって引き受けたのだ、行くところまで行こう」と肚《はら》を決めた。

「成算あってのことではなかった。多分に痩我慢《やせがまん》、下世話にいう若気の至り、というところである」(『さまざまな追想』)

こうして「文學界」の続行は決まり、責任編集には当然のことながら小林秀雄があたる

ことになった。原稿料はひとりの例外もなく無料とした。

「稿料がもらえないからって、『改造』や『中央公論』よりまずい小説書いたりしたら承知しねえぞ」

小林秀雄はそう言って、同人たちの尻をたたきつづけた。

復々刊がはじまったのは翌昭和十年一月号からで、小林は回転資金を得るために妹婿《むこ》の『のらくろ』の流行漫画家、田河水泡《すいほう》から金を引き出し、林房雄と武田麟太郎のふたりは旧知の宇都宮徳馬に支援を仰ぎ、川端康成は弟子の岡本かの子から毎月援助を受けて「文學界」を支えていくことになる。

もし廃刊になっていたとしたら、民雄はどうなっていただろうか。癩者の書いたものは印刷物からも感染するなどと言われていた時代に、いきなり一般読者相手の総合雑誌に作品が掲載されることはむずかしかっただろうと思われる。作品がはじめて発表されるのは、「文學界」である。続行は民雄にとっても幸運な出来事だった。

3

こうした同人たちの悪戦苦闘から遠く離れた場所で、いま民雄は川端からの返事を待ちわびる小説家志望の一青年にすぎなかった。『一週間』の執筆はなかなか進まず、左足の怪我もいっこうに癒える気配がなかった。八月十八日になって内科室に五十嵐正を訪ねた民雄は、「いっそのこと傷口を切りひろげたらいいんじゃないですか」と乱暴な相談をもちかけた。すると女医から「そんなにあわてても駄目。これからは動きまわっちゃいけませんよ」と言われ、きつい灸《きゅう》をすえられてしまった。

民雄は売店へ行き、創作の覚え書き用に使う大学ノートを二冊買い込み、これから秋になれば頭もだんだん冴《さ》えてくるだろうと自分に言い聞かせ、「そうしたら、書き、読み、観察する。仕事にも精が出て来る」(日記・八月十八日)などと自分の不明を季節のせいにして、女医の言うこともきかず院内をふらふらと遊びまわっていた。ほどなくして傷もだいぶ癒《い》えてくると、野球仲間に誘われるままグラウンドへ飛び出していった。

だからといって、悩みが消えたわけではない。不眠症にも悩まされていた。きょうこそ睡眠剤のカルモチンをもらいに行こうと決心したのは八月二十七日のことだった。あれから十日も五十嵐女医のところへ顔を出していないので、叱られるかもしれないと思いながら恐るおそる内科室を訪ねてみると、案の定、小言を言われ、傷の穴はいまではもう完全に塞《ふさ》がっていたが、筋肉の上下がちゃんと密着しているかどうか不安だったのでたずねてみると、

「いまさらそんなことを言っても知らない」

と女医はそっけなく言う。

「困った、困った……」

「あなたの体質から推して結核性関節炎を起こすおそれが充分にあるのだから、私、心配してるのよ。あなたの病気は関節が弱いのだから、それにその傷が関節に近いし……。と

にかく明日レントゲンをかけてあげるから、おいでなさい」

　そんなふうに叱られても、民雄はこざっぱりとした気性の美しいこの女医に好感をもっていた。その日の日記に「叱って呉《く》れると思うと嬉しい」と書いている。

　女医はカルモチンについてはその場で渡さず、夕方、看護婦に持って行かせるからと約束したが、退院時刻の五時が過ぎても看護婦はとうとうあらわれなかった。その晩もなかなか寝つかれず、未明になってようやく眠りに落ち、翌朝は起床の時報が鳴っても起き上がれなかった。民雄は女医を恨めしく思った。

　五十嵐正は、ほんとうに忘れていたのだろうか。のちに彼女は光岡良二に宛てた葉書のなかで、そのことについて述べている。民雄は少し神経質に見えたし、そのころの自分は若い患者の自殺をくい止めようと必死だったので、睡眠剤を渡すことは習慣性もさることながら、貯めて一度に飲まれては大変だから、睡眠剤と偽って乳糖だけを投じたりもした。そして彼女は「忘れたフリもしました」としるし、「本当に忘れた事よりフリの方が多かったのでした。(民雄は)自殺をしなかったのだから、黙って出して上げれば良かったと思っています」(『いのちの火影』)。こうした女医の気遣いに、民雄は死ぬまで気づかなかった。

　レントゲンを受けに行かなければならなかったのに、民雄はむくれて行かなかった。その日の日記には、しばらくぶりに小説の進捗《しんちょく》状況について触れられていて、「『一週間』は三十五枚、第一日の分だけ書いたが、第二日になって詰まってしまい、一行も進まない。

それというのも腹工合が悪いうえに、毎日野球に引き出され、ゆっくり考えてみる暇がないからだ」（八月二十八日）。始終、下痢にも悩まされていたのである。

正午を過ぎて、グラウンドに野球観戦に行ってみたが、どちらのチームもあまりに下手糞なので見ていられなくなり、帰りかけたところを分室で呼び止められた。手紙が届いているという。手渡されたそれは川端からのものではなく、郷里に暮らす祖父からの懐かしい手紙だった。歩きながら読んでいるうちに、民雄の足はぱったり止まってしまった。思いがけない知らせが、そこには書かれていた。別れた妻が死んだという。

民雄はその日の日記に書いている。


久しぶりの老いた祖父からの便りである。古風に筆で書かれた文に、目前に祖父を見たような嬉しさを覚える。読んでいるうちに、以前の妻であるY子が肺病で死んだという。思わず自分は立ち止って考え込んだ。あんなに得態の知れぬ、そして自分を裏切った妻ではあったが、死と聞くと同時に言い知れぬ寂しさを覚えた。自分は彼女を愛してはいなかった。けれど死んだと思うと急に不愍《ふびん》さが突き上げて来て、もう一度彼女の首を抱擁したい気持になる。出来るならばすぐにも彼女の墓前に何かを供えてやりたくも思う。死の刹那《せつな》に彼女はどんなことを思ったろうか。それにしてもなんというはかり識《し》れぬ人生であろうか。死を希《ねが》い願って死に得なかった自分。だのに彼女は二十のうら若さで死んでしまった。

××のKも病気とのこと。老いた祖父が頼りとする自分を、この遠くの療養所に送って、そして自分の周囲のものが次々に死んで行く状《さま》はなんという悲しいことだろう。最早祖父母の上にも死の影は遠くあるまい。

明日は松舎と野球の試合があるので、夕方になって練習をする。練習中はY子のことも何も忘れ果てていたけれど、終って風呂《ふろ》に入り机の前に坐ると、すぐ又彼女のことを思い出した。あんなに元気で、田舎娘らしい発育の良い女だったのに——死ぬとは寧《むし》ろ不思議な感じがする。

民雄は満で二十《はたち》になろうとしていた。彼女は十九の若さで死んだのだ。

それから何度も彼女の姿が思い浮かぶようになった。光岡良二のいる妙義舎へ風邪で寝込んでいる病友を見舞いに行ったとき、不意にある幻想に打たれたりもした。

何人かと病気の話をしていた。

「中耳炎になった場合、後頭部からの手術はこの病院ではできない」

とだれかが言った。

「それでは外へ出て手術を受けることができるか？」

「おそらく外へは出すまい」

「それではどうする？」

「見殺しだ」

最後の言葉に民雄は身震いした。光岡が悲しげな声で「おい、どうだい」と尻をつついた。なにも答えられなかった。

そのとき、しばらく小降りになっていた雨が、突然はげしく降りはじめた。みな急に黙り込んだ。「部屋の中が妙に淋しくなってきた。僕は死というものが、すぐ近くまで来ているのではないかと思って不安を覚えた。その刹那《せつな》、Y子の死が急に思い出され、妙に彼女の死んでいる姿が美しく思い浮かんだ。胸のあたりはまだ元のように肉づきが良く、心臓は静かに上下している。そういう風な彼女が横に臥《ふせ》っている姿が眼にちらついた」（日記・九月一日）

民雄は自慢の長髪を丸坊主に刈り上げ、気分を変えようと努めた。新しい小説の題材を求めて、付添夫として重病室に通うようになったのは九月二日からである。療養所では看護婦の手が足りず、軽症の者が重症患者の世話をするのが習わしになっていた。当直もする。民雄が通いはじめたのは九号病室という結核病室で、自分で便所に行くことも煙草を吸うこともできない十七人の患者がベッドに横たわっていた。

盲目の患者が四人いて、民雄は彼らに煙草を吸わせ、お茶を飲ませ、飯を食わせ、便所へも連れて行く。病室の掃除をし、ニンニクの皮をむく。眼まで隠れるかと思われる大きなマスクをつけた外科の担当医がやって来ると、助手として患者の繃帯《ほうたい》を解いてやる。病室は膿臭《のうしゅう》でむせ返った。

民雄は『一週間』を中途で投げ出して、死んだ妻のことを思い浮かべながら、『若い妻』

という新しい小説の構想に没頭しはじめた。書き上げたら雑誌「文藝」の懸賞小説に応募しようと原稿用紙に向かったのだが、もがき苦しむばかりで一行も書けず、九号病室の空きベッドの上で日記帳にしている大学ノートを取り出して、なにもかも放り投げるように書きつけた。

九月七日。

見るがよいこの病室の状《さま》を。一体この中に一人だって息の通っている生きた人間が居るか！　誰も死んでいる。凡《すべ》てが灰色で死の色だ。

ここには流動するたくましさも、希望に充ちた息吹きの音もない。

いやそれどころか、一匹の人間だっていないのだ。そして自分もその中の一個なのだ。

（中略）

社会と関係がない。それこそ最早死んでしまった為なのだ。いや死んでしまっていることを証明するものだ。そしてそれは生きた人間とも関係がないんだ。これ程悲しいことがあるだろうか。

ああ俺は死んだ。死んだ。死んだ。

五日のち、民雄は神経衰弱と診断された。

そうしているうちに九月は過ぎ、十月となり、四日の日記に「夜、於泉《おいずみ》君の所へ行き、文学に就いて種々話す」とだけ書いてからはしばらく一行も書かず、月の半ばを迎えた。『一週間』は三十五枚で止まったまま、放り出していた。

ほとんど望みを失いかけていたそのころになって、ようやくそれは届いた。川端康成から返信が来た。

拝復

御返事大変おくれて申訳ありません。

お書きになったものは拝見いたします、無論消毒されて病院を出ることはよく承知いたしておりますゆえ、その点は御遠慮なくお送り下さい。

なにかお書きになることが、あなたの慰めとなり、また生きる甲斐ともなれば、まことに嬉しいことです。

御手紙のようなお気持は尤《もっと》もと思いますが、現実を生かす道も創作のうちにありましょう。

文学の御勉強を祈り上げます。

十月十二日　　川端康成

×××様

民雄はそれまでの暗い気持ちがいっぺんに晴れたのだろう、四日後の十月十六日には川端に宛てて「御返書、ほんとうにありがとう御座いました。もうきっとお手紙は戴《いただ》けないものと、半ば断念して居りました。それはこの上なく寂しいものでした。けれど、今日から又以前のように病気を忘れて、文学にだけ生きて行こうと云《い》う気持になりました」という書き出しではじまる長い手紙を書き、川端の苗字を「河端」とまちがえて書いてしまったことに平身低頭して許しを乞い、作品を見てもらえることに感謝を述べ、癩院内部の様子を川端作品を意識したような筆致で書きしるしている。

病院とは云えこゝは一つの大きな村落で、「新しき村」にでもありそうな平和な世界でお互に弱い病者同志が助け合って、実に美しい理想郷——とそのような趣が、表面上には見られ、先日も林陸相がお見えになって感心していられましたけれど、この病院の底に沈んでいるものは、平和とか美とか、或《あるい》は悪とか醜とか、そうした一般社会の常識語では決して説明し切れない、不安と悲しみ、恐怖と焦燥が充ちて、それは筆舌に尽きない雰囲気の世界なのです。私自身も危く気が狂《まさ》う所でした。けれどこうした中にも、ほんとうに美しい恋愛も在れば、又何ものにも優った夫婦愛の世界もあります。実際この中の恋人同志は、荒野の中に咲いた一輪の花のように、麗《うるわ》しく、そして侘《わび》しく、だが触るれば火のように強いものです。そしてこうしたことが、癩、それから連想される凡《すべ》てを含んだ概念の内部で行われているということを、思って見て下さい。

手紙の最後のほうでは「こうした内で、私は静かに眺め、聞き、思って、私自身の役割を果して行きたいと思っています。役割とは勿論《もちろん》、表現すること。血みどろになっても精進すること、啻《ただ》それだけです」と決意を述べ、創作の参考になるかもしれないからと川端に来院を呼びかけ、「院内十万坪隈《くま》なく御案内致します」と書いて筆を置いている。

民雄はよほど興奮していたらしく、何度も川端の手紙を読み、はやく川端に見てもらえるような作品を書かなければとあせりながら、そのくせ毎日、野球にばかりあけくれていた。返事を受け取ったこと自体がまるで自分の最大の目標でもあったかのように有頂天になり、地に足が着かなかった。

川端にお礼の手紙は書いたが、日記には川端の手紙が届いた記念すべき日にさえ一行も書かず、十日以上も過ぎた十月二十三日になってようやく、「このような日ばかり続けて、これは何ということだ。本を読むというでなし、ものを書くというでなし、野球にばかり日を奪われて——」「川端先生からもお手紙戴いて作品は見て下さるというに、早く何か纏《まと》めねばならぬ」と、こころのうちを吐露《とろ》している。

だが、それ以後、作品らしい作品はほとんど書けなかった。院内の少年少女患者の機関誌「呼子鳥《よぶこどり》」に童話『可愛いポール』を六枚ばかり書き、紀伊國屋書店の出版月報「レツエンゾ」に随筆を五枚書いたのみで、入院した年の昭和九年は終わってしまった。

どうしても書けない深刻な理由が別にあった。体に恐ろしい変調があらわれたのだ。川端の返信が届いてから半月が過ぎた十月三十日の日記を見ると、「ロクマクに少々水が溜まっている」と医師に診断され、「体中に無数に熱瘤《ねっこぶ》という奴が出来た」とある。熱瘤とは癩特有の症状で、体力が低下してくると菌が堰《せき》を切ったように増殖し、それにともなってアレルギー反応が起こり、高熱を発して体全体が盛り上がったようになるのである。

川端から温かい手紙をもらって真剣に小説に取り組もうとしていた民雄は、三十八度から九度のあいだを上下する高熱にさいなまれ、日記を書く気力さえ失《う》せ、十一月六日には入院以来はじめて重病室にはいらなければならなかった。重病室には十一月二十四日まで十五日間いて、充分に治らないまま退室したのだが、「いくら書いたって下らぬものを、自分の気にも入らぬものを発表する気になど丸切りなれない」と、川端に送るべき作品をなかなか書こうとしなかった。ようやく書き上げた作品をおそるおそる川端に送るまでには、返書を受けてから七ヶ月という時を待たねばならなかった。手紙もそれまでは書かなかった。

4

川端康成が返事を書くまでに二ヶ月という月日を要したのは、どうしたわけだったのだろうか。取材旅行や執筆、「文學界」存続の問題などに忙殺されていたこともあっただろうが、あのような簡略な手紙を書くのに、それほど手間はかからないはずである。業病、死病と言われていたそのころの癩への偏見から考えて、やはり民雄の病への恐れが三十六歳の川端をためらわせていたのだろうか。しかし、もしそうだとすれば、「お書きになったものは拝見いたします」などと書くはずはない。

「頼まれると、どうにも断れない性分」という川端は、作品を見てほしいと言ってきた民雄にたいして、どうにかして見てやれることはできないか、とはじめから考えていたようだ。秀子夫人が北条研究家の岸文雄に語ったところによれば、川端は忙しいさなか懇意にしている慶応病院の医師に癩病について詳しく話を聞いていたという。

世間で囁《ささや》かれているように、患者がさわったものを手にしただけでも感染するのか、手紙を寄越してきた小説家志望の若い患者がいるが、手紙や原稿のやりとりをしても危険はないのか、などと詳しくたずね、医師から癩という病は肺結核よりも感染率が低く、まったく問題はないという答えを得て、はじめて民雄の申し出を引き受けようと決意したのである。

ちょうど民雄の手紙を読んでいるとき、志賀直哉が訪ねて来て、それはだれの手紙かと訊《き》いた。川端が、かくかくしかじかの者からの手紙だとこともなげに答えると、血相を変えて逃げ帰ったという。川端門下の小説家中里恒子《つねこ》は、昭和四十七年六月「新潮」臨時増刊『川端康成読本』の座談会のなかで、

「北條さんの手紙がよく来るのね。川端さんのお机のそばにブリキの箱があって、そこにみんな入っているんです。ホルマリンか何かで消毒してあるというのですが、そこから出してみて『北條さんの手紙ですよ』なんて。私がひょっと手をだすと『およしなさい』と

おとめになって、ご自分だけ見ていらっしゃる」

と、どこか人間の域を軽々と飛び越えてしまったような異能の姿を語っている。

この時代、民雄の願いをなんとか叶《かな》えてやりたいと思い、実行できるような作家は、川端をおいてほかになかったかもしれない。それに川端がやがてかかわるようになったのは、民雄ただひとりではなかった。民雄からは自分の作品ばかりではなく、癩院の子供たちが文章を寄せている「呼子鳥」や大人たちが書いている「山桜」などの機関誌、それに病友らの生原稿などが送られてくるようにもなった。川端はそれらひとつひとつに眼を通し、彼らに求められればその書物に序文を書いた。詩の才能を発見すると、三好達治らに紹介した。書斎はホルマリンの臭いでいっぱいになったが、そんなことなどいっこうに構わなかった。

それが川端の「孤児」としての生い立ちに由来するものであるとすれば、実家から籍を抜かれ、社会から隔離されてある民雄もまた「孤児」なのである。

生後七ヶ月にして父を失い、翌年、一歳と七ヶ月で母を失った川端は、ただひとりの姉とも離ればなれになって、祖父母に引き取られた。だが、育ててくれた祖母は七歳のときこの世を去り、それから祖父とふたりだけの生活がはじまる。叔母の家に預けられていた姉は、川端が十歳のときに死んだ。別れてから一度しか会ったことのない姉だった。ただひとり直系の親族となった祖父は、白内障におかされて盲目だった。少年の川端は中学へ五キロの道のりを毎日歩いて通いながら、しだいに衰弱していく祖父の介護にこころを砕いた。その当時のことを写生風に描いた『十六歳の日記』には、たとえばこう書かれている。

「ししやってんか。ししやってんか。ええ。」

病床でじっと動きもせずに、こう唸《うな》っているのだから、少々まごつく。

「どうするねや。」

「溲瓶《しびん》持って来て、ちんちんを入れてくれな。」

仕方がない。前を捲《まく》り、いやいやながら注文通りにしてやる。

「は《（ママ）》入ったか。ええか。するで。大丈夫やな。」自分で自分の体の感じがないのか。

「ああ、ああ、痛た、いたたったあ、いたたった、いたたった、ああ、ああ。」おしっこをする時に痛むのである。苦しい息も絶えそうな声と共に、しびんの底には谷川の清水の音。

「ああ、痛たたった。」堪えられないような声を聞きながら、私は涙ぐむ。

「しびんの底には谷川の清水の音」と川端は書く。そこには美の探究者としての特異な姿があり、「銀座より浅草が、屋敷町より貧民窟《くつ》が、女学校の退《ひ》け時よりも煙草女工の群が、私には叙情的である。きたない美しさに惹かれる」（『文学的自叙伝』）という川端の、単調な清らかさのなかに美を見ようとせず、醜猥《しゅうわい》なもののなかにこそ美を見ようとする特異な美意識があらわれている。

川端が十五歳のとき、祖父はこの世を去った。父母を失ったときからすでに孤児であったはずの川端は、文字通り孤児となった。それ以後、母の実兄の家で育てられた川端は『文学的自叙伝』のなかで、幼くから孤児であったために人の世話になりすぎて、人を憎んだり怒ったりすることができなくなり、そのうえ、頼めば誰でもきいてくれるだろうという甘さも備えてしまった、と告白している。こうした生い立ちや美意識が、民雄の願いを受け止めさせたということもあるのかもしれない。

のちに川端は民雄の入院までの経歴を知ることになるが、そのとき自分と似通った体験を民雄のなかにも見たはずである。ひとつは幼くして母を亡くしたこと、ひとつは結婚してまもない妻と別れてしまったことだ。

川端の場合、離婚とはちがうが、一高時代、悪友たちと通ったカフェ・エランに、ちよという可憐《かれん》な女給をみそめ恋をした。本名を伊藤初代といった。彼女もまた早くに母に死なれ、小学校も三年くらいまでしか行かず、その後はずっと他人のなかで育ってきた。だが、まもなくカフェのマダムは台湾へ行くことになり、初代はマダムの親戚の岐阜の寺に預けられた。

大正十年十月、東大二年のとき川端は岐阜に初代を訪ね、婚約を交わした。川端は満二十二歳、初代は十六歳だった。川端は岩手の片田舎で小学校の小使いをしている初代の父を訪ね、婚姻の許しを得た。東京にもどり花嫁を迎える準備も整ったそのとき、初代から婚約破棄を告げる手紙が届いた。それ以後どんなに努力しても、彼女のこころは動かなかった。

世間が恐れている場所から不意に手紙を寄越してきた見ず知らずの青年に返書を送って

はみたが、いつまでたっても原稿は送られてこなかった。川端は十二月六日には三度目となる越後湯沢を訪ね、やがて『雪国』としてまとまることになる連作の執筆に取り組みはじめた。「中央公論の原稿を出しに駅へ行って帰ったところ。文藝春秋はまだ書くことがきまらぬ。今から考える。空気の厳しさは仕事出来そうでよろし。」と秀子夫人に宛てて手紙を書いている。

「文藝春秋」に書かなければならない原稿とは『雪国』の書き出しの部分となる『夕景色の鏡』のことで、十二月十日過ぎまで湯沢に逗留《とうりゅう》し、ようやく書き上げた。『夕景色の鏡』は「文藝春秋」昭和十年一月号に発表され、以後『白い朝の鏡』（「改造」一月号）、『物語』（「日本評論」十一月号）、『徒労』（「日本評論」十二月号）、『萱《かや》の花』（「中央公論」昭和十一年八月号）、『火の枕』（「文藝春秋」十月号）、『手毬《てまり》歌』（「改造」昭和十二年五月号）という具合に昭和十二年の春まで各誌に分載発表され、それを改稿、加筆し、書き下ろし分を加えてようやく『雪国』として刊行されることになる。

しかし、それで完結をみたわけではない。川端はなお続篇を書きつづけ、それから四年近くを経た昭和十五年の「公論」十二月号に『雪中火事』を、翌年の「文藝春秋」八月号に『天の河』の二篇を発表し、さらに戦後になってこの二篇を『雪国抄』『続雪国』として書き改め、昭和二十三年十二月、はじめて完結版『雪国』を創元社から刊行するのである。はるかな『雪国』への旅のはじまりのときに、民雄は不意に飛び込んできたのっぴきならぬ魂の異端者だった。

第五章　作家誕生

1

昭和九年十二月八日から、民雄は院内の機関誌「山桜」出版部で文選工として働くようになっていた。山桜出版部は、病院長を会長とした財団法人「全生互恵会」がおこなっている院内事業のひとつで、ほかに農芸、養牛、養鶏、養豚、ミシン縫工、竹工などの部門があって、どれも患者たちがたずさわっていた。

彼らの大半はそれらの事業のどこかで働くことによって一日十銭の賃金を得、ひと月七円五十銭の入院費を支払い、小遣いも得ていた。肉親からの仕送りに支えられている者もあった。民雄の場合も、入院費は郷里の父が出していた。全生互恵会全体の収益は、働くことのできなくなった重症患者への援助金に充てられた。

「山桜」は篤志家《とくしか》から一台の中古の謄写器《とうしゃ》が贈られたのをきっかけにして、大正八年三月八日、第一号がガリ版刷りザラ紙の小冊子で発行され、全生病院創立二十周年を記念して印刷機など一式が購入された昭和五年五月から、待望の活字印刷がおこなわれるようになっていた。文芸特集もたびたび組まれ、小説や詩、短歌、俳句などが一堂に集まる院内文

ていた。
員の名刺などの注文もあったので、工場からはいつも一日中、機械の音が賑やかに聞こえ
童文芸誌「呼子鳥《よぶこどり》」などの月刊誌を刷っているほか、医局の薬袋や事務関係の印刷物、職
集っていた。「山桜」の編集・印刷をはじめ、俳句誌「茅生《かやふ》」、短歌誌「武蔵野短歌」、児
出版部には、仕事がら文学好きのプライドの高い若者たち十二、三人が編集部員として
芸の花形メディアだった。

民雄が働きはじめたのは、なにぶんにもいっこうに小説が書けない自分の状況を打ち破るためだった。そこに行けば、だれか自分を奮起させてくれる人物にめぐり会えるかもしれない、そう考えたのだ。ところが働きはじめて四日もすると、「おかしくも面白くもない仕事だ」と日記に書き、「癩《らい》文化のために戦っている――ここはそうした意味の熱と活気が見られると思って、自ら好んでここで働くことにしたのだったけれど、その自分の期待は外れた」と毒づいている。人一倍向こう意気の強い民雄にとって、部員たちの姿は単なる院内文芸愛好家としか映らなかった。そのせいもあるのか、また、ときどき熱瘤《ねっこぶ》に悩まされるせいもあるのか、仕事は休みがちだった。

出版部の主任をつとめ「山桜」の編集長的立場にあったのは、小説を書いている麓花冷《ふもとかれい》という二十七、八歳の片目に義眼をいれている男だった。昭和三年から出版部にはいり、昭和八年ごろから巻頭言を毎号書きつづけ、いわばボスとして君臨している麓花冷は、実際の印刷の仕事にはたずさわろうとせず、工場につながっている八畳ばかりの畳敷きの詰

所の大火鉢のまえにいつもどっかりと腰を下ろし、「来客と茶をのみ談笑しながら、顎《あご》で工場の若い者を指図するといった羽振りであった」（光岡良二『いのちの火影』）という。

昭和十年の春になって、民雄は入院以来はじめて自分から動きだし、「文学サークル」なる名称の同人会をつくった。麓花冷を引きいれたほかに、メンバーとなったのは詩を書いている一歳上の東条耿一《こういち》、民雄よりひとつ若い十九歳の於泉《おいずみ》信夫、そして麓花冷と同年輩で詩と小説を書いている内田静生の四人であった。正式なメンバーではなかったが、光岡良二も小説を書いて寄せた。麓花冷を動かして「山桜」五月号に「文学サークル結成記念『掌編《しょうへん》六人集』」と銘打って、それぞれが四枚程度の掌篇を寄せた。民雄は『白痴』という、改行もなく句読点もほとんどない寓話《ぐうわ》的な作品を書いた。

彼らは八畳間の詰所に自分たちの作品を持ち寄って合評会をひらき、文学論をたたかわせた。歯に衣着《きぬ》せぬ批判や持論を大声でくりひろげるのは、いつも決まって民雄だった。その民雄に対抗するのは、院内文芸を取り仕切っている麓花冷。民雄の批判の矛先は、もっぱら麓に向けられた。それは麓の書く小説が「大衆小説的興味本位の小説」でしかなく、そうであるにもかかわらず院内文芸のひとつの権威として自他ともに認めているからだった。だからこそ院内文芸は外の一般社会にたいして広がりを持ち得ないのだ、と民雄は歯ぎしりする思いだった。

苛立《いらだ》ちが始終つきまとって離れないのは、癩病患者であるという自覚をずっと持てないでいるからだった。いや、というより、癩病患者であることを必死になって拒否していたからである。民雄はしばしば五十嵐正を内科室に訪ね、甘えた口調で言った。

「僕ね、先生には子供がいるんだし、帰りの時間を遅れさすのは悪いと思うんだけど、患者と一緒にいる時間を少しでも減らしたいんだ。散歩中に看護婦さんの白い服を見ると、だれかれなしに、駆け寄って話しかけるのもそうなんだ。だから僕が、自分が患者だと思い込めるまで、我慢してほしいんだ」

そんなあり方が、院内文芸のボス的立場にどっぷり自足している麓花冷に向かって、ことさら牙を剝《む》かせた。

文学サークルには殺伐とした空気が漂いはじめた。ただひとり黙々と小説を書き、どこか飄然《ひょうぜん》としている内田静生を別格として、東条耿一と於泉信夫の若いふたりが民雄と一緒になって麓をしきりに批判するので、麓はすっかり孤立してしまった。やがて彼は「新しい出発をする」と言い残して、全生病院から社会へ帰って行くことになる。その後、数週間ほどして帰院すると、もはや民雄が見向きもしなくなった「山桜」の巻頭言を、盲目の一歩手前となってもなお死ぬまで愚直に書きつづけた。竹で行をしめす仕切りをつくった麓自身の発明になる木枠を白紙の上に置いて、手さぐりで文字を書き、妻にそれを清書させる。そうした晩年の姿は、療養所作家のひとつの見事な典型でもあった。

文学サークルは民雄の唯我独尊《ゆいがどくそん》の世界であり、必定のごとく数ヶ月で解体していった。毒をまき散らしつづける民雄のまわりに残ったのは、東条耿一と於泉信夫、そして会員ではなかった光岡良二の三人だけとなった。

しかし民雄は、ただ毒づいていたわけではない。あの動物小屋の貧しい書斎にこもり、新しい小説に取り組んでいた。日記は四月四日を最後にしばらく書かれていないが、二週間後の四月十九日、久々にペンを走らせたとき、民雄は入院以来はじめて一篇の小説を完成させたことを報告している。だが、そこには歓《よろこ》びのかけらもない。

『間木《まき》老人』五十二枚が完成したけれど、残ったものは、自嘲《じちょう》と、情無さと、自らを信じ得ざる悲しみだけだ。自分は永い間かかって、あんなに苦しみ、努力して書いたのに、出来上ったもののあの貧弱さは、ああ、なんとしたらよいのか！　文学など、消えてなくなれ！　と叫んでみたい切なさだ。

民雄はかすかな期待さえ懐《いだ》いていなかったにちがいない。ところがこの小説は、やがて川端康成によってはじめて世に送り出されることになるのだった。

2

小説『間木老人』を書き上げたとき、民雄は入院からもうじき一年を迎えようとしていた。しかし、この小説をすぐに清書して川端に送ったわけではない。川端の手もとに届くまでには、なおひと月近くの時間を要さなければならなかった。どうしても気にいらず、自分の非才を恨み、三回にわたって書き直しを試みたのである。

原稿を同封した手紙を川端康成に宛てて書き送ったのは五月十二日のことだった。前年の二通目の手紙から七ヶ月という月日がたっていた。

昨年先生よりお手紙戴《いただ》いてから、早く書いて見て戴きたいと考えて居りましたが、どうしても書けませんでした。そして結局自分にはもう何も書けないで死んで行くような気がして、激しい絶望に落ちたり、小説を書くなど自分には大それた事のように思われたりして、いっそ何もかもやめて了《しま》って、何んにも考えない生活をしようかと、幾度思ったか知れませんでした。

冒頭からそんな愚痴を連綿とつづり、最後には「今書いたものも、先生に見て戴こうかどうしようかと幾度も思案しました。もう十日余りも机の上に置いたまゝ考えました。けれど見て戴くことに決心しました。どんなに未熟であっても、一生懸命に書いたものという理由でお許し下さい」と弁解じみた言いまわしで筆をおいている。

たしかに『間木老人』は、陰惨な癩院世界が舞台になっているからとはいえ、あまりに救いがたく暗い内容だった。

民雄自身を思わせる宇津という入院してまもない若い癩病患者が、実験用の動物小屋で飼育係をつとめている。眼が冴《さ》えて眠れぬ夜、死の不安にとり憑かれて果樹園へ行き、間木という六十過ぎの元陸軍大尉と出会う。老人は「白痴と、瘋癲《ふうてん》病者の病棟」で入院生活を送っている。

　ふたりは親しくなり、宇津は老人のいる狂病棟を訪ね、癩のうえに精神をもおかされた哀れな人びとの群れを見る。たとえば経文を唱えながら自分の膝小僧に金槌《かなづち》を何度も振り下ろしている毛むくじゃらの魁偉《かいい》な老人がいて、そうすることによって骨の中に巣喰っている癩菌を追い出し、膝の皮膚にあえて結節をつくらせ、あとはそれをタワシでこすり取ればよいのだ、と宇津に向かって力説する。このタワシ療法こそが癩を追い出すいちばんの治療法なのだと声を張り上げるのだが、むろんそれは狂気のなせる業なのだ。

　また、ある夜、動物小屋に近い監房に、ひと組の恋仲の男女が逃亡の罪で投げ込まれるのを目撃する。男は入監の翌日、退院処分となり、女は数日して監房から出されたあと松の枝で首を吊って死ぬ。そしてクライマックスに差しかかったとき、間木老人の口からいくつかの秘密が打ち明けられる。宇津の父親と自分とは日露戦争の戦友であり、生涯にわたって交わろうと約束したのだが、その誓いを自分から破ってしまい、ついには癩を病んでこの病院に入院することになってしまった。運命とはじつに酷《むご》いもので、娘もまた同じ病を得てこの病院に来た。その娘とは、二、三日まえ悲恋のすえ自殺をとげた女のことである。老人は言う。

「あなたは人を信ずる、ということが出来ますか。わたしはもう誰も信ずることが出来ません。いやほんとうに信じ合うということが出来たとしても、きっと運命はそれを毀《こわ》してしまいますよ」

明くる日、老人は娘が死んだ同じ松の枝に首を吊って果てる。民雄は小説の最後をこう閉じている。

宇津は老人の死体を眺めながら、この時こそ安心し切っている老人の貌形《かおかたち》に、死だけが老人にとって幸福だったのだろうと考えて、苦悶《くもん》を浮かべていない死貌《しにがお》に何か美しいものを感じたりしたが、自分の貌がだんだん蒼ざめて行って、今自分が大きな危機の前に立っていることを自覚しつつ深い溜息を吐いた。

一点の希望すら描けず、暗黒の世界にひれ伏したまま筆をおくしかなかった自分の才能を民雄は嘆いているのだろうか。川端への手紙には「原稿紙の隅がひどく汚れていて失礼と思いましたが、もう書き改める勇気がありません」とさえ書いている。癩という不治の病にとり憑かれてしまった人間の生とはいったいなにか、そしていかに生きていくべきなのかという問いが民雄にこの小説を書かせたのだったが、ひと組の父娘に自殺という結末しかあたえてやれなかったところに、民雄の若い苦悩と限界がにじみ出ている。

この作品の最大の欠陥は、そもそも主人公の間木老人にリアリティがまったく感じられない点にあった。間木老人は実在の人物ではなく民雄の創造した人物で、狂病棟で入院生活を送っているわりには存在感が薄く、生活臭のかけらも伝わってこない。老残と癩の悲しみの末路を描こうとしながら、無色透明になりすぎたきらいがある。監房にいれられた男女の姿や自殺をとげる間木老人と娘の関係、それに宇津の父親と老人が戦友であった偶然などは、作り話であることがあからさまにわかってしまい鼻につく。

ところが、その欠陥を埋め合わせてあまりあるのは、動物小屋での飼育風景や狂病棟の人びとの姿を描くときの筆力だった。実際、十号病棟と呼ばれていた狂病棟で文学サークル同人の東条耿一が付添夫の仕事をしていて、民雄はそこへたびたび遊びに行き、患者たちと親しく交わってきた。金槌を自分の膝に何度も振り下ろす仏法信者の老人も実在の人物で、東条耿一が世話をしていた。「遠藤さん」というその老人のことを民雄はひどく気にいっていたらしく、院内の林を一緒に散歩したりもした。

癩の恐怖が精神をもおかし、それによって癩の恐怖から解き放たれるという皮肉な運命を生きている遠藤老人の現実の姿は小説そのままで、癩者の生にとってひとつの極致をしめしながら、どこか神々しくさえあるその姿は、民雄にひとときの安息をもたらしていた。同じ狂病棟のシーンに登場する桜井という癲癇《てんかん》持ちの白痴も実在の人物だったが、彼らの姿を描くとき、民雄の筆は現実に裏打ちされた迫力をともなって、おかしくも悲しい群像をくっきりと映し出し、小説の底に力強い光をあたえていた。

川端康成からの第二信は、民雄が考えていなかったほどはやく、そして絶賛に近い批評となって送られてきた。民雄が作品を送った日からわずか二日後の五月十四日のことである。

間木老人拝見しました。感心しました。もっと長く書け、これだけで幾つも小説書けますが、これはこれとしてもよろしいと思います。問題になるところは、おしまいの偶然にあるかもしれませんが、差支えないでしょう。

感傷的でなく、しっかりと見てて、落ちついて書いてあるのは、あなたの年に似合わず、苦しましたせい《（マヽ）》と、感心しました。

詳しい批評は申上げる要なく、このままお進みになって十分です。一層すべてを具体的に表現するつもりで後お書きになればいいでしょう。体に差支えない限り、続けてお書きなさい。それがあなたの慰めとなるばかりでなく、私共から見ても書く価値あるだけ、よいものです。発表するに価します。

しかし、こういう小説発表して、あなたが村に具合悪くなるようなことありませんか。この点お返事下さい。発表して差支えありませんか。

発表はあまりあてにせず、小生に委《まか》して貰えますか。稿料のある雑誌でなくともよいですか。急の発表如何《いかん》にかかわらず、ぽつぽつ楽に後お書きなさい。立派なものです。

書簡のなかの「しかし、こういう小説発表して」の箇所には、書簡箋《せん》の欄外上部に「村のこういうことが、あなたにより世間に公になっていいのですか、(たとえ小説とは言え)」と書き添えられている。「問題になるところは、おしまいの偶然にあるかもしれませんが」とあるのは、間木老人と父親が戦友だったという偶然を指している。「稿料のある雑誌でなくともよいですか」とは、「文學界」のことである。

川端がしつこいくらい発表してもかまわないのかと念を押しているのも無理はなかった。なにしろ民雄が小説の舞台として登場させているのは監房や狂病棟という、いわば療養所のなかにあってもっともタブー視されている施設の姿であり、監房から出された女は自殺して果てるのだ。癩を病む患者がはじめて書き上げた癩院世界を描いたこの小説は、それだけでもセンセーショナルな話題を世間に投げかけるにちがいなかった。

こうした川端の心配をよそに、好評の返事を得た民雄は狂喜した。「お手紙ほんとうにありがとう御座いました。今まで絶望だけしかなかった自分の世界が、急に広々と展《ひら》け、全身をよろこびが取り巻いているようで、もううれしさで一ぱいです。発表のことに就いては、いままで丸切り考えても見なかったことなので、なんだか恐ろしいような気が致します」という文面ではじまる手紙を書いたのは、川端から返書を受け取ってすぐの五月十六日だった。

民雄は川端の心配にたいしてまったく問題ないこと、発表については急いでいるわけではないのでもう一度書き直すチャンスをあたえてほしいこと、そして、これからはけっして絶望せずに一生懸命書きつづけていくことなど、歓びがはじけるように綴《つづ》り、最後に自分の仲間の作品も見てやってほしいと書き添えている。自信を喪失していた作品への川端の絶賛に近い批評はまったく思いがけないものであって、民雄はこころの底から勇気づけられた。

五月二十五日の日記には「こんな、ちっぽけな義理や人情に拘泥《こうでい》していて自分の大成が望まれるものか！　踏み躙《にじ》れ！　野球も、印刷所の仕事も止めてしまえ。そして作品生活に這入《はい》るんだ。自己の生命の問題に関することのみに頭を使え」と書き、四日後の二十九日の日記には「本月十五日、川端先生より拙作《せっさく》『間木老人』に就いてお手紙を戴《いただ》き、それ以来、どうやら自分の文学にも明るみがさして来た。自分としては丸切り自信もなにもなかったのに、先生は立派なものだと賞《ほ》めて下さった。そして発表のことまで考えて下さった。二十二の現在まで、暗く、陰気な、じめじめした世界以外になかった自分に、初めて太陽の光りがさし、温かい喜びの火が燃え始めた。自分は書こう。断じて書こう」と沸き上がる興奮に全身をひたしている。

文選工として働いていた山桜出版部を正式にやめたのは、日記を書いた明くる日の五月三十日。朝のうちに印刷所へ行き、主任にその旨を伝えると、民雄は小説一本で生きようと決めた。

3

あれから民雄は『間木老人』の書き直しに取り組みはじめたのだろうか。唯一の資料である日記にはなにも書かれていない。あるのはドストエフスキーの『悪霊』を再読しはじめたことと、島木《しまぎ》健作の『癩』を読んでいることである。

『悪霊』の登場人物のなかで民雄がもっとも共感をおぼえたのは、無神論者キリーロフだった。神が存在しないならば人間こそが神であり、それを証明するために人間は自殺しなければならないというキリーロフの「人神論」が、やがて民雄に、人間として崩壊していこうとする癩者こそが人間存在の底の底から生命そのものを復活させるのだという一節を発想させ、やがてそれが『いのちの初夜』の主題となってゆく。島木健作の『癩』は近代文学のなかではじめて癩がリアルに描かれた小説だったが、民雄は小説の主題にはあまり関心をしめさず、「しかしながら、あの作がどうして生々しい現実の一断片として迫って来ないのだろうか？　何か横の方から眺めているような、芝居中の悲劇を見るような、白々しい空虚さを感ずるのは僕だけだろうか？」と六月七日の日記に書いている。それこそが自分の書いた『間木老人』への批評ともなっていた。

六月十日の夜になって光岡良二と東条耿一の三人で散歩にでかけたとき、話題は自然に『癩』に向けられた。そこからしだいにマルキシズムの問題に移り、この療養所のなかで自分たちはいかに生きるべきなのかというテーマに及んだとき、

「どんなに苦しくなって、どんな大きな、現在とは全然別なようになっても、そこにはきっと抜路《ぬけみち》があると思う。そして自分が変わっていくたびに、きっとそこには新しい世界があるはずだ」

光岡良二がふと口にしたその言葉に、民雄は打たれた。言葉の中身をもっと嚙み砕いて言えば、癩者としてやがて盲目となり手足を失っても、そこにはきっと抜け道がある。そのときどきの苦しみに応じて自分の精神のあり方も変わり、新しい世界がひらけていくは

ずだ、というのである。

光岡にはいままでに何度か「僕は文学と斬死する」などと大げさなことを言ってきた民雄だったが、そのたびに皮肉で冷淡な視線を投げ返された。「君はちょっとおだてるとすぐ乗る男だ」と言われたこともあった。石にしがみついても小説を書きつづけるのだという民雄の焼けこげるような思いなど三歳年長の光岡にはなく、なにもかも諦めたように癩児たちのために学園で教鞭《きょうべん》をとり、「呼子鳥」を編集している光岡には、東大哲学科の学生の身分のままこの療養所に投げ込まれたというインテリゲンチャの悲哀があって、それは民雄のようながつがつした文学青年にたいする冷やかな距離となってあらわれていた。

プロテスタントに帰依《きえ》していた光岡に、民雄は「宗教に逃げ込むな」とはげしい批判をあびせた。「北条が火なら、僕は水でしたよ」と後年になって光岡は知人に語り、その知人もまた「ふたりは犬猿の仲でした」と語るほどだった。

癩院にあって何事も小説の題材として貪欲《どんよく》に観察し、自分に引きつけるだけ引きつけて考えようとする民雄と、癩児たちに愛情を注ぎ、自我を捨て去ったような感じさえある光岡とのあいだには始終冷たい風が吹いていたが、こうしてときどき会っていると、熱病にとり憑《つ》かれたような民雄の頭が心地よく冷やされた。川端康成が『間木老人』を褒めてくれた歓びはあっても、いまだにあれは駄作だと自分のなかで思いつづけている民雄にとって、このときの光岡の言葉と、『悪霊』『癩』というふたつの小説は、これからの創作に大いなるヒントをもたらすことになった。

そんな毎日を送っていたから、『間木老人』の改稿はまったく進まなかった。

〈自分としてはそう取り急いで発表致したいという気はありません。お言葉に甘えるようですけれど、一切を先生にお委せしたいと思っています〉

川端への手紙にそう書いた民雄だったが、事務員から入院費の支払いを催促されてからは事情が変わってきた。月七円五十銭の入院費を、二ヶ月分滞納していたのだ。故郷の父からは継母の手前もあってか待てど暮らせど送金がなく、当分のあいだはむずかしいという知らせが届いた。ほかの病友のだれもがそうしているように、療養所の仕事に就いて入院費をおさめるのはたやすくできるのだが、民雄は『間木老人』を川端に褒められてすっかりいい気分になり、小説一本で生きようと山桜出版部をやめてしまっていた。

金策の方法はひとつしかなかった。六月十一日、思いきって川端に手紙を書いた。

　謹啓、またこのようなことを書かなければならなくなったことを、どうかお許し下さい。先日の「間木老人」どこかへ発表して戴けませんでしょうか。自分としては発表したくございませんけれど、どうしても小額の金が入用になり、大変弱らされているのです。（中略）

　その上半月程前から胸の病気が（一度良くなっていたのですが）又再発して来て、日々の費用がかさんで行く一方で、困り切って居ります。

　けれど、僕のような、見ず識《し》らずの他人が、どうしてこんなこと、先生にお願い出来るのだろう。そう思うと、もう幾度もこれを破き捨てようと考えましたけれど、もうどうにもせっぱ詰って了《しま》いました。悪らつな事務員に毎日催促され、払わなければ退院処分にすると驚《おど》かされ続けています。癩肺《らいはい》を背負ったこの弱い者に——と時には激しく憤《いきどお》って見ますけれども、何時の場合も人生はこうであった、と自分の心の弱さを苦笑するばかりです。

この手紙を東条や光岡が読んだとしたら、思わず吹き出してしまっただろう。「胸の病気」など民雄にはまだ出ておらず、「癩肺を背負ったこの弱い者」などというくだりにいたっては、あの大嘘つきめ、と腹を抱えて笑いころげたにちがいない。すでに川端は民雄の原稿を「文學界」編集部に渡していた。同人の取り決めによって、同人そのほかの執筆者すべてについて原稿料は無料ということになっている。つまり民雄の無心は、手紙を書いた時点ですでに実を結ぶのは不可能だったのだが、それにもましてどうにもできない事情が川端本人にはあったのである。

川端が民雄の手紙を夫人から受け取ったのは、慶応病院のベッドの上だった。六月にはいってからすぐに異常な発熱がつづき、腎臓《じんぞう》病を疑われて入院を余儀なくされたのだった。風邪でもないのにときどき思い出したように高熱に見舞われるのは学生時代からずっとつづいていたことで、熱は四十度を軽く超えてしまう。四ヶ月まえの二月末にも高熱を発し、前田外科病院に一週間あまり入院していた。そのときは結核と診断されたのだが、今度は腎臓ではないかと医者から指摘を受け、レントゲン撮影や菌を調べるなどの検査や治療が毎日つづいていた。

川端が病床から短い返事を送ったのは、六月十七日だった。そこには原稿はすでに「某誌の編輯者《へんしゅう》」に預けてあること、しかし発表してすぐに金にできるかどうかわからないことなどが書かれ、最後に「小生目下《もっか》病気入院加療中にて交渉が進めにくい有様であります。御事情は甚《はなは》だお気の毒に存じますが、しばらく御返事お待ち下さい」としるしてある。結局、川端は八月二日に退院が許されるまで二ヶ月ものあいだ入院生活を送ることになった。

民雄はさすがにおどろいて、「自分を深く恥恐縮致しました」「どうかあの作のことなど、お忘れになられて、一日も早くお退院遊ばされんこと、お祈り致します」などと、しどろもどろになって詫《わ》びる手紙をすぐに書き送っている。

以来『間木老人』のことなどすっかり忘れてしまったように新作に取り組みはじめ、今度こそは悔いの残らぬ作品にしようと気持ちを張りつめさせていた。やがて民雄はそれに『晩秋』という題をつけ、三度改稿し、八月下旬には七十枚のものに仕上げた。もうひとつ『少女』という二十枚の掌篇も一日で書き上げた。だが『晩秋』はまたしても気にいらず、押入れのなかに放り込んでしまった。『少女』は「若草」にでもご紹介くださいと手紙に書いて川端に送ったのだが、こちらのほうはいつになっても返事が来なかった。

いったい『間木老人』はどうなったのだろうか。川端に送ったのは初夏のころだった。それから夏が過ぎ、秋が過ぎ、もうじき冬がめぐってこようとしていた。「自分のような者が小説を書くなぞは生意気なように思われ、すっかり絶望に落ち込んで意気消沈」(十一月十五日川端宛書簡)していた十一月十四日の夕方、職員が民雄の寮舎に雑誌の束をどさりと投げ込んでいった。「文學界」昭和十年十一月号だった。目次をめくってみた民雄は、夢でも見ているような気持ちになった。『間木老人』が載っていた。

4

昭和十年十一月号の「文學界」の目次をひらいてみると、『間木老人』はいちばん人目のひく右端の「創作」の欄に載っている。林房雄の『ドン・ファン』がトップで、民雄の作品と名前は左隣にならんでいる。「秩父號一《ごういち》」というのが、そのときの筆名であった。民雄は自分の名前を見ておどろいたことだろう。川端には「十條號一」という筆名を書いて送っていた。それなのに、ひとことの断わりもなく変えられていた。

川端がそうしたのには、むろん理由があった。民雄にもすぐに呑み込めた。本名を知っている川端は、この筆名では民雄の血縁に迷惑をおよぼしかねないと判断したのである。まもなく届いた川端の手紙にも、追伸に「尚十條号一というペン名は、よくないように思われたので、勝手に変えお許し下さい。この次は別の名でも結構です。あなたのよいように変えます」と書かれていた。

目次には林房雄のほかにも小説家や詩人、批評家たちの作品がきら星のごとくならんでいた。小林秀雄『ドストエフスキーの生活』、河上徹太郎『新響について』、萩原朔太郎《きくたろう》

『町の音楽を聴きて』、中村光夫『レアリズムについて』、中原中也《ちゅうや》『孤児等のお年玉』、今日《こんひ》出海《でみ》『映画往来』、中野重治『萩原朔太郎氏へ』……。表紙デザインは青山二郎。民雄の小説が載ったために、坂口安吾《あんご》の『狼園《ろうえん》』七十五枚は翌月まわしにされていた。編集後記には、「秩父號一氏の『間木老人』は川端康成氏推薦。作者は某癩療養所の患者。内容の素晴らしさは読んでいただくとして、兎《と》に角《かく》得難き記録である」と編集部名で書かれていた。

なにしろ癩病患者本人の手によってはじめて描かれた、リアルな癩療養所の記録なのである。経営難にあえぐ「文學界」同人や編集部としては、部数を延ばすためにも期待がもたれていた。川端にも当然、そのような考えは働いていたはずだ。定価三十五銭、発行部数三千、同人も寄稿者も全員が原稿料無料で頑張ってはいても、「実売はその三分の一の千部程度だった」と当時編集部にいた式場俊三は言う。しかし『間木老人』は内容があまりに暗すぎて、文壇の注目を集めはしたが、部数には結びつかなかった。

そうした浮世のことなど、隔絶された癩院に暮らす民雄の関知するところではない。生まれてはじめて名のある同人誌に掲載された歓《よろこ》びばかりがこみ上げてきて、「天下でも取ったように朗かになりまして、友人と碁を打っても勝ってばかり居ます。これからシャンと立ちなおって、懸命に書きます」（十一月十五日書簡）と川端に書き送った。

そんな民雄に、川端も二日後の十七日、返書を送った。それは民雄へ宛てて書かれた現存する二十四通のなかで、もっとも長文にして、細やかな気遣いと戒めが書き込まれた手紙である。少し長くなるが、いかに川端が民雄を見守っていこうとしているのか、また創作家としての川端自身の姿勢までもが深く伝わってくる内容なので、全文を書き写してみる。

あれが立派な作であることは最初に申上げた通り、小生の言葉に絶対まちがいありません。ただ始終手紙を差上げられないので、自分に疑いもお起しになるのでしょうが、対世間文壇など頓着《とんちゃく》なく書かれることを祈ります。あなたがそういう所に離れていることも或《あ》る意味ではよいと、小生は思ないこともありません。（あなたには慰めにならんでしょうが）とにかく気の向くままにお書きなさい。

果してあれは好評です。例えば横光利一なども、こういうのにこそ芥川賞をくれるべきだと、大変ほめてるそうです。文學界同人もほめてます。その他多ぜい。しかしそんなことは耳に入れたくないくらいです。文壇のことなど気にしないで、月々の雑誌など読まないで、古今東西の名篇大作に親しみ、そこの生活とあなた自身から真実を見る一方になさい。才能は大丈夫小生が受け合います。発表のことも引き受けます。

芥川賞は無論取れないものと思って下さい（横光がそう云っても。）あれはもっと大雑誌に出せんこともなかったでしょうが、先《ま》ず文學界にしときました。稿料がないので気の毒です。近日小生から原稿紙代くらいは送ることにします。先日若草への作は余りよくないので、あなたのために発表の相談は見合せます。もしこの次出来た作が大雑誌にでも出たら評判になって、いろんな原稿依頼があるやもしれませんが、例えば、その生活を実話的に書かせようという風なジャナリスチックな注文に乗ってはだめですよ。体も悪いことゆえ、ほんとうに書きたいものだけを、書く習慣を守りなさい。そしたら、あなたは文学にとっても、同病者にとっても、尊い存在になりますよ。

第一作はあなたの想像以上に、人々に感動を起させていると、私は思います。

先ずドストエフスキイ、トルストイ、ゲエテなどを読み、文壇小説は読まぬこと。

しかし無理に書いて体を悪くなさらぬよう、これはくれぐれも考えて下さらぬと、私達も困りますよ。

書簡中の「先日若草への作は……」のくだりは、民雄が一日で書き上げた『少女』という二十枚の短編のことである。「若草にでも紹介してほしい」と川端に伝えていた。文壇との接触を避けるようくり返し述べ、「先ずドストエフスキイ、トルストイ、ゲエテなどを読み、文壇小説は読まぬこと」と戒めているのは、川端自身の生き方でもあった。たとえば昭和八年七月、『禽獣《きんじゆう》』を雑誌「改造」に発表したとき、川端は文壇各方面から「現実逃避の文学」などと批判を受けた。ちょうど小林多喜二の虐殺事件から佐野・鍋山の転向声明とプロレタリア文学が壊滅の危機に瀕《ひん》していたときで、それとは無縁の場所で、妻をめとろうともせず、つぎからつぎに小鳥を飼い犬を飼う四十歳の独身男のデカダンスを描き、読む者を人間否定の虚無に立ちくらませたところで、この嵐のようなファシズムの時代にどんな力を持ちうるのかという感情が、批判の底には暗く流れていた。

帝国幻想にあけくれる時代にあって、ただひたすら小鳥や犬を飼い死なせてゆく独身男の虚無の姿は、それはそれでひとつの抵抗の文学といえた。けれどもプロレタリア文学ばかりでなく、モダニズム文学でさえアメリカニズムだと批判された当時の事情を考えたとき、『禽獣』のような小説もまた人間を堕落させると批判されてもおかしくはなかった。戦争へと突き進んでゆく国家と、それによって徹底的に弾圧され怨念《おんねん》を深めてゆくプロレタリア文学、それらふたつのきわめて先鋭化した政治的立場が、文壇を偏狭で息苦しい場所に押し込み、『禽獣』のような浮き世離れした耽美《たんび》の世界をニュートラルに見ようとする余裕を失わせていたのである。

癩院に隔離されてある民雄が、近代国家にとって存在してはならぬ癩者であり、籠の中にある禽獣のごとく社会から隠されてある民雄が、おのれの存在証明の声を癩院の外に向かって放とうとするとき、川端は自分の小説世界の小鳥や犬たちが、はじめて言葉を獲得し、いのちそのものの声を発してくるのを感じ取っていた。それこそが川端を民雄と結びつけた根源的な理由だったのではないか。

「古今東西の名篇大作に親しみ、そこの生活とあなた自身から真実を見る一方になさい」とまで民雄に語っているのは、周囲の雑音になど耳を貸さず、孤高の姿勢をつらぬこうとする創作家としての、川端自身のあからさまな態度の表明でもあった。考えてみれば、このようなことを、川端はほかのだれに語れただろうか。民雄が社会から隔離され、生命の不安と恐怖におびえながら生きている若者であればこそ、これほど率直に語ることができたのかもしれない。

「芥川賞は無論取れないものと思って下さい」というのも、ふたりにしか通じ合わない話である。「無論」とは『間木老人』を駄作だと言っているのではない。芥川賞受賞によって世間の注目を浴びてしまえば、まちがいなく身元を知られ、親族縁者に迷惑をかけてしまう、そんな思いがこめられていた。

川端は約束を忘れなかった。ほどなくして民雄に十円を送り、そしてこれは約束したわけではなかったが、いつも利用している神楽坂《かぐらざか》誠文堂から原稿用紙の見本を民雄宛てに送り、気にいった原稿用紙があればこれからいつでも好きなだけ取り寄せてもらってかまわないと伝えた。代金はもちろん自分が払う、遠慮はいらないから、と。

5

日本文学史上はじめて癩者自身が癩について書いた本格的な小説として『間木老人』を載せた「文學界」だったが、主人公が老人で、しかもその老人が最後には縊死《いし》するというあまりに暗いストーリーだったせいか、その号の売れ行きはこれまでと変わらず千部を売るのがやっとだった。同人や寄稿者たちは相変わらず原稿料無料で作品を寄せていたが、発行元の文圃堂《ぶんぽどう》書店は雑誌を維持していくのに青息吐息というありさまだった。印刷屋への支払いも遅れがちになってしまい、「金がなければ、もうおたくの印刷は引き受けない」

とまで言われてしまった。「文學界」はまたしても深刻な危機を迎えていた。

社長の野々上慶一は、父親自慢のラッコの毛皮のオーバーコートをこっそり質にいれ、資金のあてにしようとした。留守を見計らってのことだったが、予想外に父親がはやく帰って来てしまい、店にならべていた古本を売り払ってオーバーコートを買い戻さなければならなかった。

以前、廃刊か存続かで同人会議をひらいたとき、大見得をきって存続を訴えた小林秀雄は、その責任から昭和十年の一年間を通じてずっと編集責任者を引き受けてきたが、年の瀬が近づいてくるにつれてなんとかしなければと思いつめ、妹の亭主である漫画家の田河水泡に千五百円の出資を頼み込んだ。大学卒の初任給が三十円、東京に二千円で家が買えた時代である。千五百円は大変な金額だった。

田河水泡はアナーキストからの転向者だったが、「少年倶楽部《クラブ》」の昭和六年一月号から連載しはじめた『のらくろ二等卒』が子供たちの人気を集め、のらくろの関連グッズやテーマソングまで出るほどの過熱ぶりだった。田河は義兄の頼みを、なんの迷いもなく引き受けた。

「うちの弟が金を用立ててくれると言ってるから、ちょっと行ってきてくれないか」

小林にそう言われて野々上が訪ねると、

「どうぞ使ってください」

と田河はこころよく手渡した。

川端康成の弟子の岡本かの子が、朝日新聞に載せる「文學界」の広告料を、夫の漫画家、岡本一平《いっぺい》の顔で五十円に負けさせ、その代金を自分のほうで引き受ける、と川端を通じて言ってきたのもそのころのことだった。岡本一平は夏目漱石《そうせき》の新聞小説『それから』の挿絵を描いたのがきっかけで、東京朝日新聞社の社員となり、軽妙な短文のついた漫画のコマ絵によって一躍、時代の寵児《ちょうじ》となっていた。漫画の地位を高めた功労者でもあり、昭和五年から七年にかけて妻子とともにヨーロッパを外遊し、さらに名声を高めた。岡本一平とかの子のあいだに生まれた子供が、のちの芸術家、岡本太郎である。帰国してからの岡本一平は、かの子の創作活動の庇護者、いわばパトロンとして君臨するようにもなり、かの子が作家として成長するためなら、どんなわがままも許し引き受けた。

野々上慶一はかの子の申し出を、「それではあまりに心苦しいから」と言って辞退したのだが、川端が「そういうことなら、広告代の分を毎月『文學界』に経営資金として提供してもらえばいいじゃないか」と言いだして、流れが変わった。同人たちのあいだからは、せっかくだから原稿料がわりにみんなで五円ずつ分けようじゃないか、という声も出た。無理からぬ話ではあった。「稿料がもらえないからって、『改造』や『中央公論』よりまずい小説を書いたら承知しねえぞ」と小林秀雄にさんざん尻をたたかれながら、みな無料で書きつづけてきたのである。そこで川端は、ひとつの提案をした。

「毎月『文學界』から優秀作をひとつ選んで賞を出してはどうだろうか。みんなもやる気が出るだろうし、『文學界』全体にとっても結構なことじゃないだろうか」

そのひとことで、援助の使い途が決まった。賞の選考には同人全員が投票であたる。同人以外の掲載作品の受賞はもちろんだが、同人の受賞があってもいっこうにかまわない。つまり選考員の作品が受賞してもかまわないということになった。

話を聞いた岡本かの子は、「賞ということなら、五十円はおかしいから百円を出しましょう」と言い、「ただし私の名前は絶対に出さないでほしい」と条件をつけた。毎月百円ずつ、年間千二百円の出資をしてくれることになった。賞の名称は「文學界賞」に決まり、小林秀雄は「俺ももらえるのか」と言ってはしゃいだ。

こうしてどうにか「文學界」は昭和十一年以降もつづけられる態勢になったのだが、ちょうどその一月号をつくるのにあわせて小林秀雄は林房雄らと語らい、同人の改組を断行していった。里見弴《とん》、宇野浩二、豊島与志雄、広津和郎の四人の大御所作家に勇退してもらい、かわって船橋聖一、阿部知二《ともじ》、島木健作、河上徹太郎、村山知義、森山啓ら若手作家を同人に引きいれた。そのときの心情を小林は、「文學界」昭和十一年一月号の編集後記でこう述べている。

〈林君と相談してこんどの様な改組を思い立った所以《ゆえん》は、一年間編輯《へんしゅう》をしていて、あんまり風通しが悪く、雑誌が衰弱して行く傾向があるので、名案も浮かばないまゝに、エ、イッ畜生め、と思ったからである。何でもかまわない権勢をつけちまえ、そうでもしなけりゃとてもいかんと思ったからだ。僕には理由にならない理由が必要だったのだ。わからない奴にはわからないでいゝ〉

稀代《きたい》の思想家がこんな乱暴な書き方しかできなかったのには、もちろんわけがある。たんに頭の上の重石が邪魔になったわけではない。「文學界」編集部員だった式場俊三は、こうふり返る。

「小林さんには、このままだと優秀な作家たちがつぎつぎに官憲に逮捕されてしまうという危機感がありました。あのころは、だれもかれも治安維持法や不敬罪で引っ張られていきましたからね。思想性のない芸術指向の『文學界』にプロレタリア作家や詩人たちを引き込むことによって、検挙から守ろうという考えがあったのです」

新同人となった顔ぶれを見れば、たとえば島木健作は「戦旗」を中心に活動してきたプロレタリア作家で、検挙され転向したが、なお尾行の眼が光っていた。また、船橋聖一と阿部知二のふたりは行動主義を標榜《ひょうぼう》する左翼系同人誌「行動」の中心メンバーで、「行動」を抜けたときかつての同人たちから裏切り者呼ばわりされ、「文學界」は目の敵《かたき》にされた。

小林秀雄の勧誘の相手は、彼ら六人だけでは終わらなかった。昭和七年に検挙され二年後に転向し出獄した中野重治とも、行きつけの東銀座の料理屋「はせ川」で差し向かいで会い、酒を酌み交わしながら、同人になってくれないか、と掛け合った。だが、中野重治は自分の生き方は変えられないと言って頑《かたくな》に拒みつづけ、それなら作品だけでも「文學界」に発表しつづけてくれと小林は頼み、最後はふたりとも涙を流しあって別れた。中野重治は共産党から離れたとはいっても、転向小説『村の家』を書いたあと『歌のわかれ』『斎藤茂吉《さいとうもきち》ノオト』を書き継ぎ、やがて襲いくる戦時下にあっては作家として強い抵抗の姿勢を押し出し、戦後はふたたび共産党に入党する。

こうして小林、川端、横光利一、林房雄、深田久弥《きゅうや》、武田麟太郎に六人を加えて十二人となり、一気に若返った同人たちは、資金ぐりのあてもでき、毎号の賞の実施など装いもあらたに革新「文學界」を船出させたのだった。

第一回の文學界賞は昭和十一年一月号に載った作品が対象となり、昭和十年十二月二十五日に投票が締め切られた。最初だったのでうっかり締め切りを忘れていた者や棄権もあったが、結果は以下のとおりになった。

小林秀雄『ドストエフスキイの生活』　四票
高見　順『文芸時評』　二票
横光利一『覚書』　一票
平林彪吾《ひょうご》『脱走』　一票

「俺ももらえるのか」とはしゃいでいた小林秀雄が賞金百円を受け、金がないから今年は無理だとすっかり諦めていたスキーに、よろこび勇んで出かけて行った。

第二回の文學界賞は、民雄の新作を、いまかいまかと待ち構えていた。

第六章　生きいそぐ青春

1

十万坪の敷地のなかで、民雄は文学以外にどんな青春を送っていたのだろうか。肉親でさえ郷里の父にたいする軽蔑に似た感情は、いまではすっかりなくなっていた。肉親でさえほとんど見舞いに来ようとしないこの療養所に、徳島の田舎からわざわざ父が見舞いにやって来たのは、昭和九年九月二十日のことだった。民雄はその日の日記に、「三時半頃父が面会に来る。久しく会わなかった父は大変年寄っているように見えて淋しかった」とだけ書いているが、その年の十二月八日の日記では、ほかの出来事についてはいっさい触れず、父のことだけを静かに語っている。

自分の憶《おも》い出す父の姿は何時も自分に対して一種の威厳と深い愛情を示していた。自分は深く父を尊敬するように近頃になって、なって来た。父の偉さが今になって初めて自分には判って来た。父は決して僕の行動に対してあれこれと言わなかった。今まで幾度となく自分は無分別と無鉄砲を行って父を困らせて来た。けれど父は決して叱らなかった。そしてこんなつまらぬ僕を一個の人間として或種《あるしゅ》の尊厳を持って常に自分に向って呉《く》れた。心の底には常に深い愛情をたたえていた。

この父はたぶん、民雄が自殺未遂騒ぎを引き起こすたびに上京してきたのだろう。日記文のまえに「日比谷公園で語り合った時の父、亀戸のあの汚い宿屋で語った時の父」と書かれていることが、そうしたことを想像させる。華厳滝《けごんのたき》への自殺行のことは知らずにいたのだろうが、そのときも父は東京に来ていたのだ。民雄はきっとこの父よりも自分のほうが先に死んでしまうにちがいないと思い、二年で家へ帰れると言った父の痛ましい優しさを、いまでは恨むこともなくなっていた。

苦しくなると、癩《らい》の子供たちがそうするように望郷台にのぼった。「胸に悲しみある時、望郷台に上りて四辺を睥睨《へいげい》せよ。この醜悪なる現実を足下に蹂躪《じゅうりん》して独り自ら中天に飛翔する美しさを感得せよ」(日記・昭和十年四月二十二日)と、あえて傍若無人のきわみにおのれをけしかけ、友人たちにも「俺は傲然《ごうぜん》を愛する。ひまわりは太陽に向かって傲然と咲いているから好きだ」などと言っていた。

始終、死の幻想に取り巻かれていたが、花といえばある日、座布団をもって芝生のほうへ出かけて行ったとき、一輪の赤い花を見つけて、それを根こそぎむしりとってから見た幻想は、奇妙に豊かだった。座布団を枕に寝ころび、花の匂いを嗅《か》ぎ、やわらかな花弁をさわった。すると急に死んでみたくなり、息を止めた。霊も肉もただの一個の物質に帰っていくような気がして、土となった自分の体から草が生え、花が咲いた。根に土がついたままの花を口に咥《くわ》えてみるとじゃりじゃりしたが、しかし、ほんとうに自分の口のなかに根を張り、赤い花が生えだしていると思った。

「自分は死んだ、死んだ、死んだ」

そうつぶやいていると、生き生きとした土くれとなった自分が愛おしく、安心した。いままで反抗しつづけてきたことが嘘のように思えてきて、ふるさとの山や川があの世の景色のように懐しく眼のまえにあらわれた。

以来、何度か同じように芝生の上に寝転んで、死者を装ってみた。寮舎の友人に話すと、そういえば最近君は幽霊じみてきた、と言われた。

自分はたしかに癩だが、本物の癩病患者ではないと思い込ませていた。この療養所へ来たのは、小説家としてしっかりと癩の現実を観察するためなのだ、と。

絵の得意な親友の東条耿一《こういち》に頼んで、ドストエフスキーのデスマスクを木炭で描いてもらったのも、そのころのことだ。「写真を見て画いたものであるが、写真と比較すると、幾分感じが強く、陰影が深い。が、ドストエフスキーだから強い方がぴったりするように思えた」（日記・六月十五日）。売店で買い求めた黒の額縁に木炭画をはめ込み、寮舎の片隅の座り机のまえに飾った。

はじめて「文學界」に『間木老人』が発表されたころのことについては、日記がまったく書かれていないので知る術《すべ》はない。少しさかのぼって『間木老人』を書いたころの日記を見ると、その夏のあいだ、ひとつ年上の東条耿一と熱っぽい交遊にあけくれていたことがわかる。

まるで交換日記のようにおたがいの日記を来る日も来る日も見せ合い、口では語り尽くせぬ思いや、ためらわれた意見を文字にして伝え、たがいにそれを読み合うと、こんどは陽の高いうちから夜遅くまで語り合った。東条の寮舎に泊り込み、夜を徹して語り合うこともしばしばだった。

栃木出身の東条は、民雄より一年はやく入院して来た。右の頰に赤黒い結節が出ていた。少年のころの一時期、カトリック系の癩院に暮らしていたことがあって、カトリックに入信していたが、礼拝堂にも行かず聖書も読まない信仰とは無縁の若者だった。身内《みうち》に抱え込んでいる激情をじっと嚙《か》み殺しているような雰囲気が、声の静まりに感じられた。長身蓬髪《ほうはつ》の青年で、身の丈百五十三・六センチしかない小柄で痩《や》せっぽちの民雄とならんで歩く姿は、人びとの眼にユーモラスに映った。

『間木老人』について川端から絶賛に近い評価を受けたあとの日記（昭和十年七月四日）には、東条に向かって「これは後で君にみせることを予想して書いているのだ。けれど決して嘘は書かぬ」とわざわざ前置きし、苦悩の理由の一端を書き連ねている。錐揉《きりも》みするようなこの苦悩は、民雄の身内を死ぬまでつらぬきつづけた。

先《ま》ず第一に僕達の生活に社会性がないということ。従ってそこから生れ出る作品に社会性がない。社会は僕達の作品を必要とするだろうか？　よし必要とするにしても、どういう意味に於てであろうか。僕は考える。先ず、第一に「癩」ということの特異さが彼等の興味を惹《ひ》くだろう。それからそこの人間達の苦悶《くもん》する状態の中に何か人間性の奥底を見ようとするだろう。けれど次にはもう投げ出してしまうだろう。要するに、一口に言えば亡び行く民族（？）の悲鳴に過ぎないのだ。このダイナミックな進行を続ける社会の中に、こんなちっぽけな、古ぼけた人間性など、何のかかわりがあるのだ。

民雄は創作への意志を貪欲《どんよく》なまでに周囲に見せつけながら、つねにこうした自嘲《じちょう》とも諦めともつかぬ冷めた視点を失わなかった。そんなことだから自分の書いたものはすべて不満で、のちに出版されベストセラーとなった『いのちの初夜』でさえ、絶版にしてしまいたいくらいだ、と光岡良二に言ったくらいだ。「フロオベル書簡の言葉を真似て、自分の得た成功を『怪しげな名声』とシニックな口調で自嘲していた彼だった」（『いのちの火影』）と光岡は言う。

日記のなかで民雄の叫びはさらにつづき、ついには絶叫となってゆく。

僕は最早階級線上から落伍《らくご》した一廃兵に過ぎないのだ。しかも、この若さで、この情熱を有《も》って、廃兵たらざるを得ないのだ。（中略）歴史の進展は個人を抹殺する。その歴史の進展に正しく参加したもののみが価値を有つ。唯物史観はそう教えるのだ。そしてこの俺は、抹殺さるべき人間なのだ。歴史の進展に参加し得ない（積極的に）一個人なのだ。そんな人間は、死んでしまうべきなんだ。しかも僕は死に切れなかったんだ。生きているんだ。そして自らを愛しているのだ。どうしたらいいのだ。どうしたらいいのだ。（中略）僕は僕個人と、社会との間に造られた、深い洞窟《どうくつ》に墜落してもがいている最中なのだ。君に見えるのはその苦悶の姿だけなんだ。

東条耿一の病気の進行は民雄よりも重く、片方の眼はほとんど見えなくなっていた。もう一方の眼にも、ホシが飛びはじめていた。七月五日の民雄の日記に見える東条の言葉には、肉体を確実に蝕《むしば》んでゆく病への恐怖があからさまに語られていて、胸に直接迫ってくる。

彼の眼はやがて見えなくなるだろう。もう片方は殆《ほとん》ど駄目だという。そしてもう一方はホシが飛び始めたという。本を読んでも考えている時でも、一度眼のことを考え出すと、最早居ても立ってもいられないと言う。その癖どうしても自殺することが出来ない。もう二度も失敗している。それが強い先入観となって、どんなにしても死に切れないように出来ている自分を感ずるという。それなら盲目になったらどうしたらよいか。宗教家が羨《うらや》ましい。けれど彼に宗教はない。文学、それとはどうしても離れることは出来ない。詩をやってもそれでは満足されない。散文、散文、これ以外には何もない。けれど盲目になってどうして書けよう。自分は恐らくは、尻尾《しっぽ》をつながれたねずみのように、狂って狂って狂い死ぬだろう。（中略）そして狂い死ぬ姿を考え、絶望につき込まれるのだと彼は語る。

民雄は七月九日の日記で答える。

東條よ、今、僕は君に対して何とも言うべき言葉がない。何故なら、どう考えて見ても、僕には、君の苦しみを解決する方法を死以外には見出《みいだ》せないからだ。僕は、唯一人の友、君に向って、「死ね」という以外にない。これは何という悲しい言葉だろう。けれど、君を理解すればする程、そう言わざるを得ないのだ。

七月十四日の盆の夜、グラウンドには櫓《やぐら》が組まれ、恒例の盆踊りが賑やかにはじまっていた。ふたりはその輪から遠く離れ、満月の下を肩をならべて歩いた。歩きながら東条は突然、自殺の決意をついに固めたと言った。

「僕には言うべき言葉がない」

民雄はそう答えるのが精一杯だった。東条は言った。苦しまぎれの台詞《せりふ》だった。告白はもうひとつあった。じつは自分はある女性に結婚の申し込みをしたのだ。文学にも理解ある女性で、おそらく今夜には返事があるだろう。それによっては死ななくてもいいかもしれない。盲目になったら彼女に、自分の語る小説を代筆してもらおうと思う。けれど返事は九〇パーセントはだめだろう……。

民雄はくだらぬ話だとは思わなかった。結婚と自殺を天秤《てんびん》にかけている、としたりげに唇の端をつり上げているのはだれだ。手前勝手だと笑いたいのか。自殺を考えるのは、死の恐怖に耐えられないからだ。しかし癩患者はその死よりもまえに、みじめな肉体の崩壊がやって来るのだ。

なんとしても生きて行ってほしい、そう素直に言ってやれない自分が民雄は苦しかった。逆の立場だったら、東条もきっと同じように思うだろう。

「その返事がNOだったら、その女と自分を会わせてくれ。下手な口で必死にその女を口説《くど》いてみよう」

と民雄は言った。

2

東条耿一がプロポーズした相手とは、「文ちゃん」のことである。同じ患者として入院してきた実の妹、渡辺立子のいちばんの親友文子である。歳のころは二十二、三歳。千葉の出身で、女性患者には少なかった高等女学校出だったが、ツンとすましたところなどまったくない、慎《つつま》しく温和な女性だった。

その晩、返事はなかった。明くる日になっても、もう二、三日考えさせてほしいという知らせを受けた。

七月十五日、盆踊りは最終日を迎えた。最後の日はみな明け方まで踊って踊って踊り狂う。民雄は夕方になって東条を誘いに行くと、盆踊りには行きたくないと言われ、ふたりで望郷台や果樹園のあたりを十時近くまでぶらぶらと歩きまわった。東条は憂愁に沈み込んでいた。

ひそかに思いを寄せている看護婦が盆踊りの輪の中にいるかもしれないと民雄は思い、寮舎へもどるという東条をおいて、ひとりグラウンドへ行った。

今夜こそは気狂いのようになって踊ろう、そう思って踊り出す。けれどやっぱり浮きした気分は露《つゆ》程も出ない。けれど二時近くまでがん張る。看護婦のS――が来ている。僕を見つけるとすぐに後に這入《はい》り、並んで踊る。時々視線が合うと、お互にふくみ笑う。淋しい楽しさだ。小柄なSの体が新鮮な魚のように動く。時々ぎゅっと抱きしめたい衝動がする。不意に空間で二人の手がもつれる。彼女はあらッと思わず声を出して幾分頰を染め、じっと僕を見る。僕は静かに、だが深い熱情を籠《こ》めて彼女の眼を見る。

（日記・七月十六日）

自分が健康だったら、と民雄はやるせなく思う。「自分の体が健康だったら、ああ、僕は野猪《いのしし》のように突進して彼女の胸を破れる程抱きしめてやるのだが――」。踊りの輪を離れ、ひとりぼっちでいるはずの東条の寮舎へ向かう暗い道の途中、何度も胸の奥がうずき、そのうずきを民雄は恐れていた。「Sに対する僕の心が、恋としての姿をとることを、自分は無意識のうちに恐れている。恋してはならぬと強く自らの心を抑圧しなければならないとは！」。この療養所に来て、民雄は痛々しいほど純潔をつらぬいていた。

寮舎の蒲団《ふとん》にくるまって東条は眠っていた。民雄は窓から忍び込み、東条を起こした。踊り疲れた体を隣りに横たえると、急に咳《せき》込んだ。このごろ、しきりに咳が出る。

「このまま喀血《かっけつ》でもして死ねたらなあ」

と民雄が言うと、

「そううまい具合に行けば言うことはない」

と東条は言い、なにを思ったのか突然、踊りに行こうと言いだした。

ふたりはグラウンドへ行き、踊りの輪の中に飛び込んだ。渡辺立子は、六十年以上もまえのその夜の光景を、いまでもあざやかに思い出すことができる。

「お盆というと、兄と北条さんが白い絣《かすり》の単衣《ひとえ》を着て、大きくなった踊りの輪のなかに飛び込んでいった昭和十年のあの盆踊りのことを真っ先に思い出します。夜はすっかり更《ふ》けていましたが、それはもう狂ったように踊っていました。背の高い兄と小柄な北条さんが、ならんで踊っている姿はどことなく可笑《おか》しくて、ふたりはときどき言葉を交わしては笑い声を上げていました。踊りが終わって寮舎にもどったとき、いったいどんな気持ちでいたんでしょうか。それを考えると、寒々とした思いがします」

文ちゃんからの返事があったのは、明くる日の夜だった。民雄が寮舎の部屋で病友たちの碁を見物していると、東条が長身を揺すらせてのっそりとはいって来た。民雄は希望をふくめて、きっとYesだと思っていた。返事は「Yes」だった。

「君に心配かけてすまなかった」

東条はしみじみと言った。民雄はそのときなんと答えたのか、日記に書いている。

「今後もどんな苦しみが君の前にやって来るか判らない。けれどこうなった以上は、もし君が絶望すれば、君だけでなく、新しくその人も苦しまねばならないのだ。もはや苦しみは君個人のものでは決してなく、君の苦しみは彼女の苦しみであると思う。だから戦って呉《く》れ。『盲目』はどうしても書き上げろ。」

と彼に自分は言った。彼は力強くうんと言った。僕はこの時程彼を頼母《たのも》しく思ったことは嘗《かつ》てなかった。

民雄の台詞は大げさに聞こえるかもしれない。けれども、療養所のなかで夫婦として添いとげていくには、文学のためだなどと青臭い言辞を弄《ろう》した舌も凍りついてしまうような尊厳の破壊を覚悟しなければならなかった。

そもそも癩をこれ以上増やさないために、子孫を残してはならないという誤った性分離政策がとられていて、男女は寮舎を分けられて生活していた。だが、世間一般と同じように、恋愛や性愛の衝動はどうしても生まれてくる。そこで「通い婚」という独特の習俗が療養所には定着していた。十二畳半に八人から九人の女性患者が暮らしている寮舎に、男が通うのである。多磨全生園患者自治会編の『倶会一処』には、昭和初年のころの通い婚について、

〈少女舎と処女舎以外の女舎には、どの室にも情夫もちがおり、とくに軽症者などで八人全部に情夫が通ってくる室などは十六人の男女がひしめく状態になり、身動きもはばかられるほどだった。男たちのなかで情夫になることができるのは、女の数からいってその三分の一であった。だから情夫は選ばれた者ではあったが、そのために働き過ぎて、体をだめにしてしまう者も少なくなかった〉

癩を得るのは圧倒的に男が多く、当時その数は女にたいして三倍であったという。患者のなかには、夜這《よば》いをする男どももいた。女たちは顔も名前も知らぬ男の子を孕《はら》んだ。五号病室という内科病室にこっそりやって来て、五十嵐正女医から堕胎手術を受けた。付添夫の仕事をしている少年患者の担架に載せられてかつぎ出されるとき、女たちは恥ずかしそうに着物の袖で顔を蔽《おお》った。

若い東条耿一は通い婚の習わしが汚らしいと思っていたのだろう、以前、民雄に見せた日記に、こんな趣旨の文を書いていた。病者どうしの結婚は非道徳的であり、罪悪であり、ただの享楽以外でしかない——そう言いきっていた。民雄は日記（昭和十年五月十一日）で答えている。「君のレプラ患者の結婚論には、何か不満な気がした。（中略）ここから病

者の一つの苦しみが出発すること、そしてその故に病者にとって結婚が如何《いか》に重大な問題（良い意味にも悪い意味にも）であるかということを、突込んで欲しかったのだ」

療養所では、通い婚以外に、もうひとつの形態が認められていた。夫婦で病を得た者どうしが入院してきた場合には、「蔦《つた》」という夫婦舎が用意されていた。だが、夫婦水いらずの生活を送れるというわけではなく、八畳一間にふた組の夫婦が同居させられるのだった。

新しく夫婦関係を結ぶ者にたいしては、もうひとつ条件が課されていた。それが男の自尊心を粉々に砕いた。断種手術を受けなければならなかったのである。陰嚢《いんのう》から延びている二本の輸精管を陰茎《いんけい》との中間くらいのところで一、二ミリ切除し、その切断箇所を結んでおくというのが一般的な方法だった。患者たちはこの手術を「すじ切り」とか「土管をはずす」と言い、これを受けた者には玉子と牛乳が一週間分、支給された。

不可解な話ではあった。遺伝病だというのなら、その発生を未然に防ぐために断種をおこなうのはわかる。しかし、癩は伝染病なのである。伝染病は断種では防げない。手術を受けることを条件に結婚を許し、最初に断種を決行したのは、伝染病を確信していたはずの「救癩の父」光田健輔だった。光田は精液での感染、母胎内での感染や新生児感染、それに妊娠出産で弱まった母体を癩の進行から防ぐためとして、断種はぜひとも実施しなければならないと主張した。むろん違法行為であった。「告訴されれば私が刑務所に行くまでだ」と光田は覚悟を決め、大正四年四月二十四日、全生病院の院長のとき、数人の男性患者にたいして最初の手術をおこなった。以来、この強制的な風習は戦後数年までつづいた。東条耿一が婚約してから五ヶ月後の日記（昭和十年十二月二十日）に、民雄は断種について書いている。

　確実な避妊法と言えば、最早断種以外にないのである。断種とは輸精管の切断なのだ。それもよい。しかし若《も》しそれが頭脳に影響したらどうなるか。頭に影響しないとは医者も言っている。それならそれを信じよう。しかし、その後二年にして夜の御用が務まらぬ、とは先日聞いた話ではないか。嘘か真実かそれは知らぬ。しかし性欲が減退するということだけは確実であるのだ。体力が減退するのだ。そんならどうして頭に影響しないと断定出来よう。

民雄はただただ小説が書けなくなることを恐れていた。
東条が手術を受けたのは、昭和十一年六月三十日のことだった。その日の日記に民雄は「夜、東条来る。精系手術の結果を聴く。書くに堪えず。苦しきことなり」と、まるでその場から走り去るように書いているだけだ。
その民雄にしても、結婚を夢みないわけではなかった。性夢に悩まされ、浴びるほど酒を呑む夢を何度も見て、小説家として世間に認められるよりも、人間として豊かに落ち着きたいと思うこともあり、いよいよこの世で最後の時が近づいたころになって、すがりつくようにしてある求愛を光岡良二に託すのだが、そのときまでけっして伴侶《はんりょ》を求めようとしなかったのも、断種手術にたいして激しい嫌悪と屈辱を感じていたからだった。

3

北条民雄が「いのちの友」と呼んだ東条耿一は、どのようにしてこの療養所にたどり着いたのだろうか。妹立子の回想に、しばらくのあいだ耳を傾けてみたい。

「兄は〝むっつり屋さん〟と呼ばれるほど無口なひとでした。絵をよく描き、なにをするにも上手でしたが、器用と言われるのをとてもいやがりました。病気にさえならなかったら、絵描きになりたかったんですよ。小学生のころは県や市の展覧会でいつも入選し、賞状をいただいていました。私たちが育った家は、日光の近くでした。もともとは宇都宮のほうだったのですが、家が火事に遭ったのです。家はむかしは地主で、造り酒屋をしておりました。火事はもらい火で、それこそ母は気が狂ったようになって、落ち着いて火を消すこともできませんでした。それで全部焼いてしまって……。それから兄に病気が出て、私まで病気になってしまったから、仕方なく他所《よそ》へ移るしかなかったんです」

兄に癩の症状が出はじめたときのことは、いまも憶《おぼ》えている。山へ遊びに行き、蜂か虫に刺されて痒《かゆ》いかゆいと言って帰って来た兄は、瓶《かめ》から塩をつかみ出して右の頬骨のあたりにしきりに塗り込んでいたが、それでもまだ掻《か》いていると、やがてぷっくりふくれてきて結節みたいになった。小学六年のころには、頬に盛り上がったような赤黒い斑点《はんてん》ができていた。場所が顔だけにつらかったと思う、と彼女は言う。

そんな自分も小学四年のときには神経癩《しんけいらい》のために左手がぶらぶらに下がり、持ち上がらなくなった。足の踵《かかと》にウラ傷（穿孔症《せんこうしょう》）ができたのは小学五年の秋だった。高等小学校に上がったころには、いまの百円玉くらいの穴ができた。その傷を人に見られるのがいやで、真夏でも白足袋《たび》をはいて学校へ通った。田舎の小学校でも千人以上はいた学校で、「白足袋をはいている子」といえば、だれ知らぬ者はなかった。

「父から、おまえは業《ごう》が深いと言われ、私もそのとおりだと思い、高等小学校を卒《お》えると部屋に閉じこもって死ぬことばかり考えていました。まるで癩を病むために生まれてきたようなものではないかと……。兄は学校の成績もよく、卒業式のときは総代で卒業証書をもらったくらいですが、でも、頬のところに大きな斑点が出ていたので、身のすくむような思いだったでしょう」

東条耿一は高等小学校を卒業すると、一時、富士山麓の御殿場《ごてんば》にあるカトリック系の神山復生病院に入院した。やはり同病を得た兄が、そこで生活していたのである。その後、故郷に近い町の線香工場に住み込みで働くようになった。

「兄は二十歳になるのを待っていたんです。徴兵検査を受けるためでした。女の私にはよくわかりませんけど、当時、徴兵検査を受けなかったら人間失格というような感じでしたから、とにかくそれだけは受けてからと思っていたんでしょう。徴兵検査へは父も一緒について行ったのですが、当然、不合格でした。そしてつぎの日、兄は自殺を図ったんです。

線香工場の自分の部屋でした」

カルモチン自殺を試みたのだが、ぜんぶ吐いてしまって死にきれなかった。それから家族にはひとことも告げずに出奔《しゅっぽん》し、旅先から手紙を送って寄越した。心配をかけたが自分はこれからだれもいないところへ行って死ぬ――そんな内容だった。

「私は読んでいて涙が出ました。私も同じ病気で、死にたいと思ったことが何度もありましたから。兄は私の左手を見て、妹もかと思って、がっかりしたみたいなんです」

山をのぼり、カルモチンを飲んだのだが、やはりまたすべて吐いてしまい、苦しくてたまらず、無我夢中で歩いているうちに、足を滑らせて斜面を転がり落ちた。どこまでも転がり落ちて、最後は民家の屋根の上に転落した。家のなかから人が飛び出してきて、「天から人が降ってきた」と大騒ぎになった。警察に通報され、癩だとわかり、そのまま全生病院に送られた。昭和八年、満二十歳の春だった。

「それまで兄は復生病院という小さな病院しか知りませんでしたから、復生病院はカトリックだし、ここの病院のような扱いはしなかっただろうけど、全生病院は大きな病院で、同じ年頃の患者さんたちもたくさんいて、兄はほっとしたようでした。兄は病院から私に手紙をくれました。おまえのような少女や、もっと小さな子供たちも大勢いて、みんな楽しく暮らしているから、心配しないでここへ来るように……と。私はいまはもう亡くなった三番目の兄に連れられて、この病院へ来たのです。秋津の駅で降りて田んぼや畑や雑木林の道を裏門まで歩いてきたとき、兄は、おまえ、ここからはひとりで行ってくれ、と言って、中まではついて来てくれませんでした。私は数えでほんの十七でした。たったひとりで恐るおそる中へはいり、ぜんぶ脱がされて消毒を受け、検査を受けたんです」

院内では東条が迎えてくれた。妹の入院は東条の入院からひと月ばかりあとの五月四日のことだった。兄の顔からは憂鬱《ゆううつ》な陰がとれ、見違えるほど元気になっていた。

菖蒲《しょうぶ》舎という独身寮の二号室にいれられたが、十二畳半に八人が定員のはずなのに、十人が詰め込まれていた。心細くてたまらずシクシク泣いてばかりいて、明くる日の端午《たんご》の節句の御馳走《ごちそう》に出された柏餅にも手をつけようとせず、いらないと言うんなら俺が食べてしまうよ、と兄は言って、彼女の分をおいしそうに食べてしまった。たぶん怒らせたら泣きやむだろうと考えてそうしたのだが、いっこうに泣きやまない妹をまえに、山と盛られた大きな柏餅の皿を抱えて、兄は困ったような顔でいつまでも座っていた。

来る日も来る日もずっと部屋で泣きつづけた。兄はそんな妹をもてあましたように、ときどき散歩に連れ出しては、

「馬鹿だな。泣くんじゃないよ。子供だって、親のそばを離れて来て、みんな元気に暮らしてるじゃないか」

と小さな子供でもあやすように優しく諭した。

「そんなときの兄の愛情が、はじめて他人ばかりのなかに身をおいた私には身に沁《し》みて嬉しかった。兄が死ぬまで、私は兄に見守られて、ずっとこの病院で生きてきたんです」

療養所に来てから、兄のことを「あにさん」と呼ぶようになっていた。それまでは上に

四人の兄がいて「小さいあんちゃん」と呼んでいたのに、他人ばかりのなかに放り込まれて、さすがにそうも呼べなくなった。苦心惨憺《さんたん》したあげく考えついたのが「あにさん」だった。

菖蒲舎は一号室と二号室が薄いベニヤ板で仕切られているだけだった。小さな節穴がひとつ空いていた。部屋の片隅でいつも泣いている彼女のことを、ときどきそこから見つめている眼があった。文ちゃんだった。やがて文ちゃんのほうから話しかけてきてくれた。

「泣いてばかりいるのを、いつもあそこの節穴から見ていたのよ。はやくお友達になりたいと思っていたの」

と文ちゃんは笑った。ふたりはその日からいつも一緒に過ごすようになり、死ぬことばかり夢みるように語り合った。それが現実の療養生活のつらさを忘れさせた。

「けっして結婚はしない。二十四になったら、どこかふたりで旅へ行って死のう」

通い婚の世界が疎《うと》ましく、惨めに思えてならず、固い約束を交わした。旅費に充てようと、ひとつの貯金箱にふたりして大まじめに貯金をはじめた。

「いまどき、あにさんなんて、ずいぶん古風ね」

そう言って、文ちゃんはからかう。

その文ちゃんと、あの「あにさん」が、夫婦になる。

4

東条耿一と文ちゃんが婚約を交わした昭和十年、第三回「癩予防デー」（六月二十五日）

が全国各地で催され、講演会や映画上映会がおこなわれた。これは渋沢栄一ら政財界人と内務官僚によって四年まえにつくられた「癩予防協会」が主催する啓蒙活動で、そもそも協会は癩病患者を出した家族への援助をおこなうのを目的としてつくられたのだが、昭和八年から「癩予防デー」を毎年六月二十五日の貞明皇太后誕生日にあわせてとりおこなうようになると、全国のあらゆる府県から癩者を一掃しようという「無癩県運動」を合言葉に、いよいよ民族浄化へ向けて撲滅運動を先鋭化させていった。

ふたりの婚約の年、日比谷《ひびや》公会堂でおこなわれた癩予防デーにおける癩予防協会会長の清浦奎吾《けいご》の演説は、無癩県運動がファシズムと寸分の狂いもなく結びついていることを雄弁に伝えている。

一家に癩の患者を出しましたならば、一家親族が皆恥として始末せんければならん気になりますと同様に国民同胞の間に斯如《かくのごとき》患者が一万五千も二万も有ると云うことは即ち一家が一人の患者を出したならば親子兄弟親族迄《まで》恥となしてそれぞれ手当するが如く、国民も亦其《またそ》の気に成って十分予防と療養と云う事に力を致さなければならん事と存じます。是《これ》即ち文明国として誇る所の吾《わ》が日本に汚点なからしめると云う次第でありますし、亦《また》実に有難《ありがた》き、皇太后陛下の御仁慈《じんじ》に報い奉《たてまつ》る所以《ゆえん》でありまするから、どうぞ深く深く此《この》点に吾が国家社会民人の注意を払われんことを切望して熄《や》まない次第であります。

（「山桜」昭和十年七月号）

こうした躁《そう》状態の狂気は、ボランティア精神の昂揚《こうよう》をますます煽《あお》るとともに、無癩県運動の正義を信仰のごとく確信させていき、癩者たちは馴《な》れ親しんだ共同体から密告され、つぎつぎと摘発されていくことになった。

第七章　いのちの初夜

1

民雄が『最初の一夜』を書き上げたのは、昭和十年十二月七日の午前だった。

この小説はやがて川端康成によって『いのちの初夜』と改題され、文壇各方面から絶賛をあびることになるのだが、民雄がいつどのようにしてこの作品を書いたのかはわからない。川端康成への書簡によって、ようやく十二月七日に書き上げたことがわかるだけだ。

『間木老人』を書き終えたあと、すぐに民雄は『晩秋』という作品にとりかかっているので、そのあいだ日記をつける余裕がなかったのだろう。しかし『晩秋』は挫折《ざせつ》し、十一月頃になって『最初の一夜』を書きはじめた。原形となったのは、入院してまもなく書きはじめこれも挫折に終わっていた『一週間』という小説だった。『一週間』が挫折してしまったのは、第一日、第二日、第三日という具合に、その日その日の出来事を満遍《まんべん》なく書いていこうとしたからだ。それを入院初日の一夜の物語に凝縮しようと切り換えたのだった。

川端は民雄が『最初の一夜』を書き上げる直前の十二月五日、手紙を民雄に書き、上野から鎌倉へ引っ越したことや原稿用紙の見本を送ったことを伝え「小生の寸志」といって十円を手紙に同封したことを書いている。それから「この次のあなたの作はきっと原稿料を取ってあげます」としるし、まるで肉親以上の情愛を民雄に注いでいる。

あれほど民雄から原稿料を取れる雑誌に発表してほしいと言われながら、「文學界」にしか発表できなかったことを川端は申しわけなく思っていた。実際には川端はできるかぎりのことをしていた。当時「改造」とならんで一流雑誌の双璧をなしていた「中央公論」編集部の藤田圭雄に『間木老人』をもたせ、いつまでたっても返事を寄越さない藤田に、「作者が肺病が悪くなり、病院の金も払えぬので、気の毒だからどこかよそへ紹介してやりたいと思う」といった内容の手紙を送っている。

川端は自分でも昭和十年の六月から八月にかけて入院生活を余儀なくされ、林房雄のすすめに従って、転地療養の意味もあって十一月には鎌倉の浄明寺宅間ヶ谷に引っ越した。林房雄の隣家だった。そうしたあわただしい日々を送りながら、民雄には原稿用紙のことまで心配してやっている。

民雄が十円を同封した手紙を受け取ったのは、十二月七日の午後だった。ちょうどその日の午前中に『最初の一夜』を書き上げたばかりの民雄は有頂天になった。その日のうちに、川端に返事を書いている。

でも今日はなんという愉快な一日だったでしょう。午前中に以前から書き続けていましたものがようやく五十六枚でまとまり、作の良し悪しはどうでも、天下を取ったような気持でいました所へ先生のお手紙だったものですから、――どうか僕の痛快そうな貌《かお》を想像して戴《いただ》き度《と》う存じます。この作一週間以内に清書して先生に見て戴こうと存じて居ります。この作、自分でも良く出来ているような気がしますけれど、又大変悪るいんではあるまいかと不安も御座います。結局自分では良く判断が出来ません。けれど、書かねばならないものでした。この病院へ入院しました、最初の一日を取扱ったのです。僕には、生涯忘れられることの出来ない恐ろしい気憶《(マヽ)》です。(中略)先生の前で申しにくいように思いますけれど、僕には、何よりも、生きるか死ぬか、この問題が大切だったのです。文学するよりも根本問題だったのです。生きる態度はその次からだったのです。

川端はまだ原稿が送られて来ていないにもかかわらず葉書を送り、「今度の小説は改造か中央公論のようなものに、必ず出して差し上げましょう。しかし、悪ければ返しますよ。原稿の注文は一切小生という番頭を通してのことになさい。でないとジャアナリズムは君を滅ぼす。文学者に会いたいと思ってはいけません。孤独に心を高くしていることです」(十二月十日全生病院着)と民雄を勇気づけながら戒めている。

民雄が原稿を送ったのは十二月十五日だった。手紙のなかではじめて民雄は「ペン名は北條民雄と定めたいと思っています」と書き、「つくづく考えて見ますと、結局本名が一番好きになりましたけれど、これは致し方ありません。北條は母方の家の姓です。民は、温和でいて何処《どこ》となく強い響きが好きでした。秩父というのは私が今住んでいます寮舎の名前です。あまり好ましくありません。折角《せっかく》先生につけて戴いたのですけれど、どうか北條民雄と改名させて下さい」

原稿を読み終えた川端は、称賛の言葉を綴《つづ》った手紙をすぐに民雄に送った。

只今読了《ただいまどくりょう》、立派なものです、批評は申上げるまでもありません。また聞きたいと思いになる必要もないでしょう。文壇の批評など聞く代りに第一流の書をよみなさい。それが立派に批評となってあなたに働くでしょう。

早速発表の手続きをとりますが、急がないで下さい。承知はしていません。

林房雄が文學界の二月号にくれくれと云いますが、（中略）題は「その初めの夜」「いのちの初夜」「入院」など考えましたが、最初の一夜の方素直で気取らずよろしいと思われます。「いのちの初夜」はちょっといいとも思われますが。佐柄木《さえき》が「いのち云々《うんぬん》」というところもあって。最初の一夜は幾分魅力が薄い。

実に態度も立派で、凄《すご》い小説です。この心を成長させて行けば、第一流の文学になります。

十二月二十日　　　　　　　　川端康成

民雄は六日後の十二月二十六日、川端に返事を送り、「前の原稿の題、先生がつけて下さいました『いのちの初夜』、私も大いに気に入りました。どうかそうして下さい」と伝えた。「北條民雄」の筆名は、このとき『いのちの初夜』とともに誕生したのだった。「文學界」二月号にくれくれと言っているという林房雄は、民雄の第二作を読んでいるわけではなかった。それでも川端から凄《すご》い小説だと聞かされて、なんとか「文學界」にと思ったのだ。林が見せてくれと言っても、民雄の原稿はすでに川端の手もとにはなかった。次回作こそはと約束していたとおり、「中央公論」の藤田圭雄にすぐに送っていたからだ。川端は「まずあなたに見て頂きたい。中央公論に載せて貰うよう小生からも談判する」という強い調子の手紙を添えていた。川端の評価は相当に高く、小林秀雄にもこんなふうに断言していた。

「この小説を読むと、まず大概の小説がなんとなくヘナチョコに思われる。むろん芥川賞候補だ」

川端は芥川賞の選考委員をつとめていた。なんとか「文學界」にくれないか、と小林も言ってみたのだが、川端は首を縦に振らなかった。同人改組を断行し、新しいスタートを切ってはみたものの、新年号の売れゆきは思った以上にぱっとせず、小林は思い悩んでいた。

　発行元の文圃堂の面々の表情も暗かった。編集部員の式場俊三は、そのとき二十四歳だった。なんとか梃《てこ》入れしなければ「文學界」はつぶれてしまう、そんなせっぱ詰まった思いで鎌倉扇《おうぎ》ヶ谷《やつ》の家に小林秀雄を訪ねると、

「川端康成のところに新人の凄《すご》い小説があるんだが、俺には見せてくれないんだよ。なん

とか文學界に載せてくれないかと言ってみたんだが、川端さんが惜しがっていて、俺からは頼みづらい。君が行って駄々《だだ》をこねれば、もしかしたらくれるかもしれん」

と小林が言う。それじゃあなんとかやってみましょうと言って、式場はその足で浄明寺の川端邸へ向かった。

「新人の凄い原稿があるそうですが、見せてはいただけませんか」

通された書斎で川端に言うと、

「小林君に言われたんだろう」

とギョロリとした三角の眼でにらんできた。

「君は『間木老人』を書いた秩父號一《ごういち》というのを憶《おぼ》えているか」

「ああ、全生病院の」

「こんどのものは凄い。改造か中央公論に推薦するつもりでいたんだが……」

そうつぶやきながら川端は、

「あれだよ」

と陽が当たっている縁側に顔を向けた。

板の間の上には小型の四百字詰め原稿用紙がふたつ折りにして、きちんと閉じられてあった。手にしたとたん消毒剤の匂いが鼻を刺し、じんわりと涙がにじんだ。「最初の一夜」という表題の下に、「北條民雄」という筆名が書かれていた。

式場はその場で読みはじめた。読んでいるうちに、体がぶるぶる震えてきた。五十六枚めながら一気に読み終えると、これが編集者冥利《みようり》というやつなんだな、と若い式場はそんな思いを嚙《か》みしめながら一気に読み終えると、

「じつは『文學界』が怪しいんです。なにかいい作品を出さないと危ないんですよ」

「僕としては『文學界』には載せたくはないんだが、君にそうまで言われるとなあ」

「どうか、お願いします」

「こうして表に出た以上、引っ込めるわけにもいかんだろうなあ」

川端は苦りきっていた。「中央公論」の藤田圭雄は、もう少し時間がほしいと言って、原稿を送り返してきた。

「文學界」に川端が書いているのは文芸時評や随筆のようなものばかりで、式場は本音としては、川端にも小説を書いてほしかった。横光利一にも、随筆ばかりでなく小説を書いてほしかった。このふたりが小説を発表してくれるなら、「文學界」はもっと売れるにちがいない。だが、文壇の二大スターであるふたりの原稿料は、横光が一枚十三円、川端が十円と破格の扱いで、原稿料がないのに小説を書いてくれと言うのはこころが引けた。式場の月給は三十円だった。

「それじゃあ仕方ないな」

川端はそう言いながら式場の手から原稿を引き抜くようにして取ると、表題の「最初の一夜」を万年筆で線を引いて消し、となりに「いのちの初夜」と書き直した。

「ちょっとキザだけど、新人の作品だからこれでいいだろう。持って行きたまえ」

川端はやや乱暴な手つきで、式場のまえに原稿を突きつけた。式場は礼を言い、意気揚々と引き揚げた。

『いのちの初夜』は「文學界」昭和十一年二月号に発表された。目次をひらいてみると、いちばん右の創作の欄に、島木健作の『転向者の一つの場合』とならんで黒ベタ白ヌキの特別の扱いを受けている。ほかには『間木老人』のために先送りにされていた坂口安吾の『狼園』、林房雄の『ドン・ファン』、阿部知二の代表作となる『冬の宿』、評論や随筆には川端康成の『続私小説的文芸時評』、中野重治の『ハイネの手紙』、高見順の『文章展覧会』、平林たい子の『移転』、萩原朔太郎の『諷刺詩について』、河上徹太郎の『音楽時評』、小林秀雄の連載『ドストエフスキイの生活』、詩は中原中也の『冬の日の記憶』がずらりとならび、右も左も入り乱れた錚々《そうそう》たる顔ぶれである。

川端康成が『いのちの初夜』の推薦の言葉を載せている。

北條民雄君の「いのちの初夜」を「文學界」に出すことは、私としては全くつらいのである。作者にすまないわけである。しかし、小林、林、両同人の懇望黙し難いものがあった。

また、第一作「間木老人」を激賞する横光も、同人であることを思えば、心慰《なぐさ》むものもある。

(但《ただ》し三同人とも、「いのちの初夜」はまだ読んでいない。)

私はこの作を「中央公論」か「改造」のような雑誌に紹介するつもりであった。確信をもって推薦出来る、このような作には滅多に出会えはしないのである。またこのような作を直《ただ》ちに採用せぬなら、編輯《へんしゅう》者として文学に携る資格も権威もない。

書き出しの部分を抜いてみただけでも、このような絶賛の言葉ばかりを川端は書きつらね、最後のほうでは「第三作は『文學界』へは多分発表出来ぬであろうことを、予《あらかじ》め同人諸君に許して貰って置く」とわざわざ書いている。

小林秀雄は読売新聞に「文学そのものの姿を見た」と書いたが、たとえば阿部知二は「いわば生地《きじ》のままで舞台に立ってその生地の魅力で人を引くというようなものだ。扮装《ふんそう》や芸は第二、第三だ。現代の文学精神がこういうものを強く求めていることは争われない事実である。ところが沢山《たくさん》の青年が学校で文学を習ったり、文学青年修業をして、そうして小説を書こうとする。それらの者はこの『生活の生地から』来る文学の前に感心しつつ混乱している」と書いた。

果して「文學界」二月号は創刊以来はじめて売れに売れた。式場俊三は言う。

「三千部発行して、ほとんど完売したと思います。『いのちの初夜』を読んだ同じ病気の人たちから、編集部宛てにぞくぞくと原稿が届くようになって、あの当時のことだから困ったことにもなりました。全生病院の患者さんたちが多かったと思いますが、内部告発物が数多くあって、なかには消毒を受けていない原稿もあって、困惑させられたことを憶えています」

民雄はこの第二作で、小林秀雄についで第二回文學界賞を受けた。投票の結果はつぎの通りだった。

北条民雄『いのちの初夜』　六票
島木健作『転向者の一つの場合』　二票
河上徹太郎『音楽時評』　一票

『いのちの初夜』は圧倒的な票を集め、民雄は賞金百円を手にすることになった。

2

雪が降りしきっていた。始まりも終わりもないもののように雪はだれもが寝静まっている明け方から降りはじめ、午後には一尺（三十・三センチ）ばかりも降り積もった。昭和十一年一月二十五日のことである。この年の冬はこの日の大雪を皮切りに東京におりおり大雪が降った。やがて皇道派青年将校たちによるクーデター「二・二六事件」の大雪の日を迎えるのだが、この日の大雪はそのまえぶれのようでもあった。

四国で生まれ育った民雄には、療養所の景色をすっかり一変させてしまうほどのそんな大雪が珍しく、友人ふたりを誘って寮舎の外へ勇んで飛び出していった。洋服ひとつに頭には頭巾《ずきん》をかぶっただけといういでたちで、果樹園や雑木林のなかを声をあげて駆けまわり、雪をぶつけ合い、犬の子のようにじゃれ合った。ひとしきり雪遊びに興じたあげく肩で息をしながら寮舎へもどって来てみると、一通の手紙が届いていた。川端康成からの手紙だった。

　いのちの初夜へ、二月号文學界賞、投票の結果、昨夜決定しました。

　賞金百円は編輯部の方から近日お送りする筈《はず》です。

　種々の意味で、私もこんな嬉しいことはありません。萬歳《ばんざい》です。

　近頃私に会う人であの作の話をしない人はありません。

　島木健作氏も実に感心したそうです。

　横光はこんなのが五百枚も書いてあれば、世界の傑作になると云いました。改造記者も感動して来ました。

　青野季吉《すえきち》氏は寝床でよみ、一晩眠れなかったそうです。

　小林氏の感想切抜送りますが、すべての文壇批評に頓着《とんちゃく》せず、最高の書を読むこと。

（小林のはいわゆる批評ではありませんが。）

　この次の作は大雑誌に紹介しますが、後でいつかまた文學界へも下さい。

　右当選のお喜びお報せまで。

　一月二十四日　　　　川端康成

民雄は息を切らしながら何度も読み返した。じっとしていられなくなり、もう一度雪のなかへ飛び出して行きたくなったが、さんざん走りまわってきたばかりで疲れ果ててしまい気力が湧かなかった。

ここが閉ざされた癲院ではなく東京の町なかであれば、東条耿一を誘ってさっそく祝杯を挙げに酒場へくりだして行くところだった。興奮に沸き立つ胸を抱えながら困り果てたあげく民雄は、蒲団《ふとん》を引っ張りだしてくるまった。まだ夕方の五時である。そのまま蒲団から一歩も出ることなく、そうかといって眠れるはずもなく、朝の三時ごろまでひとり悶々《もんもん》として蒲団のなかにうずくまっていた。

翌日、民雄は川端への返書にこうした有頂天になった自分の姿を綴《つづ》り、感動から一夜明けたこころのありさまを、一転してすっかり沈み込んだ筆致で書きしるした。

〈昨夜の喜びが大分冷めて来ました今になって、はっきり識《し》りましたのは、批評されたり、有名になったり、名声を得たりしたとて、そんなもので僕は決して救われはしない、ということでした〉

感情の起伏のはげしい民雄は、他人がおどろいてしまうほど子供みたいにはしゃいでみせたかと思うと、掌《てのひら》を返したように沈み込んでしまう。川端にはそれ以上伝えなかったが、ほんとうはずっと以前から虚無の思いに何度も苛《さいな》まれていたのだ。ひと月まえの十二月二十日の日記に、民雄は書いている。

小説を書く、有名になる、生き抜く、苦悶の生涯。――美しいことである。立派なことである。だがしかしふふんと嘲笑《ちょうしょう》したいのが今の自分の本心である。見るがよい、重病室の重症患者達を！　あの人達が自分の先輩なのだ。やがて自分もああなり果てて行くのは定り切っている事実なのだ。軽症、ふん、生が死を約束するように、軽症は重症を約束する。葉書をポストに入れてから新聞を見に行き、例のように文芸欄を展《ひろ》げて見るが、文壇なんて、なんという幸福な連中ばかりなんだろう。何しろあの人達の体は腐って行かないのだからなあ。今の俺にとっては、それは確かに一つの驚異だ。俺の体が少しずつ腐って行くのに、あの人達はちっとも腐らないのだ。これが不思議でなくて何であろう。

床に就いて眼をつむるたびに、質《たち》の悪い幻想に襲われてもいた。

たとえば何日かまえに死んだ患者の屍《しかばね》が眼に浮かび、つぎにやけにひょろひょろと背の高い骸骨《がいこつ》が浮かんできて、それが四つん這《ば》いになって、もそもそと這いまわる。亀戸に住んでいたころによく通ったカフェの女給の艶《なまめ》かしい姿態が浮かんでくると、彼女のからだが急に透明になって骨まで透《す》けて見え、背の高い骸骨とからみ合っている。からみ合ったそれはやがて無数に増殖し、眼先にちらつき、どんなに消そうと思ってもがいてみても消えようとしてくれない。頭がズキズキと痛みだし、それならばと自分のほうから無理に意識して思い浮かべていると、全身をはげしい痙攣《けいれん》が襲った。

いままで民雄は小説家になることを目指して習作をつづけてきた。社会に認められる作品をなんとしても書きたいと思いつめていた。幸運にも川端康成に師事し、自分では駄作だと思い込んでいた『間木老人』が思いがけず評価され、「文學界」に載った。そしていま『いのちの初夜』が文學界賞を受け、新進作家としていきなり文壇に華々しく躍り出た。これこそ自分が当面の目標としてきたことにはちがいなかった。ところが現実にそうなってみると、急に病気のことが頭をもたげてきて、どうしようもなく深い絶望感に包まれてしまうのだ。

それでも文學界賞の受賞は格別の歓びであったらしく、光岡良二は『いのちの火影』でつぎのように書いている。


文学以外に生きる目あてのないような彼に、このまぶしいほどの成功があったことを、私は単純に彼のために喜べたが、作家として兎《と》に角《かく》社会に通用する足場を得た彼にくらべて、誰にも知られず癩園の中で子供を教えたり、児童雑誌の編集をしたりして欲のない生き方をしている自分が、いつの間にか取り残されてしまったような寂寥《せきりょう》感をおぼえたことも記憶している。間もなく会った折、「よかったな」と祝意を表わしたら、「やあ」と言って、例の額を皺《しわ》だらけにし、眼がなくなってしまうような細さにした、はにかみの笑い顔を見せた。

民雄には百円という賞金が魅力的でたまらなかったらしい。というのも、がんじがらめの生活を強いられる全生病院を脱出し、全国で草津《くさつ》の湯之沢だけにある自由地区に一戸建ての家をもち、執筆生活に専念したいという夢を以前から思い描いていたのである。そこでは毎月七円五十銭の入院料のほかに、まず家を買うのに七百円かかる。イギリス人女性宣教師のコンウォール・リーが大正五年、草津湯之沢で癩者のための医療、教育、福祉を一体化した画期的な活動を開始し、男子ホーム、婦人ホーム、夫婦ホームなどの各ホームや幼稚園、小学校、病院などをつくっていった。国の方針に反して極端な性分離政策をとらず、結婚を禁ずるという姿勢もとらなかった。地元の人びととも共存して生活していけるようリー女史は環境を整え、患者の外出も自由にまかされていた。

民雄は東条耿一と草津へ行って暮らそうと折りにふれて話し合い、なんとかして資金を貯めようと考えていたが、あてにしていた賞金は、いつになっても届かなかった。それに業を煮やしたのか、それとも晴れやかな気持ちのなかで新進作家として療養所の外に飛び出して行きたかったのか、二月にはいってすぐに民雄は全生病院をこっそり抜け出し、東京に出かけていった。

入院以来、東京へ行くのは、じつはこれで二度目だった。前年の一月三十一日から二日間、東京へ行き、軽快退院した「佐藤君」という友人の家に泊めてもらっている。そのときどんな行動をとったのかほとんどわからないが、その年の十二月七日になって川端康成に宛てた書簡のなかに、「当時、上野桜木町に住んでいた川端に会いたくて、「上野公園を幾度もぐるぐる巡ってみたのですけれど、遂々《ついつい》御迷惑なように思われてお立寄りも出来ませんでした」と見える程度である。

二日間ぐらいの外出であれば、脱柵するというのが患者たちの習いだった。病院から正式な外出許可をもらうにはあれこれと手間がかかり、職員たちの態度も高圧的で患者たちには馴染《なじ》みがたく、病友たちに黙ってもらってさえいれば難なくやりとげることができた。むろん見つかれば監房行きだったが、動きの俊敏《しゅんびん》な民雄にはその心配はいらなかった。

二月五日の早朝、光岡良二は民雄に寝込みを襲われ、「いまから東京へ出かけるんだが、着て行くものがないから上着を貸してくれ」と頼まれた。光岡は「L」の襟章のついた東大時代の学生服を出してやり、それに身を包んだ民雄は療養所をとりかこんでいる柊《ひいらぎ》の垣根の隙間から這いだして外へ出た。

この日の外出は最初のときとはまったくちがって、意気揚々とした気分での出立《しゅったつ》であった。行き先は決まっている。東大正門前の文圃堂《ぶんぽどう》書店である。賞金百円をもらい受けることが目的だった。百円を手にしたら、すぐに病院へ帰ろうと考えていた。

突然の癩作家の訪問は、きっと編集者たちをおどろかせるにちがいなかったが、軽症者である民雄は医師から伝染性は皆無だと聞かされていたし、たとえ重症であっても、十五歳より上の人間には伝染はしないとも聞いていたので迷いはなかった。

文圃堂の所在地は本郷《ほんごう》森川町八十三番地で、そのころ走っていた市電の停留所名で言うと、東大の「正門前」と「一高前」のあいだにあった。正門からつづくまっすぐな電車道から細い路地にはいると三軒目、小間物屋や床屋、果物屋が低く軒をつらね、間口二間、売り場面積三坪あまりの古びた小さな木造二階建ての家が文圃堂だった。

一階の売り場には古本と新刊本をならべ、二階には四畳半と三畳の部屋があるだけだった。四畳半が「文學界」の編集室、となりの三畳が単行本の編集室になっていた。

社長の野々上慶一が文圃堂をひらいたのは昭和六年の春。早稲田大学専門部政経科を中退したばかりの、満二十一歳であった。もともとは古本と新刊書を売るだけの小さな本屋だったが、一日に岩波文庫が一冊しか売れない日もあるというありさまで、一発ねらいで細々ながら出版を手掛けるようになった。

いまになってみれば日本の近代文学史上、重要な位置を占める作品をいくつか出版している。『宮沢賢治全集』全三巻や、中原中也の処女詩集『山羊の歌』などがそうだ。『宮沢賢治全集』は詩人の草野心平の熱烈な推薦によって、まったく無名だった賢治の、それも全集の出版となった。編集責任者は高村光太郎、草野心平、横光利一ほか二名で、装幀《そうてい》は高村光太郎が無料で引き受けた。「出版してみると童話の巻は千部をちょっと出てよろこんだが、詩の方は八百部くらい。そんな時代だったのである」（野々上慶一『文圃堂こぼれ話』）。中原中也の『山羊の歌』は小林秀雄の紹介で実現し、やはり高村光太郎が無料で装幀を引き受けたのだが、これも限定二百部の出版だった。

文圃堂を訪れた民雄の姿を記憶している人物は、いまはもう式場俊三ひとりしかいない。

その日も東京には大雪が降っていた。作家まわりをすませて夕方文圃堂に帰って来てみると、編集部員といっしょに見なれない学生服姿の浅黒い顔の男が股火鉢《またひばち》をしていた。

「それが北条民雄でした。私は癩病についての知識は兄の隆三郎から聞いて知っていましたし、軽症であれば伝染性もないということはわかっていましたから、あわてることはありませんでした。北条は貧しかったし、できれば賞金をもらいたかったのでしょう。ところが、岡本かの子さんから賞金代を受け取る日はまだ先だった。それで単行本の編集担当をしていた伊藤近三が金策に飛びまわり、そのあいだ時間かせぎのために、古本の担当をしていた大内正一が北条を連れて東京案内をしたわけです。私が帰って来たとき、ふたりも帰って来たばかりでした」

「兄の隆三郎」とは高名な精神科医として芸術病理学、とくに宿命的な病をもった作家と作品の関係に深い関心を寄せていた式場隆三郎のことである。一流の精神科医としてばかりでなく、文筆家としてもその名を知られていた。『いのちの初夜』に感銘を受けた隆三郎は、のちに全生病院に民雄を訪ねる。

民雄が大内正一に連れられて行ったのは、銀座の資生堂パーラーだった。そこは文士たちが銀座でこれから飲もうというときの宵の口のたまり場で、ちょうど横光利一と河上徹太郎のふたりがテーブルをはさんで談笑していた。民雄にとっては生まれてはじめて眼にする流行作家たちの姿だった。とりわけ横光利一は、かつてもっとも憧《あこが》れた作家のひとりである。民雄は『いのちの初夜』を書いた新進作家として、ふたりに引き合わされた。

式場俊三が大内正一から伝え聞いた話によれば、そのとき民雄は気をつかってか同じテーブルには座らず、隣り合ったテーブルに腰掛けた。病への恐怖心があったからだろうか、横光利一は終始民雄から身を引くように上体をのけぞらせて座っていた。

河上徹太郎は筑摩書房版現代日本文学全集の月報五十二号の『北条民雄のこと』という文章のなかで、そのときのことを書いている。民雄と会った数少ない作家の貴重な記録であるが、あらかじめ指摘しておくと、この文のなかには記憶ちがいがいくつかある。資生堂パーラーに民雄を連れてきたのは式場俊三と書いているが、それは大内正一の誤りで、和服の着流しという民雄のいでたちは学生服である。

その時『文學界』を長く編集していた式場俊三君が、一人の和服の着流しの青年を連れてはいって来た。風態からいっても、式場君が連れだということからいっても、作家志望の青年らしいことは推察出来た。二人は我々に気づかずに別の席へ座ったが、青年は中折を眼深《まぶか》に被《かぶ》ったままそれを脱がなかった。（然《しか》しそれは、資生堂がちょっと品がよ過ぎるということをのけては、当時の風俗として別に差し障《さわ》りはなかった。）

やがて式場君は我々に気がついてさし招いた。そして同席すると、この人が北条民雄だと紹介した。瞬間ハッとしたが、式場という人は何でも呑み込んでいる人だから、その当り前の顔色を見て、こちらも何でもないんだなと思い、普通の文学者同士の初対面のつき合いに返った。

その時の話題は全然今記憶にない。ということは、ごく平凡な応答をしただけだったのであろう。では人物の印象はというと、例えば生前二、三度会っただけの嘉村磯多《かむらいそた》氏よりむしろ陰鬱《いんうつ》でなく、不屈と謙遜《けんそん》が程よく入り混り、自分の立場を割り切ったものがあるように見えた。尤《もっと》も今になってのこんな印象は、氏の作品から来るものと適当につきまぜた後天的なものに違いないのだけど。

果してその夜は電車が停《とま》った。私はどうして帰ったか覚えていないが、宅が五反田《ごたんだ》だから歩いてだって帰れる。後で聞くと北条氏はまだ軽症で、ある期間医師の保証の下に町へ出ることが許されるのだそうだ。しかし外泊は無理だろう。その晩、村山の病院へ帰ることはとても出来ないので、式場君の下宿へ泊ったのだが、蒲団《ふとん》が一つしかないので、一緒に寝たそうである。北条氏にとって恐らく町で文士たちとつき合ったのは珍しいことだったろうが、この夜のことは何も書いていない。こちらはそのつもりはないのだが、もし少しでもこだわったものが見えたとしたら、それは取り返しのつかない傷を与えたことになる。

式場俊三は、つぎのようにふり返る。

「私が文圃堂にもどって来てはじめて北条に会ったとき、銀座から帰って来たばかりの北条は、横光利一と河上徹太郎のふたりに会ったということで興奮していました。私たちがまず最初に交わしたのは、その話題からだったと思います。金策に走りまわっていた伊藤近三も帰って来て、賞金の全額は結局集められず、半額の五十円を北条に渡しているはずです。夕方になっても雪は降りやまず、電車も停まってしまったので、北条は東村山に帰れなくなった。それで私の下宿に泊めることにしたのです。伊藤近三も私に同情し、自分も一緒に泊まろうと言ってくれ、三人で私の下宿に向かったのです」

下宿は近くの弥生町にあった。香雪館《こうせつかん》という名前の学生下宿である。三階の六畳一間が式場俊三の部屋だった。大雪のために停電となり、蠟燭《ろうそく》がたよりの暗くて狭い部屋のなか、火鉢の上にアルコールランプを置いて火をつけ、コーヒーを沸かした。

「夜遅くまで雑談していましたが、どんな話をしたのか、いまとなってはよく思い出せません。そのころの作品の話や、東条耿一、光岡良二といった北条の友人たちのことなどを話したと記憶しています。川端論についても聞いたと思います。北条は私たちに気を遣って遠慮しているような感じでした。小林秀雄にも会ったらどうかとすすめたのですが、自分は川端先生ひとりでいいと言っていました」

そろそろ寝ようかというときになって、式場ははたと困った。三人で寝るには部屋は狭すぎる。下宿の女将《おかみ》に話をつけ、空いているひと部屋を客人の民雄のために特別に貸してもらうことにした。蒲団が足りないので一式借り、さすがにそれを民雄にあてがうわけにもいかず、自分の蒲団を別室に運んだ。浴衣も自分のものを貸した。

民雄が別室に去ったあと、伊藤近三はコーヒー沸かし用のアルコールに眼をつけ、「せめて手だけでも消毒して寝よう」と言いだした。ほんとうは潔癖症に近いきれい好きな人物で、それを知っている式場は伊藤を見ていて、「きょう一日よく我慢したな」と思っていた。

アルコール消毒などなんの意味もないとは知っているが、それで気がすむならばとアルコールの瓶《びん》を手渡した。蠟燭の明かりをたよりにアルコールに手を浸しているうち、突然伊藤の両腕にぼっと炎が燃え上がった。蠟燭の火が引火したのだった。とっさに式場は蒲団のなかに伊藤の両腕を突っ込ませ火を消し止めたのだが、片方の手の火傷《やけど》はまぬがれなかった。

翌朝、繃帯《ほうたい》を巻いている伊藤を見て、民雄がどうしたのかとたずねるので、「いや、火傷したんだ」とだけ答え、理由は話さなかった。式場は式場で癩については伊藤以上の知識をもっているはずだったが、民雄に貸した敷布と浴衣をそのまま使う気がどうしても起こらず、こっそりクリーニングに出した。

前夜別れてからなにがあったのか知る由もない民雄は、のちにその件で大きなショックを受け、式場俊三を恨むようになるのだが、いまはまだそれについて書くときではない。

大雪から一夜明けた二月六日、民雄は伊藤近三に連れられ、鎌倉へ向かう列車に乗り込んだ。先方へは事前に伊藤のほうから電話をしてあった。車中、民雄のこころはどんなふうに揺れていただろう。川端康成に会うのである。

3

川端は伊藤近三に、直接家を訪ねるよう言っておいた。ところが、民雄は鎌倉駅前から電話をかけて寄越し、

「やはり先生のお宅へは伺えません」

と言う。病気のことで夫人に迷惑をかけてはと思い、声だけで充分だと考え直したのだった。そんな心配は無用だと川端は家に来ることをすすめたのだが、どうしても来ようとしない。それならばと川端は、雪の降り積もった道をわざわざ駅まで出かけて行った。これが最初で最後となる師と弟子の対面は、どんなものだったのだろうか。川端は民雄の死後、民雄をモデルとして書いた小説『寒風』のなかで、つぎのように書いている。

故人は一度鎌倉へ私を訪ねてくれたことがあった。遠慮をして家へは来ず、駅前から電話をかけた。私は駅へ出かけて行った。そこらを少し歩いた。雪が積って寒い日だった。故人は友達から借りたという学生服を着ていたが、見すぼらしい風体だった。蕎麦屋の二階へ上った。

私の文学仲間の同人雑誌に出してもらった小説がその雑誌の月例の賞を与えられ、故人は賞金を受取りかたがた外出して来たのだったから、先《ま》ず同人雑誌の発行所に立寄った。編輯《へんしゅう》者に連れられて銀座へ出た。大雪になった。そうして昨夜は編輯者が自分の下宿に泊めたという。鎌倉へ案内して来てくれたのも編輯者だった。今朝部屋をアルコオルで消毒する際、過って火傷をしたと言って、編輯者は手に繃帯を巻いていた。（中略）

私が生前の故人を見たのは、それが最初で最後だった。その時は少し眉が薄く皮膚の色が悪いくらいのことで、目立って癩者らしいところはなかった。無論怪しむ者はなかった。

この文に見える蕎麦屋とは駅前にある「川古江家」のことで、小林秀雄や林房雄ら鎌倉に住むいわゆる鎌倉文士たちも、しばしば利用していた。「今朝部屋をアルコオルで消毒する際、過って火傷した……」のくだりは、のちに伊藤から聞いて書いたのだろう。民雄のいるまえで、伊藤がそんな話をするはずがない。

民雄が帰ろうとするころには、林房雄もやって来た。林もまた『いのちの初夜』に衝撃を受けた作家のひとりだった。手放しの褒めようで書評を書いている。

〈「生活に徹した小説」という言葉があるが、この小説などは、生活をはねこして「生命に徹した小説」であろう。この小説においては、「生活」なんてものは、剝《は》ぎ去らるべき一枚の甘皮に過ぎない。(中略)癩になったことによって、生活、社会生活から押し出された主人公が、癩病院の中で、生命そのものに当面したのである。生活のほかに、社会のほかに、なお生命があるという事実は、なんという発見であろうか!(中略)生命の根強さの発見!これが大発見でなくてなんであろうか?〉

その林房雄も、民雄との最初で最後となった対面については、一行も書き残していない。ただひとつわかっているのは、前年の暮れに川端に送っていた『猫料理』という随筆について、ふたりから書き直しをすすめられたということである。

題名が示すとおり随筆の内容は、鶏舎をたびたび荒しに来ていた野良猫が、ある日、仕掛けておいた罠《わな》に引っ掛かって死に、それを寮舎の仲間たちと鍋で煮て食べるという少々俗悪な実話を中心にして、患者の心理や滑稽《こっけい》さ、虚無などについて綴《つづ》ったものである。

二月十七日付けの川端書簡に、「あのままでもいいのですけれど、文士の名前が出て来たりして、文壇臭いところある、それのない風《ふう》よいとの林君や私の意見は、あなたへの尊敬と愛情であること無論お分り下さると思います。(中略) 島木氏への苦情など無論当ってますけれど、あなたがあゝいうことというと変だと思うくらい、我等はあなたを尊重してるのですから、随筆の端にでも雑音の入らぬ方よいとして私は消したいくらいでした」とあるのを見ると、そうした意見が川端と林のふたりから出されたのがわかる。

民雄は随筆のなかで、小説『癩』で一躍脚光を浴びた島木健作に苦言を呈していたのだった。文圃堂とは目と鼻の先にある島崎書店という社会科学書専門の古書店で店番として働きながら創作活動をつづけてきたこの転向作家に、癩者の生々しい心理などわかるはずもないのだが、川端と林のふたりは、島木健作を俎上《そじょう》にあげて批判を加えるより、自分自身の考えのみを素直に綴るほうが品格は損なわれないと民雄に伝えたのである。

伊藤に連れられて帰ってゆく民雄を、川端と林は駅で見送った。学生服姿の民雄は、ふたりの文士に向かって深々と頭を下げた。

東京へもどって文圃堂に立ち寄ると、『猫料理』の原稿を持ち帰りたいと告げた。「文學界の四月号に載せることになっているのだから」と引き止められたのだが、恥ずかしさのあまり発表の気持ちは失《う》せてしまっていた。新刊の中村光夫訳・フロオベル著『ジョルジュサンドへの書簡』と、淀野隆三訳・アンドレ・ジイド著『ジイドの日記』、武田麟太郎著『好色の戒め』の三冊、それに『宮澤賢治全集』全三巻を土産にもらい、池袋から電車に乗って療養所へひとり帰っていった。

新進作家として遇された晴れがましい一泊二日の旅から、一転してわが身を隔離する癩院への帰還の道のりは、民雄にとってどんなものだっただろう。二月七日に川端に宛てて書いた礼状に、民雄はしるしている。

先日は、突然御迷惑をお掛けしまして誠に申訳も御座いません。お逢《あ》い出来ましてこの上なく嬉しく存じました。駅でお別れします時、何かもっともっとお話を伺いたいことがあるような気がしてなりませんでした。

池袋から電車に乗りました時、激しい孤独感に襲われてなりませんでした。底の知れない谷間へでも墜落するような、人里離れた深山へでも行くような気持が致しました。けれど孤独に身が置かれていますことは今更考えるまでもないこと、その孤独に徹して行くより生くる道のないことはもう分り切ったことですけれど、でも淋しく存じました。けれどまた一面に、身を切るような孤独を覚える時ほど、自分を愛《いと》おしく思うことは御座いません。そして、やっぱり自分は生きている。このことにかつて一度も感じたことのない喜びを覚えました。自分は生きている、これはほんとにのっぴきならないことだと存じました。

民雄は恩師の川端康成や林房雄、憧《あこが》れの作家であった横光利一、河上徹太郎と出会えたことが、やはり嬉しくてたまらなかったらしい。鎌倉駅前の蕎麦屋はもちろん、流行作家たちのたまり場である資生堂パーラーでのひとときは、文學界賞受賞の新進作家という名声を得たばかりの民雄にとって、輝くばかりの時間だった。それが生涯でただ一度きりの、文士たちとの交わりとなった。

療養所にもどった民雄は学生服を光岡良二に返しに行き、病友たちが居並ぶまえで、文士たちとの邂逅《かいこう》をおもしろおかしく語って聞かせた。

「河上徹太郎は、小説家というよりは材木屋の若旦那という感じだったな。横光利一はひと足はやく資生堂から帰って行ったんだが、そのとき、こんなふうに言うんだよ」

そして「北条君、さよなら」と太く低い横光の声を真似てみせ、みなを大笑いさせた。

眼科の診療室のまえで、親身にしてもらっている女医の五十嵐正をつかまえると、

「僕ね、こっそり垣根を越えて、東京へ行ってきたんだよ。鎌倉にも行った。川端先生に会ってきたんだよ。酒も飲んできたんだよ」

嬉しそうに小声で耳打ちした。川端へは日をおいて二通礼状を送り、会ってくれた文士たちに「どうかよろしくお伝えください」とくり返し書いた。ほんとうは一人ひとりに礼

状を出したかったのだが、思い留まるのが病者の礼節とわきまえていた。

川端康成から手紙が届いたのは、二月十八日のことである。「小林秀雄君から、先日の猫料理至急書き直して送って貰うよう頼んでくれとのことです。(中略)無理にとも云い兼ねますが、小林君の頼みもありますゆえ、なるべくならば、あれの改稿を下さい。全部書き直さなくとも、余計なところだけ消してはどうですか」と書いている。原稿を持ち帰った民雄に、こころを砕いている様子がありありと伝わってくる。前述した書き直しをすすめた理由について書いてあるのも、この手紙である。

その日のうちに民雄は原稿を書き直し、島木健作のくだりを削除した。検閲を通った二十日朝、書留で川端へ送った。『猫料理』は外部の雑誌にはじめて載る随筆として、「文學界」四月号に掲載された。光岡良二は『いのちの火影』のなかで、自分も猫料理を食わされたひとりだと書いている。

「今日午後、うまいものをご馳走《ちそう》するから来ないか」

民雄の誘いに乗って寮舎へ行ってみると、七輪の上で大鍋がぐつぐつ煮えている。猫だと言われ唖然《あぜん》としたが、いまさらあとへは引けなかった。葱《ねぎ》のようなものにばかり箸《はし》をつけ、それでも猫肉の幾片かは口にいれた。「気味悪さだけが先に立ち、うまいなどというしろものではなかった。そのあと、まだ日のある寮の裏の、少年舎の前のブランコなどのある芝生に出てしばらく遊んでいたが、生唾《なまつば》をしきりに枯草のうえに吐き散らしたのを覚えている」

だれもが懐《いだ》くであろうごく一般的な感情を、光岡も懐いたにすぎなかった。ところが民雄の筆にかかると、まるでちがってくる。「一きれの猫肉に無上の快味を求めようとするのも、愛すべき切ない気持である」と書き、「それを食う彼等の心の底に、奇跡的に癩病が癒《なお》りはせぬかという、おまじないでもするような儚《はか》ない気持が流れている」と書く。民雄はそこに厳粛な「滑稽さ」をみる。そして「察するに苦悩というものは滑稽の母胎なのであろう」と述べ、最後にはこうしるすのだった。

我々の生活にしても、絶望や不安や恐怖を通り越して初めて楽しみは得られるが、凡《すべ》てを肯定した虚無というものがあるとすれば、恐らくこのあたりにあるものであろう。凡てを否定するか、凡てを肯定するか、このどっちかでなければ虚無などあろうとは思われない。解脱にしても右のような虚無以外に考えようがない。そうなって来ると、人間を、いや癩者を救う道は虚無に通ずる道ばかりであると思わざるを得ない。滑稽と私が言うその滑稽とは、自分でも十分には解らぬながら、瞬間的に起るこの虚無に違いない。（中略）虚無に近づくためには、どうしても人間以上の強烈な「意志」が必要だと思われる。凡てを肯定した虚無、これ以外には私は私を救う道がない。そして我々の生活に頼り得るものは唯《ただ》一つ意志あるのみ、そして虚無たり得ないのが人間の宿命であるとすれば、私を救うものはもう意志だけだ。

ここで語られている虚無とは、けっしてネガティブなものではない。「輝ける虚無」とでも言うべきものだ。苦悩を母胎とした「滑稽」を経て、人智を超えた「意志」の力によってようやくそこにたどり着くことができると民雄は言う。

わかるようでわからないこの一文に影響をあたえているのは、愛読していたドストエフスキーの『悪霊』であろう。『悪霊』の主人公ニコライ・スタヴローギンは、国家転覆を図る集団の上に教祖のごとく君臨し、露悪的で邪悪なふるまいをいとも軽々とやってのける。ヨーロッパ近代の頽廃《たいはい》と教養を身につけたスタヴローギンは、あらゆる美と醜をことごとくもなげに受け容れる「凡てを肯定した虚無」の王である。

もうひとつのキーワードである「意志」については、スタヴローギンを崇拝するアレクセイ・キリーロフが語る「我意《がい》」から来ているのかもしれない。無神論者キリーロフは、神はこの世になく、すべての意志は自分のものであり、それゆえ我意を主張する義務が自分にはあると説く。我意の頂点は自殺することであり、それによって神をつくりだした人類の虚偽の歴史を覆し、人びとを救うというのである。有名な「人神論」だ。

キリーロフは自殺を実行するまで恐怖におびえ、慄《おのの》き、身も世もないように暴れまわる。その姿は、哀れなほど滑稽だ。けれども、ついに彼は「人間以上の強烈な意志」によって自殺をとげる。

民雄の一文は、満二十一歳の若者が精一杯、背伸びをして書いているように感じられる。ところが、一年半ほどまえの昭和九年九月十八日の日記を見ると、この一文と分かちがたく結びついたつぎのような記述がある。

現在の自分には何一つとして心から頼ることの出来るものはない。勿論《もちろん》頼り得る人もない。それだけ又この頼り得るものが欲しい。心《しん》から頼り、それにしがみつき、しっかり抱きついて微動だにしないものがあれば、どんなによいか。今日になって自分にはっきりと神を求める人達の気持が判った。けれど自分には神を求めようとする慾求は興《おこ》らぬ。こうした弱々しい藁《わら》でも摑《つか》もうとする溺《おぼ》れた心理で神を求めるそのことが、自分には嫌いなのだ。こうした気持で求めた神が如何《いか》に歪《ゆが》んだものであるか判り切っている。

川端に「感傷的な宗教書としてでなく、強烈な精神の書として」（昭和十年十二月二十日書簡）聖書をすすめられながら、なかなか読みださない民雄だった。机の上に飾っているのは、東条耿一が木炭で描いたドストエフスキーの肖像画だ。たとえ聖書をひらいても、読む箇所は決まっていた。ドストエフスキーがくり返し読んでいたという旧約の「ヨブ記」である。

「何とて我は胎《はら》より死にて出でざりしや、何とて胎より出でし時に気息《きそく》たえざりしや、如何なれば膝ありてわれをうけしや、如何なれば乳房ありてわれを養いしや……」

神に試され家畜や家族まで奪われたあげく、ついには醜悪な病者の姿となり果てたヨブの投げつける呪詛《じゅそ》の言葉を、民雄は声に出して読むのだった。「凡てを肯定した虚無」

「人間以上の強烈な意志」とは、癩者の生と死をその果てまで見きわめようとする作家としての冷厳な姿勢のあらわれであった。

のちに民雄は「私の眼には二千年の癩者の苦痛が映っているのだ」（『柊の垣のうちから』）と書き、作品の構想用の書簡箋《せん》に人知れずこう書きなぐるのである。

〈俺は俺の苦痛を信ずる。如何なる論理も思想も信ずるに足らぬ。ただこの苦痛のみが人間を再建するのだ〉

第八章　放浪と死と

1

二度目の外出からもどって来てちょうど二十日後の二月二十六日、前夜から降りだした雪はほんの三日まえに降り積もった大雪の上にかさなって、療養所を白一色の世界に染めた。ちょうどそのころ療養所では、帝室博物館の取り壊された古材の払い下げを受けて、東京市内から作業員たちが毎日トラックで古材を運び込んでいた。

二十六日は大雪のために輸送が遅れ、午後遅くやっと到着した。その日にかぎってトラックの運転手や作業員は、別のものも運んできた。彼らの口から伝えられたのは、のっぴきならない事件のニュースだった。

「東京市内は剣つき鉄砲の軍隊が出て、なにか大騒動が起こったらしい」

二・二六事件が起こったのである。

そもそも病院にもたらされる外部の情報はかぎられていた。ラジオは集会室にひとつと重症病棟に数ヶ所そなえられているだけで、新聞は患者図書室に一紙か二紙はいっているのみである。もっとも事件の報道はこの日の午後七時まで禁止とされ、ラジオのまえにかじりついていたとしても、その時刻になるまではなにもわからなかった。口伝えの情報は、またたく間に院内を駆けめぐった。

それは生活の単調を破るショッキングなことに飢えている私たちを生き生きと昂奮《こうふん》させた。その昂奮はある意味で楽しいものでさえあった。最も不幸な私たちにとっては、それ以上不幸になることはあり得なかった。それゆえに、すべての異変や騒乱は、それが未知であるだけで、望ましい楽しいものであった。それは皮下一寸《ひかいっすん》のところにひそんでいるわれわれの心理であった。その点では、北条も、私も、そしておおかたの患者たちも同様であった。

光岡良二『いのちの火影』

二十六日未明、皇道派青年将校たちは東京の歩兵第一連隊、歩兵第三連隊、近衛《このえ》歩兵第三連隊の一部およそ千四百人をひきいて行動を開始し、首相官邸、警視庁、東京朝日新聞社などを襲撃した。首相官邸では護衛巡査と、岡田啓介首相と誤認した秘書官を殺害し、同時に別の部隊は斎藤実《まこと》内相、高橋是清《これきよ》蔵相、渡辺錠太郎《じょうたろう》教育総監を殺害した。鈴木貫太郎侍従《じじゅう》長にも重傷を負わせた。湯河原《ゆがわら》にいた牧野伸顕《のぶあき》前内相も襲ったが、裏山に逃げられた。要人への襲撃を終えた決起部隊は、完成まぎわの帝国議事堂（現在の国会議事堂）から首相官邸、陸相官邸、赤坂山王ホテル、料亭幸楽、警視庁一帯を占拠し、交通を遮断した。川島義之陸相に面会し、国家改造を求めたのである。

民雄ら患者たちは、陸軍省が事件の概要をはじめて発表した午後八時十五分を境にじっとラジオに耳を傾け、動向をうかがっていた。鎌倉の川端邸でも小林秀雄や林房雄、各社の編集者が集まって、情報に聴きいっていた。「文學界」の式場俊三も、川端邸にいたひとりだった。「川端さんのところへは、どういうわけか確実な筋から詳しい情報がはいってきた。それで文士たちが集まっていた」と言う。

二十七日の午前二時三十分には、東京市に戒厳令が敷かれた。軍部内には青年将校にたいする同情も多く、彼らのことを「決起部隊」と呼んでいたが、二十八日になって公式命令で「反乱部隊」という呼び方に変わった。二十九日午前八時から軍部は包囲網をちぢめ、ラジオやチラシ、アドバルーンで兵士にたいする原隊復帰を勧告した。その日の午後二時までに復帰は完了し、反乱軍首脳部は一部の自殺者を除いて代々木《よよぎ》陸軍刑務所に収監された。国家改造の反乱は、四日間で幕を閉じた。

事件をめぐって民雄はどんな感想をもったのか、日記にも随筆にも書いていない。事件後、軍部が台頭し、組閣を命じられた新首相の広田弘毅《こうき》に圧力をかけつづけた。吉田茂、下村宏らの入閣を露骨に拒み、軍部ファシズム体制へ向けて布石を打っていった。やがて外務省は国号を「大日本帝国」に統一すると発表、天皇の名称もそれまでの日本国皇帝から「大日本国天皇」に決定した。膨大《ぼうだい》な陸海軍備拡張計画の策定を経て、南方進出が国策として取り上げられた。国内世論の指導統一や行政機構の整備改革、主要資源や原料の自給自足、航空や海運の発展方策などを推し進め、やがてこれらの施策が、太平洋戦争にいたる日本の基本路線へとつながっていく。

民雄にとって二・二六事件など、さして深刻な問題ではなかったのかもしれない。川端康成に宛てた手紙を読むと、『いのちの初夜』を書き上げた直後から新しい小説の構想に没頭していたことがわかる。昭和十一年の正月からは、三部作を目指して長大な小説に取り組みはじめている。だが書いていくうちに新しい想念にとって代わられ、三、四百枚の長編にまとめようと書き直しをはじめている。

文學界賞を受賞した民雄を、一般の商業雑誌が放っておくわけがなかった。二・二六事件からほどなくして届いた川端康成の手紙（三月十日付け）で、「中央公論」の編集部が次回作ができたらぜひ見せてほしいと言っているという知らせを受け、百枚以内か長くても百二、三十枚くらいで書くようすすめられ、書きかけの長編を中座してそちらにシフトした。作品が川端に認められたら、はじめて一流雑誌への登場となる。

けれども、民雄は気弱になっていた。三月十三日付けの川端宛ての返信に、「良いものが出来ますやら、悪いものになりますやら自分では少しも自信が持てませんけれど、書いてみようと思いました」と綴《つづ》っているのは、同じこの手紙のなかに「昨日友達の結婚式――一風変った結婚式ですけれど――があって私、仲人だったものですから今日はひどく疲れて了《しま》いました」とあるように、多分にこの結婚式の影響だったのではないかと思われる。友達とは親友の東条耿一《こういち》のことで、文ちゃんとの結婚式だった。

たしかにそれは「一風変った結婚式」ではあった。双方の友人たちが集まって酒のかわりに茶を飲み、配り物はうどん小束二わと小さな饅頭《まんじゆう》が十個、ほかにはわずかばかりの菓子と紅白の落雁《らくがん》が振る舞われる程度だった。むろん双方の肉親が列席することはない。

結婚式といっても婚姻は公式には認められておらず、病院側は「情夫関係」と呼んでいて、患者たちにはうしろめたい気分が流れていた。大正中期ごろまでは見張りの監督に遠慮してひそかにとりおこなわれ、監督のほうも知らぬふりを装っていた。患者たちは結婚披露のことを「お茶を飲む」という隠語で呼びあった。監督も昭和初期のころには、女舎から情夫を追いたてることはしなくなっていた。

式が終わると民雄は風習にのっとって、友人たちと一緒に枕や寝間着を持って文ちゃんのいる女舎へ東条耿一を送っていった。十二畳半に八人の女性患者が同居する女舎のそのひと部屋に、東条はこの日からほかの情夫たちと同じように通うことになるのだった。結婚式を挙げたということは、断種手術を受けたということだった。民雄はそのころ日記をまったく書いていないので、どう思っていたのか定かではないが、しかし、あれほど断種手術に屈辱感を懐《いだ》き、結婚にもためらいを隠さなかった民雄にとって、親友の結婚はけっして諸手《もろて》を上げてよろこべるものではなかったはずだ。いわば癩院《らいいん》の世俗の海にどっぷり溶けていこうとしている親友をなす術《すべ》もなく見送る、さびしい祝いの宴《うたげ》であったにちがいない。

民雄はこれまで以上の孤独にわが身を締めつけられる思いだったのだろう、同じ川端宛ての返信にこんなことを書いている。

幸《さいわい》雨模様で今度は落ちついた文章が出来るのではないかしらと、今から楽しんで居ります。四国生れの故でしょうか、長いこと雨が降らないと頭がかさかさになってどうにも困ります。十日も降り続いてくれたら良いのにと、窓を眺めて居ります。雪は白すぎて嫌いです。それに雪の降る空は少しも雲の動きがありませんし、たゞ地面から空までが薄黒い灰色になるだけで、激しい不安を覚えます。先日東京へ行きました節、夜の吹雪の中を伊藤さんに銀座へ連れられましたけれど、今思い出しても悪夢のような感じが、印象が残っていまして、絶望的な気持になります。

この日の雨は、昭和十一年になってはじめて降る雨だった。東条耿一の結婚式から一夜明けて降りだした雨は、寮舎の窓ぎわに立つすっかり葉を落とした五、六尺ばかりの若楓《かえで》の木を蕭々《しょうしょう》と打ちつづけた。

「中央公論」への発表を目指して取り組みはじめた小説を書き上げたのは、それからひと月後の四月十二日のことだった。九十二枚の原稿に『たゞひとつのものを』という題をつけてみたけれども、書き上げた直後、民雄は川端への手紙に「小説としては丸切り体をなしていないように思われます」（四月十二日）と書いて、すっかり自信を失っていた。それでも四日後には清書した原稿を送ったのだが、五月四日になると、「今考えて見ますと、とてもお送り出来るような作ではないことをつく〴〵思いましたので、あのまゝ先生のお手許《てもと》に在りましたら送って戴《いただ》けませんでしょうか。もう一度念を入れて書き改めたいと思います」と書いて送った。

ちょうど書き上げると同時に右眼が充血し、以来しばらくのあいだ眼帯をかけるようになっていた。病魔がしだいに体を蝕《むしば》もうとしていた。そんなこともあって、民雄のこころは深く沈んでいた。

川端から原稿が送り返されてきたのは、五月も終わりに近づいた二十七日である。同封の手紙には、こう書かれてあった。

お返しするのはこの作が悪いからではなく、お手紙によってであります。前作いのちの初夜に比し、更に進み深まり、人を打つのは無論ですが、お考えの通り、小説としては少し推敲《すいこう》の余地はありましょう。小説としてはもう一度お書き直しになる方よくなるかもしれません。とにかくもう一度ゆっくりお読みになってみてはと思います。

民雄は結局『たゞひとつのものを』の改稿をあきらめて、まったく新しい別の小説『監房の手記』を十日ほどで一気に書き上げた。そして、なんとか病院側の検閲を受けずに川端に原稿を送り届けようと、危険な決意を固めた。川端に宛てた六月十日の手紙に、「中央公論」へは『監房の手記』を載せてほしいと書き、「或《あるい》は先生によろこんで戴けるのではあるまいかと思っております」と自信のほどを見せたあとで、悲鳴のような声をあげている。

この作には、ほんとに生命を賭《か》けました。書き初める時、それまで手許にあった長篇の書きかけも短篇の書きかけも全部破り捨てました。これは遺書のつもりだったのです。これが書き上ったら死のう、と決心して筆を執りました。けれど書き進むうち、死んではならないことだけが判りました。死ぬつもりで書き初めながら、書き終った時には生きることだけになりました。進歩か転落か自分でも判りません。たゞ先生の御評を戴きとう存じます。（中略）

それからこの作は検閲を受けずにお送り致します。検閲受ければ発表禁止にされてしまうのです。それで検閲なしで発表して、僕はこの病院を出る覚悟に決めました。（中略）自分にとっては小説を書く以外になんにもないのに、その小説すら思う様に書いてはならないとすれば、何よりも苦痛です。検閲証の紙を一しょに同封して置きますけれど、実に激しい屈辱感を覚えます。一つの作に対してこれだけ多くの事務員共の印を必要とするのです。

手紙の最後のほうで民雄は、「この作もし発表の価値がございますなら、出来るだけ早くお金にして戴けませんでしょうか。前の賞金もまだ半分くらいしか貰っておりませんし、出て行った時すぐ都合つけてくれるかどうかも判りません」と金の無心をし、病院を出たらもう一度鎌倉のあの蕎麦屋でお会いしたい、となんとも強引な調子で迫り、最後は「御返事は戴けないと存じます。いずれお会いの節この作の評を承りたく存じております」と締めくくっている。

この病院を出る覚悟を決めた――民雄のなかで、なにか恐ろしく危険なものが首をもたげはじめていた。

2

眼に充血を来し、生まれてはじめて眼帯をかけたこと、小説が思うように書けないこと、東条耿一の結婚、川端康成から原稿を送り返されたこと、それに加えて民雄には、もうひとつ悩まされていることがあった。「文學界」編集部の式場俊三の実兄で、高名な精神科医である式場隆三郎がある雑誌に書いた短文を読んだことが原因だった。会ったこともない民雄について、こう書かれていた。

昭和十一年の正月頃だった。私はまだ静岡にいたが、ある日上京して弟の俊三のいる本郷追分の下宿を訪ねた。弟は「文學界」の編集をやっていたが、珍しく手を繃帯している。どうしたのかと訊くと、北条民雄が逢《あ》いにきたが、雪で病院へ戻れず泊めてやった。そのあとで部屋にアルコールをまいて消毒し、火をつけたら火傷《やけど》したのだという。北条君は文學界賞を貰い、その礼に全生病院から出かけて来たのだった。私はその時初めて、彼の作品をよみ、人となりをきいた。

『癩文学集・望郷歌』

光岡良二はそのときの民雄の様子を、「それを読んで北条はすっかりしょげ、ふさぎこんでしまった。可哀そうなほどであった。（中略）この数行の文章によって、彼は極度の自己疎外と自己嫌悪に突き落とされたのである。このショックから彼が立ち直るのに、しばらくかかったと思う」（『いのちの火影』）と回想している。

式場隆三郎の文章の内容は、もちろん事実ではない。火傷を負ったのは弟の俊三ではなく、鎌倉で川端と民雄を引き合わせた伊藤近三だった。なぜ、このような嘘を書かねばならなかったのか、式場俊三は「兄は伊藤さんに迷惑をかけてはと思い、弟の私ならかまわないだろうと考えて、あんなふうに書いたようです」と言う。

式場俊三のもとへは、恨みごとを綴った民雄の手紙が送りつけられてきた。

「あのことで、北条は私をずいぶん恨んだんですよ。ふた月ぐらい恨みの手紙が来ました。全部で二、三通でしたかね。最初は無難な内容でしたが、そのあとは癩《らい》のことを理解しているふりをして本当はそうじゃなかったんだ、といった内容でした。その手紙も、いまではどこへ行ったのかわからなくなってしまいました。返事は書きませんでした。すべて黙殺です。私ではないなんて言うと、伊藤さんに迷惑をかけてしまいますから。小林秀雄さんが私と北条のことを心配して、どうしてそんなことになったんだと訊《き》いてきたことがあります。説明すると笑っておられました」

伊藤近三が手に火傷を負ったことは、民雄も知っている。まさかそれが自分を気味悪がって部屋を消毒した結果であるとは思いもしなかった。それだけでも充分傷つくに値したが、さらに考えてしまったのは、自分を送り出したあと式場俊三があらためて民雄の泊まった別室と自室の二ヶ所を消毒し、あげくの果て火傷を負ったのではないかということだった。大いなる誤解ではあったが、何度手紙を出しても返事ひとつ寄越さない式場への恨みと、どうあがいても自分は世間から忌み嫌われている癩者なのだという苦い思いが、このの瘡蓋《かさぶた》をひっぺがし塩を塗り込んでくる。

眼帯をかけたまま小説や手紙を書こうとすると、どうしても行をまっすぐに書くことができなかった。片眼に映る風景が、なにもかも平面的に見えてしまう。「私はつくづく情けなくなった。ただ片眼を失うだけでもこんなに生活が狂ってくるものなのかと。もしこれが両眼とも見えなくなったらどんなであろう。そのうえ指が落ち、或は曲り、感覚を失ったりしたら、それでもやっぱり生きて行けるだろうか」（『眼帯記』）。そんな名状しがたい不安のなかを生きているというのに、外の世界では都合よく自分のことをふれまわる人間たちがいる。

入院して二、三ヶ月たったころ、民雄は女の不自由舎で、ある少女たちの哀れな姿を見たのだった。黒ずんだ天井板の下、赤茶けて湿気た畳に茣蓙《ござ》を敷き、その上にならべられた人数分の鍋のまえに盲目の近づいた六人の少女がうつむいて座っている。鍋の中からガーゼをつまみ上げてしぼり、両眼にあてがって押さえると、生温かい硼酸水《ほうさんすい》がしたたって鍋の中に落ちた。ひりつくような痛みや重たいものを押しつけられているような鈍痛を、罨法《あんぽう》というこうした方法で慰めるのだった。

「真黒い運命の手に摑《つか》まれた少女が、しかし泣きも喚《わめ》きもしないで、いや泣きも喚きもした後に声も涙も涸《か》れ果てて放心にも似た虚《うつ》ろな心になってじっと耐え、黙々と眼を温めている。(中略)これを徒労と笑う奴は笑え。もしこれが徒労であるなら、過去数千年の人類の努力は凡《すべ》て徒労ではなかったか！　私は貴いと思うのだ」(『眼帯記』)。そう叫ばずにはいられなかった民雄自身、あの少女たちと同じように硼酸水に浸したガーゼで、自分の眼を慰めてやっている。

幸いにして眼の充血は、ひと月ほどで引いていった。だが盲目となることへの不安は、いよいよ現実味を帯びてきた。東条耿一は癩院世界の世俗へと深く足を埋めていった。よき理解者の出現だと信じていた式場俊三には、裏切られたと思い込んでいた。それに文學界賞の賞金も二月初めに上京した折りに五十円もらっただけで、あれから四ヶ月が過ぎたいまになっても、半金の五十円が届かない。連絡さえない。そして『たゞひとつのものを』を川端から返却され、思い切るように『監房の手記』を書き上げた。

患者を閉じ込める監房の現実を書くことは、療養所にとってはタブーなのだ。検閲を受けずに川端の手に直接送り届け、じかに会って批評を聞かせてほしいというのは、なかなか返事を書いてくれない川端康成に向かって、やぶれかぶれの駄々《だだ》をこねているようにも思われる。なんにしても民雄は、社会から隔絶された癩院にいて、外界との接触は自由にできない立場にあったから、よけいに外の人びとのこころを詮索《せんさく》し、疑心暗鬼に駆られてしまうのだった。

病院のほうへは事前に身体検査を受け、二週間の外出許可をもらっていた。六月十日、病院を出るその日、民雄は東条耿一に会い、

「もう必要がなくなったから、これを君にやる。形見と思って受け取ってくれ」

と「全生日記」と表書きした大判の大学ノート二冊を手渡した。昭和九年と十年の二年分の日記だった。

「君は死に損なうたびに一作できる」

と、それだけを東条は言った。引き止めはしなかった。民雄の顔に生気のみなぎりを見たからだった。ほんとうに死ぬ覚悟でいるのなら、蔵書もなにもかもいっさいを君にくれてやると言うだろう。

民雄は『監房の手記』の原稿と手紙、それに少しばかりの衣類を風呂敷《ふろしき》に包み、療養所をあとにした。

3

川端康成はそのころ、どうしていたのだろうか。

「改造」の四、五月号につづけて『花のワルツ』を書き、「モダン日本」四月号には『浅草心中』を、そして民雄が苦しみもがいている最中の五月の終わりには、「文藝春秋」八月号のために『雪国』のつづきである『火の枕』を書いている。鵠沼《くげぬま》の「あづまや」という料亭旅館にこもりきりだった。

それとは別に「文學界」の雲行きが怪しくなっていた。『いのちの初夜』を掲載した二月号は発行総数の三千部をほとんど売り尽くしはしたが、その後は鳴かず飛ばずのありさまだった。文圃堂《ぶんぽどう》書店は文學界社と社名を変え、賞を出すなどして一見華やかに見えてはいたけれども、不振の「文學界」のあおりをまともに受けて、経営は悪化の一途をたどっていた。

武田麟太郎が随想集『好色の戒め』を無印税で文圃堂から出したのを皮切りに、林房雄が『浪漫《ろうまん》主義のために』を無印税で出版、小林秀雄もアランの翻訳『精神と情熱に関する八十一章』を無印税で出そうと言いだした。

川端も各誌に分載中の越後湯沢を舞台にした無為徒食の男島村と芸者駒子の物語を、一冊にまとめて無印税で出版しようと社長の野々上慶一にもちかけ、「題は『雪ぐに』としよう」と言った。『雪ぐに』というタイトルを出版界ではじめて聞いたのは野々上慶一だったかもしれない。民雄の文學界賞受賞を伝える昭和十一年三月号には、たしかに創作集『雪ぐに』の近刊広告が躍っている。

しかし文圃堂（文學界社）は、八方塞《ふさ》がりの状況におちいっていた。印刷所からはもう仕事をともにすることはできないと言われ、金融の道もとうとう絶たれてしまった。「文學界」を潰したからといって、文圃堂が生き残れるかどうかさえ危ぶまれていた。

同人会議の席で林房雄は、保田與重郎《やすだよじゆうろう》や亀井勝一郎《かついちろう》らが同人となっている復古主義的傾向の「日本浪曼派」と一緒になろうと提案したが、二・二六事件をさかいに反ファシズム思想にあらためて目覚めた武田麟太郎に真っ向から反対された。武田は二・二六事件直前の二月半ばに「人民文庫」を創刊し、純粋芸術指向を強める「文學界」に距離を置きはじめていた。

林房雄はそもそも小林秀雄と語らって、菊池寛《かん》が興した文藝春秋に「文學界」を引き受けてもらおうと考えていた。その話を持ち出したところ武田麟太郎に反対され、「日本浪曼派」と合併しようと言いだしたのである。

林と武田の論争は白熱し、おたがいの意地と意地がぶつかり合い、ついにはふたりとも感極まって泣きだしてしまうありさまだった。

もともと「文學界」は、武田麟太郎の提唱で生まれた同人誌であった。それがいつのまにかヘゲモニーを小林秀雄や林房雄に奪われてしまった。とりわけ林への武田の反目ぶりは凄まじかったと、武田と親しかった高見順は『昭和文学盛衰史』に書いている。

武田麟太郎がどんなに反対したところで、文圃堂本体までを道づれにするわけにはいかなかった。四月には小林秀雄と林房雄のふたりが菊池寛と会い、「文學界」を引き受けてほしいと頼み込んだ。「小林君がそこまで言うのなら」と菊池寛は言い、「ただし」と条件を付け加えた。

「原稿料は出せないぞ。紙代や印刷代はこっちですべて引き受けるが、原稿料は自分たちでなんとかしてくれ」

大正十二年「文藝春秋」を創刊、昭和十年に芥川賞と直木賞を設けて「文壇の大御所」などと言われていた菊池寛は、大人《たいじん》の風格もそのままにあっさりとふたりの申し出を呑んだ。文藝春秋発行となるのは昭和十一年七月号からということになり、「文學界」は休眠期間をおかずに続行することが約束されたのである。

その席で話し合われたもうひとつの事柄について、式場俊三が言う。

「小林さんと林さんは、その席で私のことも頼んでくれたのです。『「文學界」にひとり若い編集者がいる、そいつを連れて行っていいか』と。菊池寛は引き受けたんです。『社員にはできないが、客員としてならかまわない。月給は五十円出すよ』そう言ってくれた。それまで私の給料は三十円でした。ほかに兄の隆三郎から、毎月二十円の小遣いをもらっていました。文藝春秋に行くようになってから、兄にはもう小遣いはいらないよと言ったはずです。これまでの八十六年の人生のなかで、私が出会ったいちばん偉い人物をひとりだけ挙げろと言われたら、私は迷わず菊池寛だと答えます。翌昭和十二年に召集令状が来て私は満州へ行くことになるのですが、菊池寛のところへ挨拶に行ったら、『そうか、それじゃ君、社員になれ』と言う。どうせ戦死するのに社員もなにもないじゃないですか、と言うと、『社員のほうが香典がうんと上がるんだよ』。菊池寛とは、そういう人でした」

こうして「文學界」は救済されることになった。式場俊三も文藝春秋に引き受けられることが決まり、編集者としての若い才能を守られた。文圃堂は文化公論社から「文學界」を引き継ぎ、昭和九年六月復活号を出して文藝春秋に移る昭和十一年六月号まで、しばしの休刊をまじえ三年間にわたって発行しつづけたことになる。『いのちの初夜』の掲載は、ちょうど「文學界」が文圃堂で最後の輝きを放った時期にあたる。小林秀雄は「文學界」が文藝春秋に移ると同時に、自分の役目は終えたとして編集責任者をみずから退いた。川端康成は民雄に、「文學界は今度経営を文藝春秋でやって貰うことになりました」（五月二十七日書簡）と伝えている。

そうまでして文圃堂を救おうとした同人たちだったが、万年赤字体質の経営はにっちもさっちも行かず、その年の秋には文圃堂は店閉まいしてしまうのである。川端の『雪ぐに』出版も間に合わなかった。

式場俊三は応召《おうしょう》して満州へ向かい、二年間の兵役を経て無事に帰還、文藝春秋に復帰した。文圃堂解散後、伊藤近三も応召し南方の島へ渡った。そして、そのまま帰らぬ人となった。戦病死をとげたのだ。大雪の日、民雄を銀座に連れて行き、横光利一と河上徹太郎に引き合わせた大内正一は、故郷の広島に帰って結婚し夫婦で仲良く本屋を営んでいた。

その大内も昭和二十年八月六日朝、アメリカ軍の原爆投下によって被爆、この世を去った。民雄には、こうした文士や編集者たちの苦闘を知る術《すべ》もなかった。川端から「文學界」は文藝春秋の経営に移ると知らされたところで、その裏にはどんなことが起きていたのか考える必要もない。

セルの和服の着流しに駒下駄を履き、風呂敷包みひとつを抱えて秋津の駅へ行き、手紙と原稿を投函すると、池袋行きの列車に乗り込み、品川の大崎を目指した。

大崎には全生病院を昭和九年に軽快退院した花岡次郎という友人が、勤め先の工場の寮で暮らしている。入院中は同じ秩父舎で寝起きをともにし、武蔵野チームという野球チームで一緒にボールを追いかけた仲だ。

花岡の部屋で旅装を解いた民雄は翌日、まっさきに文圃堂へ向かった。まだ手にしていない賞金の残りをもらい受けるためだった。親族には迷惑な話だろうが、死ぬまえに故郷の徳島に帰ろうと思っていた。賞金の残りを旅費の足しにするつもりでいた。

ところが文圃堂に着いた民雄は、思いも寄らぬしっぺ返しを食わされた。留守を食わされたのだった。

前略、原稿着きましたでしょうか。昨日文學界社（文圃堂のこと・筆者注）を訪ねて留守を食わされました。病気が嫌で会ってくれなかったのか、それとも金のサイソクされるのが嫌だったのか判りません。けれど病気のためだとすれば誠に残念です。勿論《もちろん》僕としても自分がどういう病気の持主であるかということは考えています。けれど、僕の体は病院を出る時厳重な検査をされ伝染の心配なしと診断されて院長の許可を受けて出て来たのです。しかし病気が病気のことですから、これも致方《いたしかた》ありません。生きているのが嫌になりました。文学はもう止そうと思っています。頭の中にあるテーマが僕を苦しめますけれど、癩者が文学するなど生意気なのかも知れません。でも文学を失ったら僕に何が残るでしょう。あゝ何も残りはしません。生きているということそれ自体無意味！　虚無よりの創造をするにも文学という形式、文学という材料は必要です。如何《いか》なる苦しみであろうとも、文学という地盤をもち、その上に立ってのそれであれば幸福です。文學界社で留守を食わされてから、昨日一日東京の市中をほっつき歩きました。

民雄が川端康成に宛ててこの手紙を書いたのは、六月十二日である。決然と東京に出て来てはみたが、賞金の残りの五十円をあてにしてすがるような思いで訪ねた文圃堂には人っ子ひとりおらず、蒸し暑い梅雨の街路にたったひとり取り残された。

自分がどれほど苦しんでいるのか、やはりここの連中はまったくわかっていないのだと腐りきり、それでもだれかに自分の孤独と寂しさをわかってもらいたいと思いはじめると、結局のところ川端しかいなかった。「生きているのが嫌になりました」「文学はもう止そうと思っています」などと書きながら、そのすぐあとにはもう泣き言を書いたことなど忘れてしまったかのように、文学への執着を語りはじめている。

手紙は、まだつづく。ながい手紙である。「日本中金のワラジで探してもこんな素晴らしい題材は決して見つかりはしないと自惚《うぬぼ》れているものですが——」と新作の構想について語りはじめ、題を『青春の天刑病者』とすでに決めていると打ち明けながら、またしても虚無にとり憑《つ》かれて、「××××（本名・筆者注）の肉体が亡んでも北條民雄だけは生かしてやりたいと思ったたゞひとつの念願も今は木っ葉に破れました。それだのに、『監房の手記』の批評が聴きたくてならないのはどうした理《わけ》でしょうか？」と書く。

所持金は三十円しかなかった。手紙を書きながら、ひとりでに涙が出てきた。

書いているのは花岡次郎が勤めている工場の寮の狭い部屋だった。花岡という人物については詳《つまび》らかではないが、晴れて「社会」にもどりいまの工場で働いているとはいっても、過去の自分の病歴をひたすら隠し、再発の恐怖におびえながら、ひっそりと暮らしていたにちがいない。それにもかかわらず民雄が突然転がり込んできたとき、なにも言わずに受け容れたのだった。民雄にしても花岡の暮らしぶりを見て、「社会」に出た同病の者がどのようにして生きていかなければならないのか、ひりつくような痛みとともにこころに刻みつけたはずである。

手紙の最後になって、民雄はとうとう本性をむき出しにして川端に頼み込んでいる。

どうか監房の手記の批評をお聴かせして下さい。よし自殺するとしても、せめてあの作の評だけは聴きたいのです。終りの方を急ぎすぎたような気がして気にかゝってならないのです。

東京市品川区大崎《（ママ）》町五ノ四五　大崎工業株式会社内　花岡次郎

あてにどうか御返事下さい。お願い致します。もし先生が東京へお出での機でもございますなら、どこかの駅でゞもお待ち致します。そういう御都合がございませんでしたら、どうか右あてに御批評を戴きとう存じます。どんなに先生のお手紙をお待ちしているかお察し下さい。

その日から三日間を花岡の部屋で過ごしたが、川端から返事は届かなかった。そのあいだ民雄は市中を歩きまわり、映画ばかり見て過ごした。東京に出てきて六日目の六月十五日になって、全生病院の東条耿一に手紙を書いている。ついに自殺の覚悟を決めたという内容のそれを読んで、東条はなにを思っただろうか。

俺の荷物は全部君にやる。本も何も俺はもう要らん。何んにも不要になった。出て来る時不安に思っていたが、やっぱり死んだ方が良いような気がする。失敗するかも知れんがやって見るつもりだ。止めないで呉《く》れ。書きたい作品のテーマが頭の中でごろごろしているが、もう絶対に書かんつもりだ。もう一作書いて、それからのことにしようなんて野心は、勿論《もちろん》蹴飛ばした。所詮《しょせん》北條は人生の反逆者だ。

君には色んなことを書きたいんだが、どうにも書けん。書くと下らんことばかり書いてしまう。

文面を読むかぎり、せっぱ詰まった様子もなく、悲壮感も感じられない。ただ、ふたりのあいだでは自殺をめぐって会話を交すのは日常茶飯だったので、こうした開けっ広げな書き方ができたのだろう。

東条のほうはといえば、この手紙を重く受け止めていた。光岡良二を訪ね、民雄の手紙を読ませると、

「どうも奴は放っとくと危ないような気がする。君からも手紙を書いてやってくれないか。無駄かもしれないけど」

と救《たす》けを求めた。

光岡は励ましと友情あふれる手紙を書き送ったが、手紙が花岡の部屋に着いたときには、民雄はもういなかった。

東京をあとにした民雄は、列車で西へ向かった。死ぬまえに故郷の景色を見てみたいと思っていた。入院以来、はじめての帰郷だった。

それはかぎりなく冒険に等しい行為であった。発病後、父親は民雄の籍を戸籍から抜いた。狭い田舎のことだから、実家に迷惑をかけてしまうかもしれない。それに肉親に受け容れてもらえるかどうか。ことによっては、それしだいで生死が決せられるのかもしれな

かった。

4

神戸に着いたのは、六月十六日。民雄は連絡船を待つ波止場から、東条耿一に葉書を書き送った。

色々考えた末、田舎の風景でも見て来ようと思って、漂然《ママ》と、今神戸の波止場に立っている。手にもっているものと云えば小さな包み一つ切り、中には俺のいのちの原稿が這入《はい》っている。それ以外はなんにも持ってはいない。この、風のような放浪はメランコリアックな楽しさがある。

徳島へ渡る汽船浪花丸《なみはなまる》に乗り込み、しばらくすると淡路島が遠くに見えてきた。船は島影を右に見ながら、瀬戸内海を越えていこうとしている。民雄は川端に送ろうと思い、絵葉書にしたためた。

甲板に立って見ますと、はるかのあたりに淡路島が煙っています。船はやがて鳴門の渦潮《うずしお》の中へ這入《はい》って行くことでしょう。すぐ眼の下の波は、恐ろしい青さで波打っています。瀬戸内海で投身された生田春月《いくたしゅんげつ》氏など思い浮べています。この深さは僕の体の幾倍あることでしょう。この波の青さは、いうべからざる親しみと同時に、非常な恐ろしさを持っています。潮風で寒くなりました。脳貧血が起りそうです。古里《ふるさと》の家ももう近いです。

恐ろしいことを書いて寄越すものだ、と川端は思ったにちがいない。

『霊魂の秋』の詩人、生田春月の投身自殺は六年まえの昭和五年五月のことだったが、文学者のあいだでは、癩病とのかかわりが自殺の原因だったのではないか、ともっぱら取り沙汰されたのだった。生田春月の師で、ニーチェ全集を東洋で最初に翻訳した文学者として名高い生田長江《ちょうこう》が、じつは癩病だったという話が公然の事実として語られていて、若いころ長江の家に寄寓《きぐう》していた春月は、もはや自分も癩に罹《かか》っていると悩み、汽船の上から瀬戸内の海に飛び込んだというのである。

いま民雄も春月と同じ汽船の上で、川端に宛ててこの絵葉書を書いている。あのすがるような手紙を川端に書き送ったあとで、はじめて出す便りだった。どこかよそよそしく気取った印象を受けるのは、そのためかもしれない。

吸い込まれるような海の恐ろしい青さを書いているあたりには、確かにそのときのこころの真実を見るような思いがする。ところが投身自殺を持ち出してきたとき、そこにはついに返事を寄越さなかった川端への、恨みとも惜別ともつかぬ暗く甘やかな感情が匂い立っている。

船は小松島の港にはいっていった。桟橋を渡り終えたところがちょっとした大きな広場になっていた。最後の上京となった昭和八年十一月から、ふたたびこの港に立つまでに三年の月日が流れていた。

港の様子はそれほど変わってはいなかった。広場の左手に赤いペンキで塗られた木造の洋館の待合所があり、そのならびに乗合自動車の車庫がある。明るい町の通りがそこから向こうにつづいていて、名産品を売っている店や料理屋、うどん屋などが軒をつらねている。ただ、最後にこの港を発ったときには見当たらなかったバーやカフェが、むかしながらの店のあいだに割り込んでいて、レコードの音と混ざり合って女たちの笑い声が聞こえてきた。

民雄は顔を見られないように鳥打ち帽を目深にかぶり、那賀川に沿った堤防の道を歩いて帰った。三年ぶりの故郷で、どんなふうに過ごしたのだろうか。家族には受け容れられたのか。やはり死のうと思ったのだろうか。

もどり着いたのは、嫌悪しつづけてきた継母と一緒に暮らす父親の家ではなく、幼いころから大事に育て上げてくれた老いた祖父母の家だった。よほど気をつかっていたのだろう、隣家の幼なじみに見つかって、「おう、帰ってるのか」と声をかけられると、あわてて家に呼びいれ、

「俺が帰っていることは、だれにも喋《しゃべ》るんじゃないぞ」

と口止めの約束を結ばせた。

そうした煩《わずら》わしさを除けば、ふるさとでの幾日かはそれまでの苦しみやあえぎからいっぺんに解き放たれるようなひとときだったようだ。民雄は東条に宛てて葉書を送った。

久びさにて故郷を訪ね、凡《すべ》ての淋しさも苦しさも忘れ果てて数日を過しました。何時までもこういう気持でいられたらどんなに良いかと思案したりしています。久し振りに食べる蜜柑《みかん》の味にも少年時代を思います。十郎兵衛の跡を訪ねたり、小松島の波止場に立って海を眺めたりしています。

たったそれだけの文面から、再生していった様子が手にとるように伝わってくる。裏庭の夏みかんの木から蜜柑を採って食べたのだろう。素直で邪気のない文面だった。ただ不思議なことに、日付は川端宛ての絵葉書の消印と同じ六月二十一日なのである。

日付の符合が語りかけているのは、どういうことなのだろうか。東条への葉書には、作為はまったく感じられない。作為が感じられるのは、川端の絵葉書のほうだ。船が港に着いたあと絵葉書を投函するのを忘れたのか、それとも出し渋ったのか。故郷の村に持ち帰り、二十一日になって投函したとも考えられる。それとも絵葉書だけを持ち帰り、わざわざ二十一日に書いて出したのだとしたら、どういうことになるのだろう。

もうひとつ不思議に思えてならないのは、東条宛ての葉書の文面である。民雄は東条に向かって、このような馬鹿丁寧な書き方をするだろうか。しないはずである。考えられるのは、つぎのような心理の流れだ。

すでに民雄は、川端に絵葉書を書いていた。それを出すのを忘れていた。あるいは控えていた。もしくは二十一日になって書いた。東条へ送った葉書は、はじめ川端に出そうとして書いたものだった。しかし、なぜか川端へ出したくなくなった。出せば川端を安心させてしまう。民雄はいちばん心配してくれているにちがいない親友の東条に送ろうと思った。そしてあえやかな毒をふくませた絵葉書を、川端に送りつけてやろうと思った……。

ふるさとに帰った民雄のこころは、呆気《あっけ》ないくらいの速さで死魔を振り払っていった。少年のころを思いながら頬張る蜜柑の色が、再生の色を伝えていた。

東京にもどって来たのは六月二十二日の夜であった。父親がくれた百円という大金の半分を、まえの晩、大阪のバーで呑んでしまっていた。花岡次郎の部屋にたどり着くと、「たくさん手紙が来てるぞ」と手紙の束を渡された。東条耿一、光岡良二、於泉信夫……そして、もう一通の差出人の名前を見たとき、大急ぎで封を開けた。川端康成の手紙だった。そのときの感激と感謝をこめて、民雄は翌日、川端に手紙を送った。

先生のお手紙昨夜戴《いただ》きました。昨夜、あわたゞしく田舎から帰って来て見ると花岡君が先生からのお手紙だといって渡して呉れたのでした。どんなに嬉しかったでしょう。愛情のこもったお手紙に胸が熱つくなりました。そして自分の軽率さを深く恥じました。

田舎から帰って来ればすぐ死ぬつもりでいたのでしたが、こんなに自分のような者でも認めて下さる人があるのに、と思うと、やっぱり村山へ帰った方が良いように思いました。

死ぬつもりでいたなどと考えていもしないくせに、絵葉書のこともあって、そのように書かなければならなかったのだ。残念ながら川端の手紙は現存しておらず見ることはできないが、民雄の手紙から察するに、民雄の才能を讃《たた》え励まし、死を思いとどまらせるような愛情あふれる内容であったことが窺《うかが》い知れる。

それにしても、民雄の豹変《ひょうへん》ぶりはすさまじい。

村山へ帰ることに定めますと、もうこの次書くもの丶計画や、これから読む本のことなどが頭を占領してしまいました。先生のお手紙を読むまでは(先生のお手紙と一緒に村山の友人達からの愛情のこもった手紙をも受け取りました。これらの手紙は、僕の心を非常に豊かなものにして呉れました。)本屋の前を通って覗いて見る気も起らず、原稿紙を見れば腹が立つばかりでしたのに、読んだ後では今まで死のうと思っていたことなど我ながらうそのような気がして来ました。そして田舎の家から貰って来た金百円ばかりを(血の出るような金なのに! 大阪のバアでヤケに五十円程を呑んでしまい、)残ったので今日は早速トルストイ全集岩波版二十二巻を買って来ました。(大阪で呑んだ

のが残念でなりません。）村山でみっちりトルストイとドストエフスキーを研究するつもりです。（中略）
それから、また前の原稿紙屋で原稿紙を戴いて良いでしょうか。まだ二三百枚ありますけれど。村山の宛名でお手紙を戴きとう存じます。きっと力作致します。

いままでが嘘のような張り切りようなのである。

トルストイ全集は朝のうちに花岡の部屋を出て、神田の古書店まで行って買ってきた。「先ずドストエフスキイ、トルストイ、ゲエテなど読み、文壇小説は読まぬこと」という川端の戒めを、今度こそ実行しようと決めたのである。ドストエフスキー全集は三笠《みかさ》書房版を、『間木老人』発表のあとに川端から送られた十円の金を元手にして買っていた。「原稿紙」については、川端の計らいで神楽坂誠文堂から必要な分だけ自由に注文してもよいということになっていた。これまでも民雄は、何度か注文していた。

もうひとつ身に沁《し》みたのは、光岡からの手紙だった。どんな内容だったかはわからないが、日記（昭和十一年六月二十六日）にこう書いている。

〈花岡君の部屋で光岡君の手紙を読んだ時の気持が蘇《よみがえ》って来る。自分を救って呉《く》れたものは、実際彼の温かい友情と川端先生の愛とであった。あの部屋で先生の手紙を読み、続いて彼の手紙を読んだ時の嬉しさは、とうてい言葉には表せない。光岡君よ、兄《けい》に深く感謝する〉

夜になって、民雄は花岡の部屋を出た。金はまだ残っている。タクシーを止めトルストイ全集をたたき込むと、そのまま埼玉との県境に近い東村山の療養所まで飛ばした。二時間はかかる道のりを、タクシーは走りつづけた。

そのころ療養所では、患者の音楽団による演奏会が礼拝堂でひらかれていた。聴衆のひとりだった光岡良二は『いのちの火影』のなかで、民雄が帰って来たときの光景を鮮烈に描き出している。

映画会の時は礼拝堂が寿司詰めになったが、ハーモニカが大部分の楽器である音楽会などは聴衆も少なく、やっと畳一畳に一人くらいの有様だった。八時を過ぎた頃だった。すぐ後ろの方に囁《ささや》きや人の起つ気配がし、東条耿一だったか、於泉信夫だったか、傍《かたわ》らに寄って来て囁いた。「北条が帰って来た。」

私たちは連れだって会場を抜け出し、そこから百米《メートル》ほど離れた秩父舎へ駆け出して行った。十二畳半のガランと人の出払った部屋の前も裏もガラス障子を開け放して、裸電燈がぶら下った畳の真ん中に、北条は猿股ひとつの裸になって、大の字にひっくり返っていた。身の廻りにはおびただしい書籍が、四、五冊ずつ積み上げられたり、倒れて散乱したりしていた。その真ん中にぶっ倒れた北条の裸身は、およそ「大の字」という言葉が似つかぬほど、痩せて肋骨《ろっこつ》の数えられる胸や、貧弱な手足のさまは、叩きつけられた蛙そのままの哀れさで、それが精一ぱい威張り返っているところが、滑稽《こっけい》にも且《か》ついじらしいほど愛すべきものに映り、私は胸を突かれた。

「何だ、そのざまは。」

「おーう。疲れたァ。」

私たちの交わした最初の会話はこんなものであった。私たちが、あらためて彼の滑稽な姿に笑いだすと、北条も仕方なしに、顔じゅうくしゃくしゃにした泣き笑いの表情になった。


二週間の放浪の果て、民雄はたしかに再生をとげて帰って来た。そしてこの癩院が、終《つい》の住家となるのである。

第九章　転生の秋

1

二週間の放浪の旅から帰ってきた民雄は、三日後の六月二十六日から、それまで半年間遠ざかっていた日記をつけはじめた。久びさに書かれたその日記を読んでみると、いままでとは打って変わったのびやかな生への肯定が高らかに謳《うた》われていて、あの旅がなにを民雄にもたらしたのか胸に迫ってくる。

六月二十六日。快晴、夕方に驟雨《しゅうう》があった。

二週間の放浪から帰って今日はもう四日目である。どんなに死のうとあせってみても、まだ自分には死の影がささない。あの苦しい経験で判ったものは、実に、生きたい自分の意志だけであった。轟音《ごうおん》と共に迫って来る列車に恐怖する時、紺碧《こんぺき》の海の色に鋭い牙を感ずる時、はっきり自分は自分の意識を見た。死にたいと思う心も、実は生きたい念願に他ならなかった。そして自分は、あの時、「人間は、なんにも出来ない状態に置かれてさえも、ただ生きているという事実だけで貴いものだ。」と激しく感じた。何故貴いか、ただ生きているだけで、生の本能に引きずられているだけで、どうして貴いのか？　それは自分には判らない。が、実に貴いことだと感じた。どういう風に貴いか。まだ言葉として表現することが出来ない。しかし真実貴いと思えたのだ。とにかく生きねばならぬと思う。

ただ生きているという事実だけで貴いものだ——いままで語られることのなかったそれらの言葉が、涸《か》れた泉に清水が湧きでるようにあふれ出している。短いものながら同じ日に川端康成に宛てて書かれた手紙にも、「腰をすえて暫《しばら》く書く覚悟でおります。ドストエフスキーとトルストイに没頭しようと思っております」「僕のような者も、貴重なものとして、あんなにおっしゃって下さった先生のお言葉に決してそむいてはならない、と強く自らを戒めております」とあって、生きてあることの不安と恐怖から一歩も二歩も踏みだした気配が感じられる。

そのとおり民雄はトルストイの『幼年時代』から読みはじめ、以後、『悪魔』『舞踏会の後』『壺のアリョーシャ』と読み進んでいき、ほかにもアンドレ・ジイドの『背徳者』や和辻哲郎『続日本精神史研究』、アンドレ・シュアレス『ドストエフスキー研究』、それからこれが三度目となるドストエフスキーの『罪と罰』を読んでいった。

ただ、川端への書簡には、気になる箇所がひとつだけあった。「腰をすえて暫く書く覚悟でおります」というくだりの「暫く」という文字に、やがてふたたび同じあの苦しみに身を切り刻まれるかもしれないという暗示が感じられ、書きつづけたいという意志が肉体の壊滅の恐怖のまえに粉々になってしまうかもしれないと予告しているようにも見える。

帰省許可を得て旅立ってから、きっかり二週間での帰院だった。わずか二週間の旅を放浪と呼べるのかどうかはわからないが、二週間の外出は当時の患者たちに許された最大の期間なのであり、それから一日も遅れることなくぎりぎりの夜になって帰って来た民雄の姿に、哀れな生真面目さを見ないわけにはいかない。

あからさまな症状など顔にあらわれていない軽症者なのだから、出て行ったきりしばらくのあいだ帰って来なくてもよかった。そんなことなど気持ちのもち方しだいで可能だったはずなのだ。けれども、賞金の残りを受け取るためにあらためて文學界社を訪ねてみようともせず、トルストイ全集をタクシーにたたき込んで破天荒な帰還をとげたのだった。もはや民雄にはこの癩院以外に生きる場所はなく、管理されてあるまま駆け込むようにしてもどって来たのである。

この旅が転生を呼び込む旅であったのは事実だったとしても、その裏側に横たわっているのは、創作者としての自由、人間としての自由を奪う忌まわしいあの癩院こそがおまえの住家なのだと確認を迫られ、最終的に受け容れていったという痛ましいこころの遍歴である。以後も民雄は絶望と厭世《えんせい》の思いにくり返しさいなまれはしたが、それでも日記にしるした言葉はひとすじの光線のごとく暗闘のあわいをつらぬき、死の床にいたるそのときまで悲惨きわまりなかったはずの短い生の形相に、ほのかながら凜《りん》とした輝きを投げかけるのだ。

日記は七月二日までの一週間、毎日休まずに書かれている。旅の重さから解き放たれたからだろうか、愛人が欲しい、結婚は断種手術を受けなければならないのでいやだとするし、その二日後には一転して「やっぱり結婚して草津に家を建てて落着くのが一番良いように思う」（六月二十九日）と迷う。七月一日には東条耿一《こういち》と文ちゃんの三人で、どんなことがあっても一緒に草津へ行くことにしようと誓い合い、「結婚して落着きたい思いがしきりにする」と告白している。そうした思いを底から突き上げているのは、「しかし、苦しい。真実、苦しい。癩《らい》、癩、呪うべき癩」（六月二十九日）という生々しい血の叫びであった。

創作への衝動に駆り立てられながら、旅の熱がなかなか去っていかないせいか、同じ日記のなかで、「仕事にとりかかるつもりでいたが、やっぱり今日も出来ない。頭がどうしたのかまとまらない。そんなに重い訳ではないのだが――。やっぱり、疲れているのだろう」と、もどかしさを刻みつけている。

書こうとしているものはいくつもあった。日記には「ただひとつのものを」「続ただひとつのものを」「青春の天刑病者」というこれまで実現を念願してやまなかった作品のタイトルが見え、そこに「大阪の一夜」「思い出」という旅の体験から構想されたと思われる新しい作品名が加えられている。

あせりながら民雄は、どうにも重たい頭を抱えて悶々《もんもん》としている。ところが、ほんのちょっとしたことでそれは解消された。六月二十七日、入院して以来はじめて朝寝を決め込んでみた。起床は六時、朝食は七時と決まっている。夜の消灯は十時だったが、民雄はそれ以後も動物小屋の小さな書斎で百目蠟燭《ろうそく》の明かりを頼りに執筆や読書をつづけ、ようやく眠りにつくのは午前二時、三時であった。「床に就くと作のことが頭に浮かび、興奮して脈搏《はく》が早くなり、どうしても眠れないのだ」（七月一日）という民雄は、不眠症に悩まされていたのである。

朝寝を決め込んだとはいっても、床から起き上がるのはおおむね八時だった。五、六時間の睡眠でさえ民雄にとっては、「朝寝をしたので頭は爽快《そうかい》であった。頭の爽快さを保つためには、どうしても朝寝をする必要がある」（六月二十八日）。こうして病友たちと一緒に朝の食卓につくのをやめ、売店でわずかばかりの菓子類を買ってきて腹の足しにするようになった。

「北条さんは朝食を満足にとらず、かわりにお菓子を食べていましたから、体がだんだん痩《や》せ細り、やがて病気が出てきたんじゃないかと思います」と東条耿一の妹、渡辺立子は言う。そうした生活を民雄はやめなかった。昭和十一年度下半期の予定表をつくって机のまえに貼りつけたのは、朝寝を決めた六月二十八日のことだった。

先生、今ようやく一つ出来上りました。始めは、たゞひとつのもの、の改作のつもりでしたが、書いているうちに全然異ったものになってしまいました。良いのか悪いのか、全く全く判りません。でも、毎日、暑い中で汗を拭《ふ》きながら懸命に書きました。これからあと四五日を推敲《すいこう》のために費し、更に五日くらいを検閲のためにとられますので、お手許《てもと》にお送り出来るのは来月になるように思われます。題は「危機」というのです。

他に随筆も三つ四つ書けました。あの苦しい旅のおかげでしょうか、この頃は毎日毎日机に坐った切りです。暑さのために気が狂っても、それはかえって幸です。たゞもう書くだけが生きている証拠だと思い、何ものも恐れません。どうかどうか御批評お聴かせして下さい。

川端宛てにこの手紙を書いたのは、七月二十四日。帰院からちょうどひと月がたって、ようやく『危機』という小説を民雄は書き上げている。やはり療養所を舞台にしたもので、「始めは、たゞひとつのもの、の改作のつもりでしたが」とあるように、『いのちの初夜』以降じっくりと温めてきた主題が、ここに来てある結晶度をもって仕上げられていた。

登場人物の設定が、ひとりひとり興味深い。主人公の船木兵衛《ひょうえ》は地方の旧家の出身で、長男である彼が癩病を得たことによってその家の血は絶える運命にある。同じ病を得た妹の茅子《かやこ》とともに療養生活を送っているが、どこか達観したように「覚悟するより他ありません。生き抜く道はその上にあるでしょう。肉体を捨てることです。どんな廃残の肉体の中にも、美しい精神は育つんですからね」と語る。

兵衛の両眼からは、まもなく光が失われようとしていた。朽ちゆく肉体のなかにあってもなお息づく生命を肯定し、おのれの悲運さえも気高く引き受けていこうとしている。

　その兵衛に対抗する存在として民雄が登場させているのは、久留米六郎という同病の男だった。「僕はどんなに精神が勝利しても、この肉体の敗北がたまらない」と久留米は言い、「癩になって生きることそれ自体虚偽だっていうのです。だから自殺を求めるんです」と虚無の陰影を深めて兵衛のまえに立ちはだかる。

　民雄が創作家としてその才能を存分にふるっているのは、自殺志願者である久留米の子を、兵衛の妹茅子に孕《はら》ませるという残酷な設定を考えついたことだ。たとえ久留米が自死をとげたとしても、やがてこの世に生まれ出る子供に同病の運命が待ち構えていないとはかぎらない。しかし久留米は堕胎という解決方法についても「そんなのはごまかしです」「解決というものが凡《すべ》て虚偽である」と言い放ち、そうかといって茅子にはなにもしてやらず、ついに桜の木に首を吊って死んでしまうのだった。

　民雄はこの物語に成瀬という男を登場させ、彼の眼を通じて三人の姿を生々しく描き出している。久留米の縊死《いし》の知らせを受けた成瀬は、船木兵衛とふたりでぶら下がったままの久留米の死骸《しがい》を見上げる。安置室に送られた久留米に別れを告げて外に出たとき、茅子がそこに立っている。三人は黙って歩きだし、柊《ひいらぎ》の垣根の下にたどり着く。そして物語の最後は、こう締めくくられる。


　茅子がたまりかねたように激しく歔欷《すすりな》き始めた。腹の嬰児《えいじ》を抱くようにして身もだえ、

「この児が、この児が……。」

　と後が続かなかった。間もなく躍り出て来るであろう太陽が、空高く光りの穂先を放ち始めていた。彼女の泣声が途切れると、兵衛は、じっと妹の眼に激しい眼《まな》ざしを向けていたが、

「生め！」

　と小さな、しかし腹の底から盛り上げるような太い声で言った。

「生め、生め。」

　そして兵衛は緊張した貌《かお》を和《やわら》げ、

「新しい生命が一匹この地上に飛び出すんじゃないか、生んでいいとも。そして、その児に船木の姓をやるんだよ。いいか。」

「でも……。」

「でも、なんだ、病気か。伝染《うつ》らんうちに家に引き取って貰え、判ったな。俺は今日は眼の手術をする日だ。義眼とは有難いものだ。どら、行こう。」

　兵衛は足を早めた。しかし成瀬は、兵衛の眼に、苦痛とも絶望とも見える翳《かげ》が、強烈な意志と戦って明滅するのを見て取った。久留米が何時か言ったように、この解決はやっぱり虚偽なのか、久留米の死貌《しにがお》が蘇《よみがえ》って来ると、底知れぬ暗黒が心をかすめ、足を早めて兵衛を追いかけたが、もう間近まで迫って来た危機を鋭く意識すると、

「船木さん。」

と思わず声を出して呼んだ。

船木兵衛の眼の手術とは、かろうじて見えていた残りの片方の眼球を摘出し、義眼にかえる手術のことである。

眼球は激しい痛みに襲われていた。放っておいても早晩、光は失われる。兵衛が全盲となるその日、久留米は自死をとげ、そしてまた同じその日、茅子のなかの新しい生命は、生涯最後となる日の出を見た兵衛によって、はじめて息を吹き込まれるのだ。

民雄は久留米におのれの苦しみを呪詛《じゅそ》のごとく吐き出させ、兵衛に精神の気高さを語らせた。そして茅子に子を孕ませ、出産を兵衛に認めさせることによって、久留米の虚無までをも呑み込んだ生の肯定の炎を燃え上がらせてみせたのだった。

ただひとつ、本来なら「産め」と書くべきところを、民雄は「生め」と書いている。作者の意図を手前勝手に想像して読むならば、おのれの運命を呪う絶叫のごとくこんなふうにも聞こえてくる。

「生《せい》め！」

「生《せい》め、生《せい》め。」

と。推敲をかさね検閲からもどされてきた赤字だらけの原稿を清書しなおし、ようやく川端に送ったのは七月三十一日のことだった。

2

その夏、川端康成は旅に出ていた。各誌に分載し、一区切りついていた『雪国』のつづき『萱《かや》の花』を書こうと思い立ったのである。七月四日から越後湯沢の高半旅館に投宿し、十四日まで滞在した。

南部修太郎が亡くなったので追悼記を書いてほしいと「三田文学」から頼まれ、その原稿を高半旅館で片づけたあと、いざ『萱の花』にとりかかろうとしたとき、創作ノートを忘れてきたことに気づいて、夫人の秀子に至急もって来てほしいと電報を打った。夫人が七月六日に湯沢にノートをたずさえてやって来ると、七日に読売新聞に出す原稿を託し、とって帰らせた。

川端も民雄に劣らず不眠症に悩まされていて、夫人宛ての書簡には、「不眠の後のいつものことにて、早くは寝つけるが一時間毎目が覚め、早く起きて困る。今朝も五時半起床。頭ぼやぼやし、仕事に困る」（七月八日）とある。『萱の花』を十四日いっぱいで仕上げて「中央公論」へ送り、鎌倉に帰って来たが、八月初めになって今度は同じ上越本線で水上へ向かった。

民雄から『危機』と題した原稿が送られてきたのは、出かける寸前だった。八月七日付けの民雄への手紙に、三十枚ばかり読み進んだが列車の時間が来たので残りは九日に帰ってから読むとあり、好感触を懐《いだ》いたらしく「中央公論へ廻す」と書いている。そればかりか同じ手紙の冒頭では、民雄を狂喜させる知らせを伝えていた。

いのちの初夜は芥川賞の候補に入りました。

しかし、入賞は困難だろうと思います。

候補となれば、前二回の習わしもあり、文藝春秋十月号に五六十枚の小説の執筆依頼ある筈《はず》。今から準備し、よいものを書いて下さい。その作がよければ、入賞と同じような効果があります。他の候補新人と並べて評価されるのですから、御努力願います。

第三回の芥川賞である。川端は第一回から選考委員をつとめていた。入賞は困難だとする理由については、ひとこともふれていない。

候補を絞り込むうえで参考にする選考委員をふくめた文壇各方面からの投票では、緒方隆士の五票、太宰治、小田嶽夫《たけお》、矢田津世子の四票、打木村治、高木卓、石河穣治の三票、鶴田知也、横田文子の二票とあるなかで、民雄は八票という図抜けた票を集めていた。だが、ついに受賞はもたらされなかった。

川端は民雄を推さなかった。その理由を「芥川賞予選記」と題して、「文學界」九月号に書いている。

〈「いのちの初夜」は癩者の生命観を除いても、十分文学的才能が見られると思うが、芥川賞に当選を私は強いて主張するつもりはない。「いのちの初夜」の反響によって、既《すで》に作者は相当酬《むく》いられていると考えるからである。また、入賞はせずとも、特異な作家として世に出て行くことも楽であろうからである〉

なるべく多数の有能の新人を声援し、その人達の世に出る便宜《べんぎ》を計ろうとする（「芥川賞予選記」）のが芥川賞だという考えをもつ川端を思えば、理由はまことしやかに聞こえはするが、果してそれが本心なのかという疑いは晴れない。ただ、創設者の菊池寛が、「無名若《も》しくは無名に近き新進作家を世に出したい為」とし、「同人雑誌の方を主として詮衡《せんこう》するつもりである」（「文藝春秋」昭和十年一月号）と芥川賞の主旨を語っていて、たしかに川端の考えはそれに沿ったものといえる。

川端が推さなかった理由について、いまはもうだれも知る者はない。ただ、『間木老人』のころから川端が危惧《きぐ》していたように、芥川賞を受賞すればいやが上にもジャーナリズムの脚光を浴びる。北条民雄とは何者なのか、生い立ちはどういうものか、まちがいなくジャーナリズムの矛先は徳島の実家にまでおよぶ。そのことへの配慮が、少なからずあったのではないかと思われる。

子息である川端香男里氏は、川端康成が民雄を推さなかった理由について、

「（川端は）北条さんだけでなく、自分の『弟子』と世間からみなされていた人を推したことは一度もありません。そういう節度を知っていたのです」

と言う。川端香男里氏は新版の北条全集の編纂《へんさん》にもたずさわっており、民雄の記録を後世に伝えようという康成の遺志を引き継いだ人である。第三回の芥川賞は、鶴田知也と小

田嶽夫のふたりにあたえられた。

水上から川端が帰って来たのは、民雄に伝えたとおり八月九日だった。芥川賞の候補作をつぎつぎと読んでいきながら、『雪国』の続編である『火の枕』を書き上げ、あらためて冒頭から『危機』を読んでいった。民雄に手紙を書いたのは、八月二十五日である。


「危機」はよい作品であると小生保証して、中央公論へ推薦しておきました。

随筆は半分文學界十月号に貰います。残り半分はどこかへ出しましょう。

文藝春秋社から直接依頼あったかと思いますが、五六十枚の小説、一つ書いて下さい。

それから只今改造より依頼取りついでくれとのこと。癩療養所の記録を三十枚余りに書いてくれというのです。創作でなく、材料を用《ママ》ってしまって惜しい気もしますが、この記録は全国同病者のためにもなるでしょうから、書ければ書いて下さい。（中略）

それから右の諸篇発表になれば、随筆も記録も一緒に入れ、創元社から本にして出したいと思います。稿料印税合せて、バラックの建つくらいは出来るでしょう。

改造の件、至急お返事下さい。気が進まなければお止めになっていいのです。


民雄が「改造」の依頼を引き受けるという返事を書いたのは八月二十八日だった。ところが川端夫妻はその日、友人夫妻と連れ立って、以前から予定していた信州神津《こうづ》牧場への旅に出かけてしまっていた。神津牧場から山を越えて旧軽井沢にはいり、夫人たちが仕事のために残るという川端をおいて帰って行ったのは八月三十一日である。九月二日には夫人に手紙で「原稿紙送れ。二百枚。靴送れ」と伝え、翌三日には焦りもあらわに民雄に向けて、「改造の返事鎌倉へくれましたか」と書いている。そして中央公論から『危機』を採用したいという知らせがあった旨を伝え、タイトルを『癩院受胎』としたいがどうかと伝えている。

秀子夫人が軽井沢の川端に送った手紙（九月二日付け）には、中央公論の編集者からの手紙が抜き書きされている。

〈「癩院受胎」本日拝見致し、甚《はなは》だよきものと存じます。採用いたす事に決定いたしました。多分今月号にのせるつもりです。（中略）表題も貴方様がおしらせなさった方がよいように考えます、この小説は必ずや（これもよめないのでそのように写しました）評判になるものと堅く信じます、その点深く感謝致します〉

民雄は「『癩院受胎』で出して戴《いただ》きとう存じます。こんな素敵な題はどんなに頭をひねっても自分には浮かんで参りません」と書いて軽井沢に送った。いのちの震えが、読むひとを弾《はじ》くことなく、しっとり流れ込んできそうな響きだった。改題された小説は「中央公論」の十月号に載った。民雄にとって生まれてはじめて原稿料を手にする、大部数の商業誌への登場となった。

『癩院受胎』が発表されることが決まった民雄は、それを書き上げた同じ七月には随筆『眼帯記』と『柊の垣にかこまれて』を書き、九月には随筆『癩院記録』、十月には小説

『嵐を継ぐもの』と小説『癩家族』、十一月には随筆『続癩院記録』という具合に、確実なペースでつぎつぎと新作を紡ぎだしていった。

小説については、すべて「中央公論」「改造」「文藝春秋」といった一流雑誌からの依頼である。むろん、すべては川端を介してのものだった。『眼帯記』は「文學界」九月号に掲載され、『柊の垣にかこまれて』は民雄のたっての願いで「文學界」への発表をとどめおかれ、『嵐を継ぐもの』は川端の判断によって発表を見合せられたが、『癩院記録』と『続癩院記録』は「改造」十月号と十二月号に、『癩家族』は「文藝春秋」十二月号にやがて掲載されることになる。

作品集の出版の話が具体的なかたちで川端から伝えられたのは、八月二十五日だった。『いのちの初夜』の衝撃もさめやらぬ初夏のころから、創元社から出版したいという話を告げられていたのだが、『たゞひとつのものを』や『監房の手記』が川端の評価を得られず、作品集におさめるのに小説は『いのちの初夜』と『間木老人』の二篇しかなく、それでは心苦しいのでなんとかあと二篇は完成させて小説四篇と随筆三篇で出版したいと考え、商業雑誌からの注文原稿を書き上げるまで創元社にはずっと待っていてもらった。

九月はじめから信州軽井沢の藤屋旅館に滞在して執筆に専念していた川端康成も、商業雑誌に民雄を登場させるにあたって相当心配していたらしく、

〈北条から返事来たら、それを見て、改造水島へ電話でその返事を伝えること。これも大至急。そして北条の原稿（改造注文の）来たら、直ぐ改造へ速達で送ること〉

と秀子夫人に手紙（九月某日）で伝えている。

その後も、夫妻の手紙のやりとりは連日のごとく繰り返され、十月にはいってふたたび信州に出かけ、志賀高原の玄関口にあたる上林温泉塵表閣に落ち着いた川端と夫人とのあいだでやりとりされた手紙のなかには、出版の準備が遅々として進まぬ事情も手伝って、民雄のことが頻繁に登場するようになる。

〈北条さん十六日、十九日、昨日と手紙来てます。創元社の事もあり急用とも存じ前二通開封いたしましたら、柊の垣にカコまれてと云うの発表しないで戴きたい、小説書上ったから送ると申してますがそれは創元社のものに入れるものでしょうか、それとも一度先生がお読みになってからおきめになるのでしょうかお伺いいたします〉

この十月二十三日付けの夫人の手紙にたいして川端は、

〈北条の小説は本に出すのでない。そのまま家に。それから改造のライ院キロクは改造へ直ぐ廻してくれ〉

と告げたかと思うと、その日（十月二十六日）のうちに別便でまた、

〈北条の原稿別配上林へ送れ。手紙その他上林へ頼む〉

と、あわてて伝えている。

「北条の小説」「北条の原稿」とあるのは『癩家族』のことで、一度川端が読んだあと、発表に耐えうるものなら「文藝春秋」にまわそうと考えていた。以後も川端の腐心はつづく。『癩家族』は発表に充分値するものだと判断した川端は、しきりに文藝春秋からの返

事を気にし、
〈文藝春秋齋藤から北条の原稿につき、返事行ったら、報せてくれ。創元社の所分らず、二度も横光に用事取次ぎ頼んだ〉（十月三十日）
〈北条原稿はいかがなった〉（十一月十一日）
と、まるでわが子にたいするようなありさまなのである。その間、民雄にも作品集の出版をめぐってつぎのような手紙（十月十四日）を書いている。

従前発表のものだけで一冊にすることにし、創元社に原稿送りました。創元社は御存じないかもしれませんが、発売部数最も多く、よい本を出そうとしている点で、一流です。これまで出してるのは、谷崎氏（潤一郎・筆者注）と横光氏と瀧井《たきい》氏（孝作・同）とだけ。今度岸田國士《くにお》、小林秀雄、小生など出ます。
中央公論の分は小生預ってますから、必要の時はどうぞ。フロオベル全集は着きましたか。先日送った筈《はず》ですが。
体と心の無理をせず、あせらず、ゆっくりいいもの書いて下さい。本一冊出たのを機会に一飛躍を志して下さい。

いよいよ川端も、せめてもう一篇小説（『癩家族』）を書き上げて作品集におさめたいという民雄を待ちきれず、「従前発表したものだけで一冊」にしようと言いだしている。

「中央公論の分」というのは『癩院受胎』の原稿料のことで、川端の手紙には、二百五十円もらい受けたとあって、満二十二歳になったばかりの若者にしては破格の収入であった。

民雄は川端に原稿料を管理してもらい、そのなかからフロオベル全集を買って送ってほしいと頼んでいた。隔離されてある民雄のことだから仕様のないことかもしれないが、旅と執筆にあけくれている川端に、フロオベル全集ばかりでなくドストエフスキー全集の豪華本まで送ってほしいなどとわがままを言っている。川端はすこしも嫌がらず、いちいち叶《かな》えてやろうとした。

民雄が『癩家族』を書き上げたのは、川端の手紙から四日後の十月十八日のことだった。『癩家族』書き上る。愉快なり。だが駄作」とだけその日の日記にしるした民雄は、これまで発表した作品群の校正刷りにようやく手をいれはじめ、生まれてはじめての出版に向けて机のまえに座りつづけた。

本におさめるのは『いのちの初夜』『間木老人』『癩院受胎』『猫料理』『眼帯記』『癩院記録』『続癩院記録』、そして、いまようやく書き上げた『癩家族』の八篇と決めた。総タイトルは『いのちの初夜』とした。

3

新しい書斎を手にいれたのは、矢継ぎばやに新作を書きまくっていたそのころのことである。療養所には何棟もの寮舎が立ち並んでいたが、秩父舎と筑波舎のふたつにだけ読書室という洋館まがいの四畳半ほどの部屋がくっついていた。同寮の者たちはみな一日十銭の院内作業に毎日を追われていたし、読書室といっても本などそろっていない部屋は、空き部屋同然になっていた。もっぱら使っていたのは、院内の作業にはまったくたずさわっていない民雄ひとりといってよかった。

三方に腰高のガラス窓があって、四角い箱のようなその部屋には、板張りの床に円卓がひとつと木椅子が二、三脚あるきりだった。秩父舎で暮らしている民雄は自分の舎の読書室に、大工の病友につくってもらった座り机と本棚を持ち込み、半ば強引に占拠したのである。備えつけの円卓はどこかへうっちゃってしまい、床には薄縁《うすべり》を敷いて、座布団に座った。夏は三方の窓から陽が射し込むので、うだるような暑さだった。窓の外には、まだ若い楓《かえで》の木が一本、葉を繁らせていた。民雄はこの部屋を「独房」と呼んだり、「俺のクロワッセ」と呼んだ。

夜十時に明かりがいっせいに消えると、ふつうの蠟燭《ろうそく》より何倍も大きい百目蠟燭に火を灯《とも》し、まわりを馬糞紙で囲んで手製のランタンとした。ほの暗いその明かりの下で、原稿を書き、本を読んだ。毎晩遅くまでそうしているので、友人たちが夜な夜なひょっこり訪ねて来るようになった。若楓の木のそばから少しだけ爪先立って窓をのぞき込めば、ぼんやりとした薄明かりのなかにボサボサ髪の小さな頭が浮かんでいる。

東条耿一も、たびたび書斎を訪れたひとりだった。原稿を書けず、ぼおっとしている民雄の姿を窓越しに見つけては、ほっとして窓をコツコツたたき、やって来たことを知らせ

る。そのうち民雄は絵の上手な東条に、

「おまえの眼が見えるうちに、俺の肖像画を描いてくれよ」

と言った。東条の眼はもうそのころかなり悪くなっていて、日によっては眼がかすんでよく見えなくなることもあった。

東条は木炭と画用紙を手に、毎日、書斎に通いはじめた。陽の光のあんばいを考えなければならないので、時間を決めて通った。文ちゃんはふたりのために毎日おやつをつくり、お茶をいれに行った。眼が細く、鼻の大きさばかりがやたらと目立つ民雄が、

「おい、東条、美男子に描いてくれよ」

と冗談めかして言うので、若い夫婦はけらけら笑った。

「兄はそうやって、毎日、北条さんの書斎に通っていました。北条さんもすました顔でポーズをつくって、兄のまえに座っていましたよ。私はそんなふたりを見ていて、可笑《おか》しくて」

と渡辺立子は、つい昨日のことのようにふり返る。

できあがった肖像画のなかの民雄は、まえに垂らした長髪と黒い丸眼鏡、着物姿といういで立ちで、ドストエフスキー全集やフロオベル全集をならべた書棚を背にし、机の上で本をひらいている。いかにも文学者然としたおもむきのその肖像画を民雄は嬉しがり、かといって自分の書斎に飾るのは恥ずかしく、ずっと東条に預かってもらった。民雄の死後、遺骨を引き取りにやって来た実父にこの肖像画は手渡されるのだが、実父は帰るまぎわ病

院の事務室に置いていった。

光岡良二も書斎によく通ったひとりである。

「おう、はいれよ」

窓から爪先立ってのぞき込むと民雄は言い、執筆の手を休めてしばらくのあいだ話し込んだ。

「俺はほんとうのことを書こう書こうとして、いつも出来上がったものは嘘だ」

と民雄は言った。

「俺はひとつの小説を書いてるときは、これを書き上げたら死のうと思う。だが、書き上がったとき、作中人物は自殺しても、俺自身はやっぱり首をくくらないで生きてしまうんだ。これがたまらないんだ。社会の奴らが俺のものを批評しているのを読むたびに、俺は、チェッ、安心して褒めやがるない、とつぶやくんだ。ああ、まだだれにも認められないで、こつこつ書いたときのほうが、ずっと俺は幸福だったな」

そして、光岡の顔をのぞき込むようにして、

「小説を書くよりほかに生き方がない。それでいて小説を書くということを軽蔑しなければならない。この苦痛を君はわかるか？」

この男の苦痛は社会の作家のだれにもわかるまい、と光岡は同情ではなくそう思った。

「しかし、君のなかには、野蛮人がいなさすぎるよ。俺はじつに冷たい人間だ。それは俺が小さいときから、だれの愛情も受けて来なかったからなんだよ。だから俺はかえってだ

れかに愛情をしめされるとどぎまぎして、無性に腹立たしくなるんだ。それはもう小さいときからなんだ。それにしても、君は生きるってことが決まっているからいいなあ」

「君もそう決めればいいじゃないか」

「そうはいかないよ」

民雄の言葉には、刺《とげ》がふくまれていた。光岡にはわかった。『いのちの初夜』が出版された同じころ、光岡は療養所でずっと生きていくことを半ば思いきるように決意し、同病の女性と結婚したのである。

ある晩、民雄は不意に机の引き出しから細長い紐《ひも》をとりだして、

「こんなものを、いつもそばに置いて書いてるんだ」

と光岡の眼のまえにかざして見せた。紐の色は薄汚れて黒ずんで見え、虚を衝《つ》かれた光岡はなんとも言えない陰惨な感覚に胸を射られた。ほんとうは真っ赤な絹紐なのだが、蠟燭のほの暗い明かりのなかでは、そのようにしか見えなかった。

「ドストエフスキーの『悪霊』の最後は凄《すご》いなあ。『スタヴローギンが縊《くび》れた縄には、石鹼《せっけん》がべっとりと塗りつけられていた』の一句で終わっている。凄いなあ、凄い」

民雄は感嘆した口調で言い、スタヴローギンの魅力について語りはじめた。そのころ民雄はスタヴローギンに近代的知性の最高の結晶を見ていて、川端への手紙（昭和十一年十月十八日）でも、そのことについてふれている。

〈ドストエフスキーはスタヴロギンの中に凡《すべ》ての秘密があることを感じております。新し

い人間と新しい性格は、スタヴロギンを措《お》いて他にないと考えております。自意識の沼の中で少しずつ自己の新しい性格を築き上げて行く人間、こういう人間がもし存在したら、あゝなんという素晴らしさでしょう〉

そしてスタヴローギンが縊死《いし》したのを真似て、ときどき絹紐を執筆の合間にとりだしては、自分の首を絞めてみるのだった。「縊《くく》って締めるのはあまり呼吸にさしさわりがないが、顎に引っかけて引き上げるとわけなく呼吸がつまる」と日記（昭和十二年三月二十六日）に見える。

療養所の機関誌「山桜」に、麓花冷《ふもとかれい》は相も変わらず巻頭言を書きつづけていたが、文芸特集号のなかで「療養所文芸も文壇のレベルに達し……」などという麓の文に出くわすにつけ、民雄はなんという思い上がりなのだと腹立たしく、そして情けなくなった。

〈このような言葉は断じて吐けぬ筈《はず》だ。彼等は苦しんでいる。それは判る。しかしそういう苦しみ、癩の苦しみを楽しんで書き、何の疑いもなく表現している。それでいいのか。もし自己を現代人とし現代の小説を書きたいと欲するなら、その苦しみそのものに対して懐疑せねばならないではないか。癩の苦しみを書くということが、どれだけ社会にとって必要なのか！　ということを考えねばならないではないか。彼等の眼には社会の姿が映らぬのであろうか。その社会から切り離された自己の姿が映らぬのであろうか〉

『癩家族』を書き上げるにいたるまでの日記（九月十日）には、こうした独白も見え、それは麓花冷への批判というよりも、作品に立ち向かう自分自身の姿勢の表明であって、どんなときにも癩の苦しみに独りよがりに沈み込まず、なんとかしてこの苦しみを相対化し、普遍化していかなければという汲々《きゅうきゅう》たる思いにあふれ返っている姿が見てとれる。そして民雄は『頃日《けいじつ》雑記』のなかで、つぎのように宣言する。

私は癩文学などいうものがあろうとは思われぬが、しかし、よし癩文学というものがあるものとしても、決してそのようなものを書きたいとは思わない。今までにも書いたことのないのは勿論《もちろん》、また今後も決して書くまいと思っている。我々の書くものを癩文学と呼ぼうが、療養所文学と呼ぼうが、それは人々の勝手だ。私はただ人間を書きたいと思っているのだ。癩など、単に、人間を書く上に於ける一つの「場合」に過ぎぬ。

民雄にとってはじめての出版となる作品集は、こうした火の産道を潜《くぐ》りぬけて世に生まれ出ようとしていた。

4

創元社は四谷の愛住町《あいずみ》にあった。

大正十四年、大阪で創業し、民雄に出版の話をもちかけたのは東京に支店をつくって間もないころだった。創業した当時、ちょうど谷崎潤一郎が関東大震災で廃墟となった東京から関西に移り住んでいて、『痴人の愛』『蓼《たで》食う虫』『細雪《ささめゆき》』など中期の傑作のほとんどの出版を創元社が手掛けていた。横光利一の『時計』や『天使』を出版したのも創元社だった。どうしてあんな小さな出版社から出すのかと問われた横光は、じつに単純明快な答えを口にしたものである。

「あそこは印税を現金でくれるんだ」

印税の支払いは小切手によるものがほとんどというなかで、創業者が資産家である創元社は、不景気のなかにあっても支払いは飛び抜けてよかった。

東京支店とはいっても、支店長をつとめている小林茂の二階建ての家を会社としていた。一階の八畳間に営業部をおき、二階の八畳間が編集作業の部屋、一階の奥にはほかに三間あって、小林茂は家族とともにそこで暮らしていた。社員は支店長の小林と編集長の岡村政司のふたりが編集実務にあたり、男の営業社員がひとり、若い女の事務員がひとり、それにできあがった本を自転車に積んで問屋へ運ぶ丁稚《でっち》がひとりの計五人だった。

電話料金は電話を切りさえしなければ同じ料金で使うことができる。印刷屋などに用事のある場合は、できるだけ何人かまとめて一時《いちどき》に電話を使う。ひとりが終わればつぎのひとりという具合に、代わるがわる用件だけを手短に伝えた。書きまちがえた葉書は捨てず、黒く消して、友人宛てに使った。失礼だとはだれも思わなかった。創元社の人びとだけがそうしていたわけではなく、そのころの日本人はみな質素倹約を旨としていた。

そんな時代だから、新刊書など売れるわけがなかった。芥川賞受賞作でも三千部を売るのがやっとで、ほとんどの読者は古本屋で買い求めた。

創元社がどういうわけで民雄の作品集を出版したいと思い立ったのか、残念ながら小林茂も岡村政司もすでにこの世になく、詳《つまび》らかではない。昭和十三年、創元社の東京支店に入社した秋山孝男（のち東京創元社社長）が、当時を知る数少ない人間のひとりである。入社は民雄の作品集の出版のあとだから、小林や岡村から伝え聞いたという話にいまは耳を傾けるほかない。

まず顧問に小林秀雄を置いていたのと、『時計』などの本を出版した横光利一がいたということがきっかけだった。編集長の岡村政司は、横光の弟子である。この稀代《きたい》の文芸評論家と小説家が、各誌に一連の雪国ものを分載発表している川端康成を小林茂と岡村に引き合わせたのだった。文圃堂の経営がすでに破綻状態におちいり、『雪国』の出版も危ぶまれていて、創元社からの出版をふたりは考えたのだ。創元社のほうも川端を大いに歓迎し、川端は出版を了承するいっぽうで、

「北条民雄という癩作家がいるんだが、この人の本を出してやってはもらえないか」

ともちかけた。小林秀雄も「あれはいい小説だ。広く知らしめるべきだ」と言い、川端と一緒になって出版を強くすすめた。秋山孝男は言う。

「小林茂と岡村政司のふたりは、さっそく民雄の一連の作品を読み、非常に感銘を受けたんです。北条さんの病気について一般の人びとはみな恐れ怖がっていましたが、川端さんはちがっていました。末期《まつご》の眼で見ている人だったんでしょうね。小林茂を動かしたのは北条さんの作品よりも、むしろ川端さんのそうした態度だったのかもしれません。岡村は

自分でも小説を書いていて、北条さんの作品を読んで、川端先生の言うとおりこれは立派な作品だと言って、編集の実務を担当したのが支店長の小林でした」

小林茂の父は岡山の生まれで、明治の初期にキリスト教に入信し、息子の小林もキリスト教的な考えを幼いころから身につけた人物だった。癩を得た民雄が死にもの狂いで書いた作品群を読み、出版を興味本位にではなくキリスト者の使命としてとらえていた。

「小林は全生病院に二、三度行っています。北条さんが亡くなったあとしばらくして、私にこう言ったことがありました。『いまだから言うけど、ほんとうは怖かったんだよ。病院全体が異様な雰囲気だったし、しかし、使命だと思っていた』と。それからまた、『生原稿を読むときも、じつは怖かったんだ。割り付け作業をしているときも。しかし、どういうことがあっても礼を尽くそうと思ってね』と。小林は自分のことを、賛美歌なんて二つか三つしか知らないクリスチャンなんだと謙遜《けんそん》して言っていましたが、しかし、ほんとうは非常に強い愛をもった人でした」

小林茂が全生病院を最初に訪ねたのは、おそらく十月の前半であろう。本を出版したいという小林が癩院に民雄を訪ねて挨拶するのは、当然の礼儀である。

民雄の日記にはそのときのことはしるされていないが、十月十八日の日記の最後のほうに、新進評論家の中村光夫から手紙が届いたことと、小林茂から見舞いの品が送られてきたことが書かれている。その後も昭和十二年三月に民雄を病院に見舞い、乞われるままに缶詰を幾度も送ってやり、民雄がこの世を去った日の午後には、川端とともに病院に駆けつける。民雄は翌年の昭和十二年十一月九日の日記に、短く書きつけている。

小林氏より書簡あり。かん詰発送の通知なり。変らぬ氏の厚情に深く感謝す。
小林氏、川端先生等の親切な心を思う度に、自分は父を思い出す。そして氏等の半分の親切心を自分に持ってくれたらと、しみじみさせられる。所詮《しょせん》自分は肉親に捨てらるべく運命づけられているのであろう。死んだ兄が懐《なつか》しい。

これが民雄にとって生涯最後となる日記であり、この見舞いの返礼として昭和十二年十一月二十六日に小林茂に宛てて、「全快すればきっとこのお礼は作品で致します」と書いた手紙が同じく生涯最後の手紙となったことを考えあわせるとき、外部の者のなかで、いかに小林茂が最期のそのときまで民雄に親身にこころを砕いていたか思い知らされる。

小林茂は秋山孝男に、こうも語っている。

「北条さんの作品集は、売れても売れなくても、どうあっても出すべきだと思った。ひょっとしたら感染するかもしれない。そういう場合は、自分自身で責任をとろうと決意してね」

『癩家族』が掲載された「文藝春秋」十二月号が民雄のもとに届いたのは十一月十九日、そこに自分の作品集の近刊広告を見つけて、感慨無量の思いにひたりきった。

民雄にかわって出版の検印をしたのは川端康成である。初版二千五百部という当時としては破格の部数での出版の検印は、鎌倉の川端邸で十一月二十八日におこなわれた。二日後の十一月三十日、「定価は一円五十銭です。一両日中に出来の筈。本屋では一万くらい売ると云っています」と川端は民雄に手紙で伝え、「無くもがなの跋文《ばつぶん》書きました。悪《あし》からず見逃してください」と述べ、「一冊本も出来、後はゆっくり、お仕事下さい。一度癩以外のことを書いてごらんになりませんか。それを期待している人も少くありません」と新しいジャンルへの挑戦を促した。

作品集に寄せた跋文で、川端は民雄の経歴についてごく簡単にふれたあと、療養所の検閲についても語り、「最早《もはや》世の外なる運命の人々の心の自由を許し、且《か》つは文学の本質と使命とを思って、今一層寛宥《かんゆう》の処置を私は療養所に望む」と要請している。そして、

わが国の癩者は今日五万とかいう。その国に初めてまことの癩文学が生れたのである。けれども北條君並びにその作品の意義と価値とは、勿論そこに止るわけではなく、そこを超えたところに大きく深い輝きを放つのである。これに就ては既に多くの文学者の適切な讃辞が注がれたので、最早私の贅言《ぜいげん》を要しない。今この一書に纏《まとま》って世に出るに際し、更に広く社会の反響を聞きたいと思う。文学と生命とのっぴきならぬ絶対の結合、最も無残に病みながらしかもわが国で稀《まれ》に見る健かに強い精神のこの文学は、今日の文壇への警鐘であり、痛烈な反省を促すものを蔵し、一つの正しい大道《たいどう》を象徴するものであるが、また今日のような世の万人に、人生と生命に就《つい》て新に思うところあらしめ、或

いは心の糧を与え柱を立てるであろうことを信じて疑わない。

店頭にならんだのは十二月初旬であった。『いのちの初夜』はみるみる版を重ねていった。川端は逐一、重版の経過を民雄に伝えている。手紙からその箇所を抜き書きしてみると、売れゆきの凄まじさが手にとるようにわかる。

いのちの初夜は、非常によく売れ、最初二千五百、それから五百、五百、千と三度増刷、合計四千五百検印しました。まだ出るだろうと思います。（昭和十一年十二月二十日）

いのちの初夜は今までのところ五千検印しました。（昭和十二年一月十一日）

いのちの初夜は今までのところで、六千部になりました。（昭和十二年二月五日）

売れゆきはまったく衰えを知らず、出版から三ヶ月足らずで一万部を売り、一年に満たずして二万部を売った。民雄の死後の昭和十三年一月には、十四版を重ねた。終戦後の昭和二十一年十二月には、六十四版となっている。

民雄は友人たちに本を贈った。東条耿一には表紙の裏に「いのちの友、東条耿一に贈る。民雄」と書き、光岡良二には長々と文を綴《つづ》ったあとで、

「人生は暗い。だが、たたかう火花が、一瞬黒闇を照らすこともあるのだ」

と書いた。

第十章　遥かなる帰郷

1

昭和十二年の正月を、民雄は病床のなかで迎えた。

暮れの三十日から突然はげしい神経痛に襲われ、ペンをもつことも本を読むこともできなくなり、大晦日《おおみそか》には急性の結節《けっせつ》が出、熱も三十九度前後を行き来した。夜ともなると神経痛はいっそう激しくなり、おまけに両方の肩まで痛みはじめ、何度寝返りを打ってみたところで、わずかな慰めにもならなかった。そのうえ全身に痙攣《けいれん》が連続して走り、文字通りのたうちまわった。

おそらく前年の夏からはじまった、昼夜を分かたぬ半年間の執筆生活の無理が祟《たた》ったのだろう。生まれてはじめて作品集を出版し、売れゆきも好調だと知ってほっと気を抜いたところへ、ありとあらゆる癩性の疾患が一気に噴き出たのだ。

元日の朝、民雄は寝起きしている秩父舎の十二畳半の共同部屋の障子の外側に、「病中につき年賀欠礼　仕　候《つかまつりそうろう》　北條民雄」と仰々しく半紙に墨書して貼り出しておいた。夜になって見舞いにやって来た光岡良二と於泉《おいずみ》信夫のふたりは、この大げさで奇抜な貼り紙に顔を見合わせて大笑いしたが、耐えがたい痛みに悶《もだ》え苦しんでいる民雄にとっては、療養所独特の煩《わずら》わしい正月風俗から逃れるための切実な一手でもあった。

朝には礼拝堂に院長以下職員全員と軽症の患者たちが集まり、年賀の式典がとりおこなわれる。それが終わると、患者たちは自分がもっているもののなかで一等仕立てのよい着物を晴れ着として身につけ、親しい病友たちのいる寮舎をひとつひとつ年始まわりして歩く。親しい者どうしで組をつくってまわるのだが、おびただしい数の患者たちが正月三が日のあいだ院内を思いおもいに行き交うので、それぞれの寮舎の前庭は挨拶の順番を待つ患者たちで賑わった。

顔を見知っている程度の関係なら部屋の入口のガラス障子のきわで軽くかたちだけの挨拶を交わし、親しい友人ともなれば部屋に招きいれられ、おせち料理に舌鼓を打ち、この日だけはおおっぴらに許された酒を酌み交わす。酒といっても一ヶ月七円と決められた小遣いでは清酒を買い求めることなど叶《かな》うはずもなく、たいていは自家製のドブロクや葡萄酒が振る舞われた。病苦にあえぐ以外はこれといった変化のない単調な療養所生活にあって、正月の年始まわりと夏の盆踊りは、ひと月もまえから銘々が準備にかかり心待ちにしているハレの日なのだった。

民雄はこうした習俗をことごとく拒み、一歩も二歩も引いたところに身を置いていた。酒に酔っぱらって見舞いにやって来た親友の東条耿一《こういち》にも、うんざりしていた。於泉信夫にはわがままを言って二度体を揉《も》んでもらったが、痛みはいっこうに去らなかった。

思えばここ数年来、年あらたまる毎に私の生活は苦痛を増すばかりであった。十七の春、小林多喜二氏の「不在地主」を読んで初めて現実への夢を破られた私は、それ以来愚劣な人生と醜悪な現実を友として過《す》ごして来た。

正月の床のなかで、年頭に当たっての雑感を民雄はそう書き出している。故郷の村から離れた徳島市内の皮膚科医院で癩《らい》の宣告を受けたとき、なんとなく滑稽《こっけい》に思えてにやりと笑ったという思い出を綴り、この病を得てはじめて自分には文学が必要になったのだと書き継いだあと、こう述べている。

もし小説を書かなかったら、私は今持っている唯《ただ》ひとつの夢をすら持ち得なかったであろう。そう、苦痛は私に夢を与えた。そして夢あるが故に、苦痛はますます激しさを加えていくであろう。

浮かれまわる患者や病友たち、その賑わいからも遠くはぐれた場所で、民雄はひとり自分のこころに向かって暗い予言を吐く。

年頭雑感はもう少し先まで書こうと思っていたが、痛みに耐えきれなくなったのか、途中で終わっている。東条耿一には『いのちの初夜』の表紙の裏に「いのちの友、東条耿一に贈る」と書き、光岡良二には「人生は暗い。だが、たたかう火花が、一瞬黒闇を照らすこともあるのだ」と書いて贈った民雄だったが、いまやそれらの献辞《けんじ》は遺言めいてさえいて、物語を紡ぎだす陣痛のような苦しみよりも先に、癩の苦痛のほうが日ごとに増していた。

高名な精神科医である式場隆三郎の訪問を受けたのは、そうした日々を送っていた一月十七日のことだった。「文學界」編集部の式場俊三の実兄であり文章家としても名声を得ている隆三郎は、かねて癩と芸術の関係に深い関心を寄せており、癩者を扱った文学や美術は数々あるが、癩者みずからがそれを主題として書いた小説は民雄が登場するまで日本には皆無であり、それだけに一度民雄からじっくり話を聞いてみたいと考えていた。

面会の時間まで院内をつぶさに見学してまわった隆三郎は、はじめて目の当たりにする光景にこころを奪われた。その見聞記ともいえる文章を「脳内反射鏡」(「中央公論」昭和十二年三月号)と題するエッセイのなかでつぎのように書いている。当時の癩院世界にはじめて触れた外部の医師の証言として、貴重な記録といえる。

永年精神病院で哀れな患者達に接してきた私は、癩院とてもさまで愕《おどろ》くべきものではあるまいと思って出かけた。しかし予想は裏切られ、痛ましい病体の諸相に胸をうたれた。医者は年と共に病者になれて、死の場面にも平気で接し易くなりがちだが、千余名の癩者をみると名状し難い恐怖に襲われる。あれを平然と見守ることのできる人があったら恐ろしい。

　病気の中で最も悲惨なものは、精神病でも結核でもなく、やはり癩だと思った。しかも医療がまだそれを完全に救い得ないことを知って、暗然とした。北條君の小説は事実以上に誇張しているのだろう、という人がある。そう思う人は一度癩院を訪れてみるがいい。北條君は巧みな描写で文学化しているので、まだ読むことができる。ありのままを克明に描写したら誰もよみえないだろう。あの小説が多くの人々によまれるのは、癩者の作品だという好奇心も手伝っているかもしれないが、その巧みな表現にあるのだ。


　精神科医として経験豊かな隆三郎も、あまりに悲惨な光景に言葉を失ってしまったのか、民雄との面会では、自分の教え子である日戸《にっと》修一という若い癩医と民雄の会話にただじっと耳を傾けるばかりだった。

「もう根本問題は解決しました。これからは生きることは書くこと、そう決めました」

　いつか川端康成に手紙で告げた同じ言葉を民雄は隆三郎に語り、隆三郎はそれを黙って聞いている。民雄は不意に同じ年頃の日戸修一に向かって、

「私の眼は、もう何年もつでしょう？」

「さあ、十年はもつだろう」

「十年か……。十年で書きたいことを書いてしまわねば」

そう言って隆三郎の顔をさびしげに見る。

隆三郎は先刻、病室で手紙を書いていたひとりの患者の姿を思い浮かべた。両手の指をすっかり失っているので片手では鉛筆を握ることもできず、両の掌《てのひら》で鉛筆を挟み込んで懸命に文字を綴《つづ》ろうとしていた。まるで祈りを捧《ささ》げるようなその姿から、療養所では「拝み書き」と呼ばれているのだと教えられ、胸ふさがれる思いがした。

「やはり大風子油《だいふうしゆ》を注射しつづけるんだね」

と日戸修一は言った。

「ええ。しかし効きますか」

民雄はまた、さびしげに笑う。隆三郎はそのとき、はじめて質問した。

「あなたの小説のなかに、注射を拒んで患部をタワシで擦《こす》ってやっている患者の描写がありましたが、ここには医療を信じない人が多いんですか」

「注射してもしなくても悪くなるときは悪くなるらしいんで……」

民雄は言葉を濁した。

「進行は止まるよ。君など仕事をもっているんだし、いまのところでは大風子油がいちばん効くんだから、信じて注射を受けたまえ」

日戸修一は熱心に説くのだが、民雄は気休めでしかないとでも言いたげな表情で聞き流している。

隆三郎は若い医師と患者の会話から、「癩者は癩そのものを、もう病気とは思わない。

それに加わる疾病《しっぺい》をのみ病気とみている。その中でも眼疾は彼等の最も怖れているものだ」(『脳内反射鏡』)と鋭く読み取っている。

「フロオベルのような手法で長編を書いてみてはどうですか」

最後に隆三郎は言った。おそらくはそれが民雄にたいして贈ることのできる、最大のエールだと考えたのだろう。だが、川端からも癩以外を主題とした小説を書いてみないかとすすめられている民雄は、とっくに心得ているとでもいうように、

「いままでは病院の中だけを見てきました。これからは社会にいる癩者にも眼を向けるつもりです」

と静かに告げた。

わずかな時間ではあったが、隔離されてある民雄にとって式場隆三郎の思いがけない訪問は、自分から求めてもそう簡単には得られない一級の知識人との出会いであった。神経痛などの疾患が重くのしかかっていたときだけに、たとえ隆三郎の訪問が研究のためであったにせよ、小説家として認められているのだという自負心をくすぐられ、ささやかな救いともなりえたのである。

だが、疾患は日増しに民雄の体を蝕《むしば》んでいった。隆三郎の訪問から十日あまり過ぎた一月二十九日、ついに重症病棟の七号病室に入院した。二度目の重症病棟入りだった。

2

一月二十九日。
午後四時半、七号室へ入室。
恐るべき世界なり。悪夢の如し。自殺がふと頭を掠《かす》める。周囲を見るに堪《たえ》えず。
ドストエフスキー『地下生活者の手記』を読み始む。読書のみが救いなり。

去年まで大判の大学ノートに書いていた日記を、この年から当用日記にかえた民雄は、かぎられた枠のなかに簡潔に入院の日のこころの揺れを書きつけている。生易しい揺れではない。自殺を考えてしまうほどの動揺ぶりなのだ。

正確には民雄が重病室の患者となったのは、入院当初の慣例となっている一週間の収容期間をふくめると三度目になる。すでに経験ずみであるにもかかわらず、恐ろしい感動に打ち震えたあの最初の一週間以上に激しくこころを取り乱しているのは、自分もいよいよ同室の異形《いぎよう》の患者ら同様、癩の末路に足を踏みいれたのかというリアルな予感に襲われたからだった。

民雄はしかし、そこでも一歩引いたところにわが身を置き、観察者に徹することをやめなかった。枕もとには当用日記と一緒に大学ノートを置き、日々生起する出来事や患者たちの姿を詳細に記録していった。

繃帯やガーゼを取り替えると、とたんに膿臭でむせ返る室内。十四のベッドがならぶなかで、体に潰瘍《かいよう》や傷がないのは民雄ただひとり。「右隣りにいる李《り》さんの如《ごと》きは全身疵《きず》だらけで、文字通り満身創痍《まんしんそうい》だ。両足共繃帯を除《と》ると向う脛《ずね》はべろりと皮がむけていて、真赤な肉が七八寸の長さで覗いている」(『重病室日誌』)

鼻の肉を失い、ふたつの鼻の穴がぽっかりとのぞいている顔の中心。その上にあるふたつの眼はすでに光を失っていて、頭髪もことごとく抜け落ちている「ノドキリ氏」。痰《たん》を詰まらせ悶《もだ》え狂うそのノドキリ氏の断末魔のあえぎを真似てみせ、大笑いする同じ重症の男。やっとの思いで痰を吐き出し、ひゅっと音をたてて息を吹き返したノドキリ氏は「両手を叩いて踊るような恰好《かっこう》」で歓びまわる。

一時《いっとき》の光見たさに無駄だとわかっている眼球手術を受けてきた盲目の男。あんなに元気だったのに、いつのまにか盲目となって重病室に入院してきている知友の妻。だれかの死を知らせる鐘の音。その死体を載せて窓の下を通ってゆく担架。喉を詰まらせ窒息して果てる女……。そうした生き地獄のさまを綴っていく民雄の筆は、冷たく光る剃刀《かみそり》の刃のように容赦なく、そうであればこそなおさら行間からは、やるせない悲しみがにじみ出る。

入院の翌日には『重病室日誌』を「文學界」四月号に書かせてほしいと川端に伝え、二月六日になって「是非頂戴《ちょうだい》したいと思います」との返信を得た民雄は、病床のなかで原稿を書きすすめ、その作業がかえって体力に転調をもたらしたのか、返書を受け取って四日もすると痛みはすっかり消えた。

病室の外には雨が降りつづいていた。

〈終日霖雨《りんう》降り、侘《わび》しき一日なり〉

日記にしるした霖雨とは、幾日も静かに降りつづく雨のことである。冬のいちばん寒い時期に降るその雨は、春が間近だと教える恵みの雨であり、月の光のようにわずかの隙間にも沁《し》み込むように降るその雨は、民族浄化のかけ声のもと根絶をもくろまれてある癩者たちの上にも降った。癩院の屋根を打ち、雑木の林を打った。

民雄がようやく重病室を出たのは二月十四日のことである。十七日間の入院生活だった。ただし全快したとは言いきれなかった。退室二日まえの日記には、「昨夜はどうしても睡《ねむ》れず（といって毎夜二時過ぎまで眠れぬのであるが）肩が凝り、全身が硬直したようになって痛くてたまらず、午前二時頃起き上ってベッドの上で体操を始める」とあり、その日をさかいに以後半月あまりも日記を書いていないところをみると、澱《おり》のような疲労がなお体内に溜《た》まっていたのだろう。『重病室日誌』は清書して川端に送ったが、創作のほうにはなかなか身がはいらなかった。

かねがね草津の療養所にある自由地区へ家を建てて移り住みたいと考えていたが、重病室を出てからというものその思いは日ごとに増していったようで、「五月には草津へ引越すつもりで申込を致しました」と川端に手紙（三月四日）で伝えている。毎月七円五十銭の入院料は自分でなんとか稼ぎだし、家を建てるのに必要な七百円は田舎の父親に出させることにした。この若さであんな山奥へ引き籠《こ》もるのかと思うと孤独とさびしさをひしひしとおぼえるが、もう富にも名声にも女にも断じて訣別《けつべつ》するつもりでいる。友人連中はみな捨てた——そう書いている。

夫婦者でなければむずかしいというのが草津療養所の規定のひとつだったはずだが、民雄はそれを忘れていたのか、それともしかるべき担当者に話を聞き独身者でも可能だとの返事を得たのか、いずれにせよつねづねいまの息苦しい生活に辟易《へきえき》していた民雄を思いきらせたのは、あの重病室の恐ろしい体験だったにちがいない。

川端からは癩以外のことを書いてみないかと言われ、式場隆三郎からはフロオベルのような手法で長編を書いてみないかとすすめられたけれども、この療養所にいるとどうしようもなく現実の凄《すさ》まじさに引きずられてしまう。

文通相手に新しく加わった新進評論家の中村光夫に宛てて、「僕の癩者への愛情のことをあなたは云っていられますが、しかし愛情と同時に、僕は激しい嫌悪と軽蔑《けいべつ》とを覚えています。そしてそれは僕自身への嫌悪であり軽蔑です。今までに書いた小説だって、この嫌悪感にどんなに悩まされたでしょう。あなたがお考えになられているよりも、僕はもっと醜悪で、意地悪で、利己的です」（二月十二日書簡）と正直に自分を暴露してみせた民雄だった。ここを出て草津へ行き、ひとりきりになれば、静寂と孤独のなかでもっとゆったり思索できるかもしれないと若く甘やかな希望にとり憑《つ》かれていた。いや、というより、逃げ出したかった。

民雄は外出許可をもらって、ふらりと療養所を出た。昭和十二年三月六日であった。光岡良二と東条耿一、於泉信夫の三人が見送った。
三度目となるこの外出ほど空虚で、魂の悲哀を感じさせるものはない。
民雄は郷里へ帰ってみようかと思っていた。父親に七百円という大金を無心するのが目的であった。全集下巻におさめられた日記と友人宛ての手紙で民雄の姿を追いかけてみると、まず東京へ出て、夜になって泊まったのが神田《かんだ》の宿屋である。「東京は例の如く平凡にて、退屈するより他はなんとも致方《いたしかた》ない所なり。一日の出来事など記しても詮《せん》なし。（中略）一晩中死ぬことばかりを考える」（日記・三月六日）とあり、明くる朝、雨に閉じ込められた宿屋で、光岡に手紙を書いている。

昨夜は一晩変な夢にうなされ通しだった。一夜のうちに五つ夢を見た。しかもそれが午前三時から八時までの間にだ。病気の夢が三つ、二つは丸で覚えていない。（中略）四国へはもうキップを買ってしまったのに行くのが嫌になって来て弱っている。僕というやつは何か心に定めると、定めたとたんにその反対の行動をしたくなって来るという奇妙な性質を持っているらしい。

もうすでに行き暮れている。その日の日記には故郷ばかりではなく、草津へ行くのもいやになってきたと書かれていて、九時ごろになってかつての寮友上村の家を訪ねている。上村という青年は病状が軽快したわけではなく、家の事情で仕方なく退院していた。あの動物小屋の休み部屋を民雄に貸した青年である。やはり全生病院に入院していた女性患者といまは結婚し、つましく暮らしていた。三人で映画館へ行き、石川達三原作の『蒼氓《そうぼう》』を観た。その夜、民雄は郷里へ帰るつもりで夜汽車に乗った。

夜、汽車に乗り、一晩中揺られ続けて一睡も出来ず神戸に着いた時には文字通りヘトヘトなり。波止場から海を眺めたが、何の感じもない。なんだか頭が白痴のようになっている。これは決して汽車の疲れのみではない。ここまで来たが、やっぱり田舎へ行く気が起って来ない。なんとなく空しく不安で、心が落着かぬ。いっそこのまま東京へ引っかえしてしまおうと思い、東京行きのキップを買う。が、東京へ行くのには余りに疲れている。で、宿を求め、昼間からぐっすり眠った。今日はここで一泊し、明日は東京へ引き上げる。なんのためにこんな神戸くんだりまで来たのか判らぬ。今の自分の気持は一体なんであろう。自分でも判らぬ。ただ淋しいのだ。切ないのだ。人生が嫌なのだ。

三月七日の日記に民雄はそうしるし、明くる日、東条耿一に宛てて手紙を書いた。

今俺がどこにいるか、君は勿論《もちろん》知るまい。神戸にいるのだ。宿屋だ。昨日田舎へ行く気で東京を発《た》って来たが、どうにも田舎へ行く気が起って来ないのだ。それで宿屋へとまった。俺は何のためにこんなとこへ来たのかさっぱり判らぬ。

一体俺を動かしているものは何だろう。俺は昨日からもう自分を動かしているものが自分ではないことを知っていた。何か魔物のような目に見えぬ力が、俺の理性を混乱に突き落し、俺は狂人か、白痴か、そのどちらかのように行動してきた。まるで風に流される気球のように。

俺の感覚は奇怪な冷たさで静まっている。この感覚に授映《(ママ)》するものは、凡《すべ》て物質と運動とになってしまう。君、人生は平凡だよ。

ほんとうは以前、帰省した折りに父親から、「田舎には帰って来るな」と強く言われていたのだった。世間体もあったが、金の無心ばかりくりかえす業病の息子に、父親はほとほと手を焼いていた。父親に七百円出してもらうことにしたと民雄は川端に書いているが、ささやかに製材所を開業して生計を立てている父親にそんな大金などあるはずもなく、民雄の一方的な思い込みにすぎないことは容易に見て取れる。

気持ちばかりが先に立ち、先へさきへ急ごうとするあまり空まわりしてしまっていた。故郷を眼のまえにして、民雄はそこから遠ざかっていくばかりだった。

民雄はただ困憊《こんぱい》して療養所にもどって来た。川端への手紙（三月十九日）には「仕事上の必要もありましたので一週間ほど東京大阪神戸を放浪して来ました」とあるだけで、日記にはいつ帰って来たのかさえ書いていない。だが、帰り着くとすぐに原稿用紙に向かいはじめ、ちょうど『重病室日誌』の載った「文學界」四月号が発売されて気持ちも新たに引き締まったその時期、『道化芝居』と題する百二十枚の小説を四月十三日に書き上げた。検閲を受け推敲《すいこう》を加えたそれを川端に送ったのは四月下旬のことだった。

川端からは、ひと月近くたってもいっこうに返事が届かなかった。民雄は五月二十二日になって、「あの作はあの作として僕にはのっぴきならないものだったのです。あの作が出来上ったらもう生きてはいないつもりでした」などと以前にも書いたような脅迫めいた文を手紙に書きつらね、批評を聞かせてほしいと訴えたが、なお音沙汰《おとさた》はなかった。川端は発表を見合わせ、原稿を留めおいたのである。同じ手紙では、「草津行きは今はもう嫌になって来ました。それに独身者では殆《ほとん》ど駄目、暮して行けないとも聴きました」と淡い夢さえも終わってしまったことを告げている。

どういうわけか、そのころの川端書簡は一通も残っていない。民雄の手紙の内容からイエス・キリストの伝記や原稿料の一部を送ってやっていることが知れる程度で、手紙にいたってはようやく一通のみ届いたことがわかる。民雄にしたところで月に五通も六通も書いていた手紙が、そのころになると月に一通という割合にまで減ってしまっている。

病勢の深まりが民雄に筆を渋らせたのか、それともふたりのあいだに微妙な距離が生まれていたのか、そのどちらでもあったと言えるのか。

梅雨のさなかの六月半ばから、民雄ははげしい下痢に連日見舞われるようになった。大腸カタルと診断されたが、すでに腸結核の症状だった。食事を受けつけず急激に痩《や》せ細り、またしても急性結節が出、発熱がつづいた。日記もまったく書けなくなり、川端に病状の悪化を知らせたのは七月五日になってからである。

民雄に死の兆候があらわれた六月、川端は『雪国』を創元社から出版した。民雄とめぐり逢《あ》った昭和九年から構想を練りはじめ、二年あまりにわたって各誌に分載発表してきたものに書き下ろしの新稿を加え、ようやく定本としてまとめられた。

中国との開戦を告げる蘆溝橋《ろこうきょう》事件が起きるのは翌月。泥沼の戦争への突入を目前にして、雪国の美しい山河と男女のはかなく芳《かぐわ》しい交わりを描いた『雪国』があの世の物語だとすれば、『いのちの初夜』はこの世にあってこの世のものではない煉獄《れんごく》の物語といえた。

あの世の物語を川端が晴れて出版したとき、民雄は煉獄のなかで死の手に囚《とら》われていた。

第十一章　二十三歳で死す

1

民雄が重症病棟への入院を医師から告げられたのは、昭和十二年九月二十四日の午後だった。あす九号病室に入室せよという。かつて付添いの仕事をし、肺結核患者の死を看取った病室である。

「ふと、このまま病室へ行ったきり出て来られなくなってしまうような気がする」とその日の日記にしるした民雄に、腸結核という病名は最後まで知らされなかった。

昭和十二年になって二度目の入院だった。その日の朝、東条耿一《こういち》と光岡良二のふたりが寮舎へ見舞いにやって来た。空は秋らしく高く晴れ渡り、涼しい風が吹いていた。

文ちゃんが柳行李《ごうり》に仕舞ってある衣類をひっぱりだして、虫干ししてくれた。春にナフタリンをいれなかったせいで、セルの着物やシャツはかなり食われていて、茶色っぽい虫がわがもの顔でうようよ這いまわっている。胃腸の具合が悪くなった六月半ばから、文ちゃんには世話になりっぱなしだった。

夕刻になって、同じ寮舎の者たちが蒲団《ふとん》をかつぎ食器をザルにいれて病室まで運んでくれた。この三ヶ月ばかり満足に歩くこともできなかった民雄は、病室までの三、四百メートルほどの道のりがひどく体にこたえた。気が遠くなるような感じがして九号病室のベッドに仰向《あおむ》けに体を投げ出すと、ぐったりして物も言う気が起きなかった。だが、以前ほどの動揺はなかった。不思議にこころが澄んでいる。

窓の外に眼をやると、庭にはコスモスの花がいっせいに咲きそろい、トンボが群れをなして飛んでいる。寝込んだのは六月、いまやすっかり秋も深まっている。

ぼんやりトンボの群れを眺めながら、まわりのベッドに横たわる重病人の姿などもう見たくもないし、書きたくもないと思った。そうしているうちにいつのまにか薄闇が下りてきて、南の空にひときわ大きな星がまたたいている。闇が深まるにつれて、星は少しずつ西のほうへ移りながら輝きを増し、あれは金星かなと思ったが、秋のこの時刻、金星はどこかに隠れていて夜明けの空に太陽よりもはやく出るはずだと思い直し、それならきっとあれは木星にちがいないと、さえざえと輝くその星をいつまでも眺めていた。

二日後、川端康成に葉書を書いた。

胃腸病が悪化しましたので、また重病室へ入室加療することになりました。

体の具合の良い時をねらって、続重病室日記を書こうかと考えております。

たったそれだけの文面だった。いままでこんな紋切り型の便りなど書いたことはなかった。

体調が急に崩れはじめたのは、三ヶ月まえの梅雨のころだった。六月半ばから連日激しい下痢に見舞われ、食事もほとんど口にできずに来た。頬骨や尻骨があらわとなって、ながく座っていると痛みに耐えきれなかった。歩けばわずかな振動さえ腹に響き、刺し込むような痛みにじっと耐えていた。炎暑の夏は体から水分を一滴のこらず搾《しぼ》り取られていくようで、この夏が過ぎればきっと良くなると、ひたすら秋を待ちわびていた。

その夏の盛り、それでも民雄は病体に鞭《むち》打って、『望郷歌』という五十一枚の小説を書き上げた。院内にある学園を舞台にした、癩教師と幼い癩児たちの物語である。教師のモデルは、学園で教鞭をとっている光岡良二だった。

入院したとき、いちばん最初に重病室に来てくれて、毎日のようにふたりで院内を歩きまわり、語り合った。民雄はその後、光岡と距離をおくようになったが、あの二週間の放浪のとき、花岡次郎の部屋で読んだ光岡の手紙に勇気づけられてからは、尊敬の念さえ懐《いだ》くようになっていた。

ひっそりと淋しい時は
丘に上って
そして草笛をならすのよ。
母さんは杳《とお》いけれど

聞いていらっしゃる。
草笛は空いっぱいに響くよ
北の方へ響いてゆくよ
草笛は
母さんを呼んでいるのよ。

幼くして発病し、泣くなく肉親と別れ、この療養所に収容されてきた子供たちのそんな感傷的な詩が「呼子鳥」という院内の児童雑誌に載っている。民雄はその雑誌をたびたび川端に送った。

癩《らい》を得て孤児となった民雄は、母を思い故郷を懐かしむ子供の無垢《むく》で清らかなその涙が、やがて癩という病の現実に打ち砕かれ、涸《か》れ果ててしまうことを知っている。『望郷歌』とはそうした癩児たちへの鎮魂と、教師として献身しつづける光岡良二へのオマージュであった。その年の「文藝春秋」十二月号に掲載されることになるこの作品が、創作としては最後の作品となる。

七月七日、日中全面戦争がはじまり、太平洋戦争へとつづく泥沼の道を日本が踏み出したとき、その社会からも隔絶されてある癩院のなかで、どこか救済の眼差《まなざ》しすら感じさせる叙事詩のようなこの短篇を、民雄は一日に四枚、五枚というペースで骨を刻むように書き綴《つづ》っていった。体調悪化のために中断していた日記は、『望郷歌』に着手したばかりの八月九日からふたたび書きはじめられている。

たとえば、「八月九日。六時十分起床。朝食後仕事にかかり昼までに四枚、昼から五枚半、都合今日の仕事は九枚半である」「八月十一日。体の調子悪く仕事にならず。下痢。頭重く、苛立たし」「八月十二日。六時起床。午前中に二枚、午後また二枚書く。全部で都合三十六枚になった」――。そんな具合に、あたかも『望郷歌』を書き上げることがただひとつの命の証《あかし》だとでもいうように、一日も欠かさずその日の成果を記録した。

ときには戦局の悪化を憂えて「支那騒然たり。ヨーロッパ険悪なり。果して人類は何処《どこ》に行くのか？　痛ましき限りである」と書いた。こうして『望郷歌』を書き上げた八月十五日まで日記はつづき、あたかも全力疾走してきたランナーがゴールで倒れ込むように、ばったりと閉じられる。ようやく再開されるのは、重症病棟への入院を告げられた九月二十四日からである。民雄はこの期《ご》におよんでも、記録を残さなければと思っていた。日記を再開したのは、『続重病室日誌』を書くためだった。

九号病室にはいった民雄は、もはや歩くことさえままならなかった。以前の『重病室日誌』に引き換え、今度の続篇には地獄絵図のような病室の風景はまったく描かれず、病窓から眺める青桐やコスモスの花に、遠い自分の少年時代をいたわるように重ね合わせてみるといったふうで、ときに病室の様子を描くときには、これまでほとんど見ることのできなかった慈愛の色さえ浮かべて、重症の少年や少女たちの姿をスケッチしている。

ベッドに横たわる息子を両側から挟んで、じっと見守る六十歳に近い百姓らしい夫婦。母親は「危く涙を落しそうな顔つき」で、ぼそぼそと話しかけている。父親は「松の枝のような両掌《て》をひろげて」、息子の顔にたかる蠅《はえ》を無言で追い払う。病気で歪《ゆが》んだ口もとに少年のような微笑を浮かべて、息子は両親を見上げている。たとえ親子であろうと、こうして重病室にまでわが子を見舞う親はほとんどいない。癩という病でさえなければ、ごくあたりまえの親子のふれあいが、いまの民雄には痛ましいほど美しく思えてきて、つい涙ぐんでしまう。

ふたつ離れたベッドの上には、丹毒《たんどく》に冒され左瞼《まぶた》の下に赤い腫《は》れ物をつくっている少女が、故郷の母から送られてきた朱塗りの小さな針箱をときどき取り出しては、うっとり眺めている。せっかく針を扱えるくらいの齢《とし》になったのに、繃帯《ほうたい》に巻かれた傷だらけの指では針仕事は夢みたいに遠く、少女は「ちっとも使わないうちに、こんなことになって」と素肌の隠れた掌《てのひら》をひらいて、向こう隣りの老女に見せている。昼食を終えると少女は、雨のなかをリヤカーに載せられ隔離病室へと移っていった。

『続重病室日誌』は、十月一日をもって終わる。最後のほうで、院内で採れた大きな栗が各病室に配られ大歓《おおよろこ》びする病人たちに混じって、民雄はしばらくは食べずに栗を眺めている自分の姿をしるし、こう結んでいる。

今年もまた栗を食う——このことが何ものにもまさった喜びとなって心を温めてくれ

る。これが人生の幸福というものである。何年か経って、その時には多分盲目になっているであろう自分が、杖をたよりに道を歩きながらふと今日の栗を思い出したとしたら、ああああの時はまだ眼も見えた、あの栗の滑《なめら》かな茶色の肌を眺めたものだ、と思わず杖をとめて懐旧の念にうたれることであろう。

そういう未来を浮べながら、まだうで立てで温《ぬ》くまっているその皮をむいた。

まだまだ自分は生きる。素朴にそう信じている。わずかな疑いさえ持たなかった。

2

九号病室には、友人たちがひっきりなしに見舞いにやって来た。ひとり身の民雄のために、文ちゃんは相変わらず甲斐《かい》がいしく衣類を洗濯しに来てくれる。

「俺の病気は、頭脳酷使症だよ。でも、ひとつくらいは死ねる病気をいつも持っていないと不安なんだ。だからこの腸も癒《なお》す気がしないんだ」

入院まえ、そんな乱暴なことを言っていた民雄が、医者の言葉を厳格に守り、懸命に養生に努めるようになった。光岡良二はベッドのきわに立ったまま話すこともあれば、寒さに耐えかねて民雄のベッドにもぐり込むこともあった。

「俺はまだ死にたくない。もう一度よくなって書かねば、川端先生に申しわけない」

と民雄は言い、

「ああ、俺は今、五分間だけでいいから元の体にもどりたい。癩という意識すらなく、絶対に自由な個性の歓びをのびのびと呼吸してみたいんだ。その五分間をこれからの生涯に換えたって惜しくない」

と言う。そして独りごちるように、

「俺はこれから二年、三年でいいから社会へ出て暮らしたい。ここで獲得したいまのこの眼で、もう一度生きた社会の現実のなかに身を置いてみたいんだ。そうしたら俺はまちがいなく、まだだれも書かなかった素晴らしいものを書くんだがなあ」

なんという痛々しい豪語だろう、と光岡は思った。この自分にできるものなら心底叶《かな》えてやりたいと思った。

十一月初め、ちょっと用事があるから来てくれないかという伝言を受けて訪ねてみると、民雄は思いもかけなかったことを光岡に告げてきた。院内で療養生活を送っている十代後半のある少女の名を告げて、

「俺がもし元気になれたら、その子と結婚して草津へ行って住みたいと思うんだ。君のほうから気持ちを訊《き》いてもらえないか」

あれほど断種手術を嫌い、厳格すぎるほど恋愛や結婚を遠ざけてきた民雄が、骨と皮ばかりの姿になってはじめて結婚と草津行きの話をあからさまに言いだしたのだった。健康なときなら大声で笑い飛ばすところだったが、いま民雄の声は悲痛の色さえ帯びて、光岡はまんじりともしなかった。

「自分がいまこんなことを言いだせるような状態じゃないことぐらいわかってるさ。しかし考えはじめると、どうしても待てないんだ。彼女の気持ちを知りたい。もし彼女が受け容《い》れてくれるなら、それだけで俺は希望をもって闘病していけると思う。希望があれば、きっとよくなれるにちがいない」

民雄のわがままぶりは、充分に知り尽くしている光岡だった。けれども、いまはわがままというより、プライドもなにもかなぐり捨てて必死の形相で救いを求めている。

たしかにその少女は民雄のことを知ってはいるが、親しく話をしたこともない間柄なのだった。それに民雄はだれの眼から見ても明らかに重態の病人であり、そうでなくても気難しい孤高の男だった。気が重くなりながら光岡は、民雄のたっての願いを叶えてやることにした。

ある夜、私は彼女を呼び出して、話してみた。ただでさえ夜ひとりで男に呼び出されて緊張している上に、思いもかけず、とっさには考えようもない風変りな求愛を聞かされて困惑しきって蒼《あお》ざめている、まだ少女期を抜けきらない女の子に、むしろ私は同情を感じ、北条を憎らしく思ったほどであった。「なんにも知らない私なんか、とても、あんな人の奥さんになんかなれません。」という少女の答えは、ちょっと揺すぶりようがなかった。少女にはもう一度会って、動かない答えを確かめてから、北条に伝えた。北条は、「それでいいんだ。いや、その方がよかったんだ。どうも、いろいろ骨を折らせて済まなかった。」と、心から済まなさそうに素直に答えたので、私は安心もし、肩の荷をおろした気持でほっとした。

光岡良二『いのちの火影』

希望はあっけなく潰《つい》えた。光岡から結果を知らされたのは、十一月五日だった。その日の日記に、民雄は短く書きつけている。

自殺は考えるな。
川端先生の愛情だけでも生きる義務がある。治ったら潔く独りで草津へ行くべし。なんとかなる。自意識のどうどう廻《めぐ》りは何の役にも立たぬ。行動すべし。実行すべし。

晩秋のその時期、民雄のなかでは死との闘争の炎がはげしく燃えさかっていた。重病室にはいってから、ずっと付きっきりで世話をしてくれている東条耿一には、

「俺はまだ死にたくない。どうしても書かなくてはならないものがあるんだ。もう一度、恢復《かいふく》したい」

と民雄は言い、

「俺はいま、なにもいらん。ただ麦飯が二杯ずつ食いたい。そんなふうになりたい」

と、流動食以外のものを口にすればてきめんに腹を下してしまう痩《や》せ衰えた体で強がり

を吐き、

「俺は今度元気になったら、付添夫を少しやろう。あれはなかなか体にいい。やっぱり運動しなけりゃだめだ。まず健康、小説を書くのはしかるのちだ」

と言う。

創元社の小林茂からは、たびたび見舞いの品が贈られてきた。それらは新宿の三越で買い求められた野菜の缶詰やマーマレード、カルピスといった当時としては珍しいハイカラな品々だったが、せっかくの心遣いにも民雄はほとんど手をつけきれなかった。マーマレードなど見たことも聞いたこともないという同室の患者たちにスプーン一杯ずつ振る舞ってやると、いちやく人気者になった。残ったものは東条に保管しておいてくれと言い、「これは俺の全快祝いに使うんだ」と上機嫌に言った。

全集下巻にある『臨終記』のなかで、東条耿一はこうした民雄の姿を克明に書き留めている。十一月半ばには受け持ちの医師から、「北条さんはもう二度と立てないかもしれません」と告げられ、「その時はじめてそんなに重態だったのか、とびっくりする程迂闊《うかつ》に彼に接していたのである」と書いている。腸結核に加えて、肺結核を併発していたのである。むろん民雄には、いっさい知らせなかった。

死は避けられないところまで来ていた。それでも民雄は突然なにかに気圧《けお》されたかのように「君、代筆してくれ」と口走り、東条が待ち構えていると、獲物をとり逃がしてしまった猟師みたいな声で、「ああ、小説が書きたいなあ」と悲しげにつぶやくことがあった。

ずっと寝たきりでいるせいか、さまざまな想念が雲のように沸き起こってくるようで、「俺はいま素晴らしいことを考えていたんだ。世界文学史上、いまだかつてだれも考えたこともなく、書いた者もない小説のテーマなんだ」

と顔を輝かせて東条を見上げた。

冬を迎えた病室は、寒さが身に沁《し》みた。武蔵野の果てから果てへ吹き抜けてゆく風が、ときどき騒々しく窓を鳴らした。

民雄は文字通り骨と皮ばかりになって痩せこけてはいたが、便所にだけは自分で歩いて行った。それでも十二月になると寝返りを打つことも起き上がることも叶わなくなり、東条が抱き起こしてやると、「そうしてくれると助かるなあ」とほっとした声で言った。

板のように固いベッドの上に仰向《あおむ》けになっているだけで背中が痛むというのに、おまけに幅が狭いときているので掛け蒲団《ぶとん》の両端が垂れ下がり、よけいに重さがのしかかる。

「蒲団が重いなあ」

民雄がつぶやくたびに東条は、「蒲団を吊ってやろう」と言うのだが、とたんに不機嫌になって、

「ほっといてくれ。君、ここは施療院だぜ《せ》。施療院の、俺は施療患者だからな。できるだけ忍ばにゃならんよ。それに蒲団を吊ると重病人臭くていかん」

と怒りだした。

東条の妹の立子が、文ちゃんのかわりに洗濯物を届けたとき、民雄は不意に彼女の病み細った左手をすくいとって、「こんなに冷たい手をして、可哀相に、可哀相に」とくりかえし言いながら、何度も何度もさすった。怖くてなかなか近づけなかったその人が、ほんとうはこんなに優しかったのかとはじめて立子は思い知り、もう長くはないのかもしれない、としみじみ思った。

たしかに冬になって民雄は、自分に死期が迫っていることを悟っているようだった。東条は「私などの測り知れない高遠な世界に遊んでいるように思われた」と『臨終記』で述べ、「底光りのする眼をじっと何者かに集中させ、げっそり落ちこんだ頬に小暗い影を宿して静かに仰臥《ぎょうが》している彼の姿は、何かいたいたしいものと、或《あ》る不思議な澄んだ力を私に感じさせた」としるしている。

民雄は東条に言った。

「俺は死など恐れはしない。もう準備はできた。ただ俺が書かなければならないものを残すことが心残りだ。だが、それも愚痴かもしれん」

恢復しようと願いつづけていた十一月のころとはちがって、そこにはなんの気負いも感じられなかった。

沈黙の時間のほうが長くなっていた。民雄は自分のなかの海に心地よくたゆたっているような感じで、東条がのぞき込むようにして「いま、なにを考えている？」と訊いても、「なにも考えていない」と素っ気なく言う。「なにか読んでやろうか」と言うと、この静けさを乱されたくないとでも言いたげに、「いや、なにも聞きたくない」と答えた。

十二月四日の夜、東条は担当の医師に頼んで、民雄のとなりのベッドをあけてもらい、補助ベッドを据えた。この日から夜もずっと泊り込んで、世話をしてやろうと考えたのだ。

「今晩からここへ寝るからな」

「おお、東条が一緒に寝てくれるのか」

民雄は嬉しそうに言い、

「そうか、すまんなあ」

とつぶやいた。それからはひとことも語らず、また深い静寂の底へ帰って行った。

となりの寝台に付添夫が泊り込むようになると、たいていの病人が急に力を落としたり、極度にいやな顔を見せたりすることを、東条はいままでの付添いの経験で知っていた。だが、民雄はすでに自分の死を予期していたのか、眼の色ひとつ動かさなかった。静かな時が満ちていき、東条は看護疲れもあって、いつのまにか深い眠りに落ちていった。

びっくりして飛び起きたのは、午前二時ごろだった。

「東条、東条」

民雄が呼んでいた。

眼をひらいて見ると、終夜灯にほの暗く浮かび上がったベッドの上で、民雄はなにを思ったのか痩せこけた両手に枕をつかみ、顔の上に高々と突き上げていた。そして枕をしきりに打ち返しては、爛々《らんらん》と輝く眼で見つめている。

「どうした」

「体が痛いから少し揉《も》んでくれないか」

民雄の体をうつ伏せに寝かせて、腰のあたりを揉んでやっていると、いつもなら少し触っただけでも痛いと言っていやがるのに、「もっと強く、もっと強く」と催促してくる。しげしげと眺めた民雄の顔には鮮やかに血の色がもどり、両眼がきらきら輝いている。

「こんな晩は素晴らしく力が湧いてくる。どこからこんな力が出るのかわからない。手足がぴんぴん跳ね上がる。君、原稿を書いてくれ」

と民雄は不気味に光る声で言った。

いつもと様子がちがう、どうしたんだ、と訝《いぶか》るそばから、民雄は絞り上げるように、

「俺は恢復《かいふく》する、俺は恢復する、断じて恢復する」

と悲鳴とも絶叫ともつかぬ声をあげた。

東条は異常を感じて病室を飛び出した。寮舎をひとつひとつ駆けまわり、光岡良二、於泉信夫らごく少数の親しい友人たちに急を知らせた。医局へのながい廊下を駆けて行きながら、何者とも知れぬものにはげしい怒りをおぼえ、

「バカ、バカ、死ぬんじゃない」

とつぶやいていた。涙がつぎからつぎに溢《あふ》れて止まらなかった。

ベッドのまわりを当直医と三人の友人に囲まれた民雄は、なお意識をはっきり保っていた。

「川端先生にはお世話になりっぱなしで、まことに申しわけない。原稿料の残りや印税は、すべて川端先生に差し上げてくれ。東条、いろいろ済まなかった。ありがとう、ありがとう」

何度もそう言うので、

「なんだ、そんなこと。それより、はやく元気になれよ」

と打ち返すと、

「うん、元気になりたい」

と素直に言う。

そして、この期におよんで自分のほうから「葛《くず》が食いたい」と言いだした。

東条は下痢止めに使う生薬の白頭土《はくとうど》を葛に混ぜて、口に運んでやった。民雄はそれをうまそうに食べながら「君も食え」とすすめるので、一緒になって食べた。ひと盛りの葛を珍しくきれいに平らげると、民雄の意識は急に煙のように消え失せていった。

『臨終記』のなかで、東条耿一は民雄が息を引き取ったときの様子を書いている。

こうして彼が何の苦しみもなく、安らかに息を引き取ったのは、夜もほのぼのと明けかかった午前五時三十五分であった。もはや動かない瞼《まぶた》を静かに閉じ、最後の訣別《けつべつ》を済ますと、急に突刺すような寒気が身に沁みた。彼の死顔は実に美しかった。彼の冷たくなった死顔を凝視《みつ》めて、私は何か知らほっとしたものを感じた。その房々とした頭髪を撫《な》で乍《なが》ら、小さく北条北条と呟《つぶや》くと、清浄なものが胸元をぐっと突上げ、眼頭《めがしら》が次第に曇ってきた。

光岡良二もまた、友を見送ったときのこころのありさまを、『いのちの火影』のなかで赤裸々に綴《つづ》っている。

北条の死を見送って、私には悲しみというより、むしろほっとした安堵《あんど》の気持のほうが強かった。北条もとうとう癩の業苦をぬけ出したのか。凄惨《せいさん》な格闘を終って、いまは苦しみも悩みもとどかぬところで安らかに眠れ、そう言いたい気持だった。彼のような生きかたを身近に見ていることは私自身にとっても重荷であり、その重荷から解き放された感じであった。そうした私の安堵感のなかには、人間のもつエゴイスティックな本能もまたまじり合っていた。彼はみすぼらしく、あわれな姿で死んで行った。だが私は生きている。まだ生の可能性を自分の中に握っている。そんな残忍な生者の勝者感があった。

彼が自分の生命を削るようなふうにして書き残した作物が、いったい彼の苦しい短い生を償う存在と値打を持つであろうか。自分の書いたものにすべて不満で、『いのちの初夜』など絶版にしてしまいたいくらいだ、と言った彼であり、フロオベル書簡の言葉を真似て、自分の得た成功を「怪しげな名声」とシニックな口調で自嘲していた彼であった。彼が死んでしまった今、私にはそれらの作品も新進作家としての文壇の評価も、一様に影の薄い、空しいものに思われてくるのであった。確かなものとしてあるのは、癩菌と結核菌に蝕《むしば》み尽《つく》された、土気《つちけ》いろに皺《しわ》ばんだ亡友の死体だけであった。私は自分が彼にとっては結局よい友人ではなかったことをはっきりと感じないわけには行かなかった。

民雄の枕元からは、表紙に「柊《ひいらぎ》の垣にかこまれて」と書かれた昭和十二年分の粗末な当用日記が一冊と、『朝』と題された未完の原稿が見出された。原稿は四百字詰めで二枚に満たなかった。遺稿の整理にあたった於泉信夫は、あの小さな書斎のなかで、書き損じをふくむ原稿の束を見つけた。「小説が凡そ百五十枚、随筆・感想が断片を合せて一六篇、未完成のものが多かった」（全集下巻「遺稿を整理して」）と書いている。

遺稿は自殺をひそかに思い描いて療養所を出た昭和十一年六月以降のものが大部分を占めていた。それ以前に書かれた『監房の手記』や『たゞひとつのものを』『晩秋』などのいっさいの原稿は、民雄によって破棄されてしまっていたが、幸いなことに『吹雪の産声』（『嵐を継ぐもの』を川端が改題）、『道化芝居』といった小説の原稿は、川端康成が預かったまま家に持っていた。

しらじらと明けてきた真冬の病室は、吐く息も凍りつくようだった。院内での死者番号は、一五六〇番だった。日本軍が南京を占領し、捕虜や一般市民を多数殺害するという忌まわしい事件を引き起こすのは、それから八日後の十二月十三日のことである。二十三歳の死は、戦争の狂乱からはるかに遠く、哀れなほど清潔で、ひっそりとしていた。

3

木枯しが吹きすさぶ癩院の門を、オーバーコートに襟巻き姿の小柄な小説家がくぐったのは、民雄が息を引き取った日の午後だった。すでに陽は西に傾き、松の葉越しにのぞむ秩父の連山は薄墨色に染まっている。音をたてて吹きすぎる風が袖口や襟巻きの隙間からはいり込み、ずいぶん厚着してきたつもりでいる小説家をぶるりと震わせた。

正面に事務本館の清潔そうな白壁の建物が見えている。川端康成は創元社の小林茂と連れ立って玄関をはいっていった。出迎えたふたりの若い事務員から、「北条さんもお気の毒なことでございまして」と挨拶され、自分は親族でもなんでもないのに、と妙な気分になりながら軽く礼を言った。

半年まえに『雪国』を出版し文芸懇話会賞を受賞した川端は、その賞金で足繁《しげ》く通っていた軽井沢に別荘を買った。秀子夫人と半月ほどまえまで、そこに滞在していた。そろそろ雪が降りはじめたかもしれない別荘では、いま堀辰雄がひとり住み込んで『死のかげの谷』という小説に取り組んでいるところだった。昭和五年、出世作となった『聖家族』を発表し、十年末に婚約者を結核で失った堀は、その体験から代表作『風立ちぬ』を書いた。堀も肺を病んでいた。今朝がた二十三歳の若さで死んだ癩作家も、腸結核と肺結核で死んだのだ。

知らせを受けたのは夜明け前だった。仕事で夜更かししてしまい、床にはいって二時間ばかりたったころに電報が届いた。光岡良二が打ったその電文を何度も読み返しているうちに足元から冷えてきて、もう死んでしまったのならあわてて出かけて行っても仕方がないと思い、また蒲団にもぐり込んだのだが、あの北条民雄が死んだのかと思うとなかなか眠れるものではなく、だれかにその死を声高に告げたくなって、小林茂に電話したのだった。川端は三十八歳、小林は三十五歳だった。

応接室に案内された川端は事務員から、民雄の死を看取った当直の医師と看護婦が臨終のときの様子を説明しようと待っていたが、いつになっても来ないので正午過ぎに帰って行ったと聞いた。ただ、民雄の遺体をきれいに拭《ふ》いてやり、死装束を着せ、霊安所まで運んだ友人たちが、いまもじっと川端を待っているということだった。小林に電話したあとひと眠りしてしまったので、こんなに遅くなってしまったのだ。

癩は死人の骨からも感染するという迷信がまことしやかに流され、肉親でさえなかなか遺骨を受け取りに来たがらないというのに、川端が小林を誘ってわざわざやって来たのには、のちに小説『寒風』で語られる、つぎのような理由があったからである。

無論遺家族に通知は行ったにしろ、来るか来ぬか分らないし、北海道からでは時間がかかる、葬式万端の費用は差当り私が出しておかなければならぬと考えた。その作家の生前も著作の収入を預っていた私として当然のことだった。その預りが私の女房名義の郵便貯金で八九百円溜っているから、それを使えばいいのだが、生憎《あいにく》日曜日だった。雑誌社は皆休みで借金も出来なかった。言わば院葬ですむということなど、予《あらかじ》め私が知るはずはないので、まあ癩院内の葬《とむら》いだから僅《わず》かな入費だろうと考えるものの、その日のうちに有り合せの金だけでは少々心細くて、出版社の人の助けを求めることにした。

文中に「北海道」とあるのは、民雄の出身地を悟られないための配慮である。『寒風』は川端にしては珍しく、ごくわずかな虚構以外はありのままの事実を綴《つづ》ったルポルタージュのおもむき深い作品である。ここに書かれてあるように、民雄の死んだ昭和十二年十二月五日はたしかに日曜日で、川端が「お葬式の費用は準備して参りましたから」と事務員に相談をもちかけると、費用は病院で負担し、遺族からはいっさい受けないことになっているという答えが返ってきた。癩院では生活するのも平等、死に際しても平等、外部の者からの特別の計らいは禁止されていた。

川端が民雄と会ったのは、大雪が降り積もった前年二月の鎌倉で一度きりだった。あれから二年近くの月日が流れている。「その後故人の癩も多少進んで今はどうなっているだろうか。もし顔が崩れたりしているなら却《かえ》って遺骸《いがい》に会わぬ方がよい」そう思いながら川端は防毒服を着た。瞼《まぶた》の下までくる大きなマスクをかけ、白布の頭巾《ずきん》をかぶった。ゴムの長靴を履いた。

事務本館を出ていよいよそこからが療養施設というところに、赤い液体が流れているコンクリートの小川が横たわっていた。赤い液体は、昇汞水《しょうこうすい》という消毒液だった。事務室や医局がある小川のこちら側は「無毒地帯」と呼ばれ、患者の往来は堅く禁じられていた。小川の向こう側は「有毒地帯」と呼ばれていた。有毒地帯から自分たちの暮らす「社会」へと帰って行くとき、外来者はこの赤い小川で長靴を洗うのだ。いわば小川は、あの世とこの世を分ける境界であり、患者たちになおのこと隔離の身の上を深く突きつけ、外来者には癩の恐ろしさを強く印象づけた。

「先生がお見えになってから納棺しようというので、死亡室に寝かせてありますが、行って御覧になりますか。」と事務の人はたずねた。私達は当然故人を礼拝するつもりであった。

死亡室へ行く道には、監禁室もあった。言わば牢屋である。精神病舎もあった。言わば癲狂院《てんきょういん》である。罪を犯したり、気が狂ったからと言って、癩患者を社会へ出すことは出来ない。ここだけを一つの小社会として、院内で然《しか》るべく処分しなければならぬ。結核の隔離病室もあった。

(中略)

死亡室へ行く道はこのような暗い建物があって、病院の裏道らしかった。火葬場の高い煙突も見えた。

納骨塔はここから離れて、明るい地帯にあるそうだった。骨になってしまえば最早仏として感傷的な追懐の墓参は人間の甘い慰めである。

川端は「死亡室」と書いているが、療養所では「霊安所」と呼ばれていた。その霊安所へ向かう道すがら、民雄が最期のときを迎えた九号病室も見えたはずだった。霊安所は監房の棟のとなりにあった。上がり口に用意された藁草履《わらぞうり》に履きかえると、「柔道の道場かなにかのように」がらんとした畳敷きの広い部屋に上がった。民雄の亡骸《なきがら》は正面奥の「ちょっと祭壇風」の板の間に横たえられていた。遺影のかわりに、東条耿一が描いた肖像画が飾られていた。

癩との果てしない闘争をくりひろげ、ついに命尽きた若い作家との対面の一部始終を、川端は『寒風』のなかでつぶさに描き出している。

〈小柄の故人は可笑《おか》しい程小さく寝ていた。子供のように小さいと言うより、安物の人形でも棄てたようだった〉

〈銘仙の袷《あわせ》を着せられていたが、長くて足はかくれていた。蒲団《ふとん》を敷かず、蒲団をかけず、枕もなく、白布の上に寝ているのは、これが死人の習わしかと思いつつも、なにか人間の姿としての実感が欠けていた〉

顔を蔽《おお》っている白布を事務員が取り払ったとき、川端と小林は思わず「綺麗《きれい》じゃありませんか」「綺麗ですね」と囁《ささや》き合った。心配していた癩の結節や斑点《はんてん》、それに皮膚の崩れ

など顔にはあらわれていなかった。川端は少し身をかがめて民雄の死顔をじっとのぞき込みながら、

自責に似た痛みが胸にしみた。全く衰え切って力つきて死んだ顔だった。瞼は深く窪《くぼ》み、眼球の形が突き上っていた。貧相な顔が異常に小さくなっていた。眉も髪も薄い感じだ。可哀想にと言って、寧《むし》ろ笑いたくなる。こんなみすぼらしい死体を見ると、もうなにもしてやれなくなったことが、よけいつらかった。骨ばかりの小さい手を胸に合せていた。色の悪い蠟《ろう》のように青白かった。しかし、癩の結節や斑点は現れていない。この意味では綺麗だった。また、大方の死顔にある、静かな安らぎは、この顔にもあり、精神の高さも微《かす》かに匂い残っていた。ただ、いかにも可哀想な死顔だった。

いままで弔問にやって来た数少ない人びとのなかにあっても、霊安所にまで上がり得た者は自分たちふたりをおいてほかにいないと知らされた。

川端は霊安所を出て、民雄の友人たちが待っている面会室へ向かった。冬だというのに、まっすぐにつづく敷石道の角々には、計ったように耳の高さに風鈴が吊り下げられていて、絶え間なく吹きつける木枯しにあちこちで鳴りしきっている。その音によけい肌寒さをおぼえ、川端がなんのためかと事務員に問うと、盲者の道しるべだと教えられた。敷石もまた、杖で道をたぐるための手だてなのだと知った。

やがて風鈴の鳴るいくつ目かの角にたどり着いたとき、待ちかねた様子でこちらを睨《にら》むようにして見つめている、ひとりの背の高い蓬髪《ほうはつ》の青年と出会った。案内役の事務員から東条耿一だと紹介された川端は、癩の結節が出ているその青年の顔をしげしげと眺め、あなたが東条君なのかと深い親しみをおぼえた。民雄の手紙で東条耿一の名前は知っていたし、彼が書いた詩を小林秀雄に見てもらい、「四季」の三好達治を紹介してもらってもいた。いまでは三好達治を師として、何度か「四季」にも作品を発表していた。

川端は東条とならんで歩きながら、民雄の臨終の模様を手短に聞き、最後の最後になって民雄が、「おれは恢復《かいふく》する、おれは恢復する、断じて恢復する」と絶叫したことを知った。息を引き取ったその友人のふさふさとした頭髪を撫《な》でながら、「北条、北条」と名前を呼んだ仲間たちが、どんな気持ちで遅くやって来た自分を待ち受けているのかと思った。

面会室にはながいテーブルが一台、こちら側とあちら側を仕切る衝立《ついたて》のように部屋のまんなかに置かれてあった。面会人と患者とでは、出入口も別々だった。テーブルの向こう側には光岡良二、於泉信夫、麓花冷、内田静生の四人が、立ったままの姿勢で待っていた。川端と小林は座ったが、向こう側の椅子は足りなくて、そのまま立っている者もあった。

はじめて民雄の友人たちと向かい合ったときの印象を、川端は「精神の飢えを訴えるような、また精神の苦しみで斬りかかって来るような感じを私は受けた」と書き、「この青年達は、文学というものの一つの象徴ではないかと思われて来た。いばらの冠をかぶった文学である。癩の業苦を背負っているだけに、それに追いつめられて、生死の根本問題に迫って行かずにはいられない。文学は癩の悩みを知る道であると同時に慰める道であって、ここでは宗教の苦行に近いものだろう」としるしている。

そして民雄を失ったいま、民雄が紡ぎだした作品の数々が、じつは眼のまえにいる仲間たちのこころに、作品を書きつづけることによって隔離されてある自分たちも「世間」に生きることができるのだ、という希望をあたえていたと思い至り、「いずれにしろ、文学が日常私達にあるよりも、この人達には必死と純粋とにあるように感じられた。この人達を前にして私の自省で、文学の厳粛な姿と対面しているようだった。谷沢（民雄のこと・筆者注）の死の悲しみが、心の底を澄み流れていた」と書いている。

面会の時間は短かった。川端は創元社から民雄の全集を出版したいので、遺《のこ》していった原稿や日記、手紙などの類《たぐい》を可能なかぎり集めて送ってほしいと告げた。「文學界」でも追悼特集を組むことにしよう。ついては臨終のときの様子や人物伝を分担して書いてもらえないかと言い、裸銭で二十円をテーブルの上に置いた。

「これは少しだけど、花を供えて、お通夜の菓子でも買って下さい」

友人たちは感謝の色を一様に顔に浮かべながら、しかし、だれも手を出そうとしなかった。「どうぞ」と川端が紙幣を向こうへ押しやっても、なお手を出さずにいる。事務員のひとりが横から紙幣を取り上げて、

「これは病院でお預かりしておきます。規則になっておりますから」

と言い、

「先生から君たちに沢山《たくさん》いただいたよ。二十円、確かに預かっておくからね」

と友人たちに念を押した。

一人ひとり紹介されたなかで、川端が気にとめたのは光岡良二だった。小柄な坊主頭の光岡には癩らしいところがまったく見当たらず、「健康な学生のように見えて、不思議な程だった」と書いている。

面会室を出てそのことを事務員に話すと、光岡は摂生深い人間で、そのために病勢もすすまない、それに彼は民雄が最後に書いた『望郷歌』のモデルなのだとはじめて知らされた。以前、川端は癩院から送られてきた「山桜」で、『青年』という光岡の小説を読んだことがあった。文芸特集号の選者をつとめている式場隆三郎によって、特選となっていた。主人公のモデルは明らかに民雄だとわかる小説で、民雄が光岡をモデルにして書いた『望郷歌』と読みくらべたら、いかにこのふたりが相反する性格の持ち主であったかがわかる。

川端は火と水のごとく隔たった民雄と光岡の姿に思いをめぐらし、祈りにも似た言葉を『寒風』に書いている。


一人は狂乱し、焦躁《しようそう》し、憎悪し、自虐して、斃《たお》れた。一人はもっと穏かに自分を温め、人をも愛して来た。（中略）倉木（光岡のこと・筆者注）が宗教に入るのを、谷沢（民雄のこと・同）は手軽な逃避だと責めた。倉木はここを住家《すみか》として自分を順流させようとつとめ、院内の学校の教師となって癩児達に愛情を注いだ。谷沢の人間への愛情は現実の壁を貫く光焔《こうえん》だから、先《ま》ず憎悪を伴った。穢汚《わいお》の地獄へ堕ちたかのようにもがいては、粗い壁に鼻をぶっつけて、血を流し通しだった。（中略）

影響を残して去るということは或《あ》いは死者の勝ちであろうし、激しい性格の谷沢に倉木は引きずられる方が多かったろうし、これからも倉木は谷沢の苦悩を食って生きねばならないだろうが、今の私には倉木が谷沢の宿命に染まらないことが望まれるのだった。穏かに、広く、温い人として、癩者達を愛しながら、大成し円熟することは、友人の死の償いだとも思えた。

こうした願いは、川端が生前の民雄にたいしてひそかに懐《いだ》いていた願いだった。民雄に宛てた手紙で、聖書を感傷的な宗教書としてでなく、強烈な精神の書として読むようすめたとき、川端は民雄におのれの命を斬りきざもうとする危険な匂いを感じ、聖書に親しむことによって将来の豊かな円熟を望んでいたのである。

だが、それを求めたところで受け容れてくれる余地などないといつしかあきらめ、小林茂が民雄のわがままをいちいち聞いてやるようになってからは、手紙のやりとりも減ってしまった。こうして急に民雄に死なれ、生まれてはじめて足を踏みいれた癩院世界で仲間たちと会ってみると、晩年ほったらかしにしておいた民雄のことが不憫《ふびん》に思えてきて、残された仲間たちの平安を祈らずにはいられなかった。

川端は民雄の亡骸に、とうとうなにも語りかけなかった。あるがままの形相を鳥のような眼で観察し、死よりも酷《むご》い運命にさらされた一人ひとりの命の諸相を味わいつくして、癩院を去った。陽はとっぷりと暮れていた。

〈死人にものいいかけるとは、なんという悲しい人間の習わしでありましょう。けれども、人間は死後の世界にまで、生前の世界の人間の姿で生きていなければならないということは、もっと悲しい人間の習わしと、私には思われてなりません〉

五年まえにみずから書いた『抒情歌』の冒頭の一節が、そのとき川端自身の胸の波打ち際に、またひとつ新しい実感を伴って、ひたひたと押し寄せてきたはずだった。

4

面会室で川端を見送った友人たちは、その晩ささやかな通夜の集まりをひらいた。小林茂が送ってくれた見舞いの品々を開けて、民雄の死を悲しんだ。翌日、遺体は癩撲滅のために解剖にまわされ、臓器を取り出されて小さくなった遺体は、ふたたび柩《ひつぎ》にいれられて霊安所にもどされた。

四国から実父が訪ねてきたのは、それからまもなくだった。光岡良二に案内されて霊安所に上がった父親は、幼いころから呼びなれた本名で遺骸に呼びかけ、まるで生きている人間に話しかけるように震えを帯びた声で耳元に囁きつづけた。「俺のクロワッセ」「独房」などと民雄が呼んでいたあの小さな書斎に連れて行くと、父親は民雄の重態を知らせる光岡の手紙と息子がくれた手紙をならべて見せながら、息子の字とよく似ているので自分の頼みをどうか聞いはてもらえないかと光岡に言った。民雄の名を使って、一通の手紙を自分宛てに書いてほしいというのである。

息子は東京で会社勤めをしていて、平穏に暮らしていることにしてほしい。その手紙を、以前、民雄から届いた古い封筒にいれ、田舎の葬儀に集まった親戚縁者に見せて、こうして息子は東京で健やかに暮らしていたが、急病で死んでしまったと言いつくろおうというのだった。光岡は悲しい父の願いを聞きいれてやるしかなく、民雄が使っていた机の上で偽の手紙を書いた。

民雄の葬儀は、霊安所でカトリックふうにとりおこなわれた。生前、民雄は「おれが死んだら、おまえのところで送ってくれ。カトリックがいちばん気にいった」と東条耿一に言っていたので、無宗教無宗派であるにもかかわらず、そのような形式になった。

葬儀が終わると「オンボ焼き」の手によってミカン箱みたいに小さな棺桶にいれられ、リヤカーで火葬場までの道を運ばれていった。四、五百メートルほどの道のりは冬枯れた木や草の道で、院内とはいえ野辺送りのおもむきも深く、白い十字架の縫い取りをした黒布にすっぽりと蔽《おお》われた棺桶は、コンタツというカトリックの数珠を手にした病友たちが口ずさむロザリオの祈りにつつまれて、静かに引かれて行った。

荼毘《だび》に付された民雄の遺骨を、父親は偽の手紙と一緒に大事に抱きかかえ癩院をあとにした。東条耿一から受け取った息子の肖像画を、帰り際こっそり事務室に置いて行った。その足で鎌倉へ向かい、川端に世話になった礼をくりかえし述べた。息子が小説を書いていて、しかも一流雑誌に作品が発表されて評判も高いと光岡から聞き、はじめておどろかされたと父親は言った。

創元社から『いのちの初夜』を出版し、これまでに二万部以上を売り、なおも売れつづけているということさえ知らなかったこの父にとってこそ、民雄はまぼろしの作家なのだった。

川端の手もとには民雄から預かっている原稿料や印税の残りが、妻名義の郵便貯金で八、九百円あった。死ぬ間際、民雄がそれらの金は感謝をこめてすべて川端に差し上げたいと何度も言っていた、と癩院の友人たちから聞いていたが、それらの金はすべて父親に渡すと告げた。

父親も、葬儀費を用意してきたが院費ですんだので、そのなかの幾ばくかを病院に寄付し、息子の蔵書や所持品は友人たちで分けてもらい、残ったものは病院へ寄付することにしてきたと言いながら、川端と同じように友人たちから、金は川端に全額もらってほしいというのが息子の遺言だと聞いていた父親は、その申し出を断わった。

川端は『寒風』のなかで、つぎのように書いている。

私が郵便貯金の金を渡すと言うと母親（実父のこと・筆者注）は首を振って、息子が私に預けた金は恩返しのほんのしるしとして私に差上げてくれという遺言だそうで、そのことは病院の友達に聞いて来たから、息子の心を受取って欲しいが、

「せめて息子が出世しておりました証拠に、通帳だけでもちょっと見せていただけましたらなあ。」

この言葉は二様に解釈が出来た。

私は女房を呼んで郵便局の貯金帳を出させた。

母親には思いがけない金額らしかった。夫の遺産で楽に暮してはいても、田舎の年寄だから、小説がこれだけの金になるなどと考えられなかったのだろう。

このうちから百円ばかりを、息子のいた癩院に寄付し、息子の癩友の見舞いとするが、後は母親に返す、と私は言った。


川端は半ば押し切った恰好で、認めさせた。父親が四国へ帰って行った数日後、郵便局から夫人名義の民雄の預貯金を全額引き出して、百円だけを抜いてほかの一切を送った。噂を立てぬために、実家のある土地から遠く離れた町の銀行宛てとした。「しかし」と川端は『寒風』のなかで、このときばかりは珍しく感情をむき出しにした自分の姿を書いている。


しかし、いざ送るとなると、私は多少の悲憤を感じて、女房を叱るように、

「おい、この金はほんとうにおふくろが受取っていいのかい。癩病人として、追い出した息子じゃないか。棄てたんじゃないか。」

肉親に譲らず、他人の私に譲ると遺言した若い作家が、私はあわれであった。私に対する感謝からばかりではない。家族に対する憤怒からでもあった。

孤児として育った川端の生地のままの声が、聞こえてくるようだ。秀子夫人はのちに、「後日聞いた話ではそれで山一つ買えたというのですからかなりの額になっていたはずです」（『川端康成とともに』）と語っている。この点について、子息の川端香男里氏は北条全集上巻の「覚書」でつぎのように書いている。

〈預っていた印税稿料については、送ったことになっているが、秀子夫人の記憶では父親に渡したそうである。郵便貯金の通帳を管理していたのは夫人であるから、あるいはこの記憶の方が確かかも知れないが、小説の記述から見て、後に更に送金した可能性もあろう〉

著作権は民雄の遺言にしたがって、川端家が管理することになった。民雄の血縁者には、その後も金銭の譲渡がおこなわれた。戦後も二十年以上過ぎたある日、秀子夫人は民雄の印税収入を上まわる金額を血縁者に渡している。

友人たちが形見分けとしてもらったのは、東条耿一がドストエフスキー全集を、於泉信夫がトルストイ全集をまずとり、残ったフロオベル全集と芥川龍之介全集を光岡良二がもらうことになった。だが、病院側からただちにすべて返却せよとの命令が下った。患者図書室に「北条文庫」をつくり、ながく記念するというのである。光岡良二は『いのちの火影』に書いている。

生前北条を厄介者《やっかい》扱いし、危険視し、その文筆活動に一片の庇護も激励も毛ほども示さなかった病院当局が、今になって彼が文壇に些少《さしょう》の知名人になったために「北条文庫」を作って病院参観者に誇示しようとするそんな見えすいた偽善に対して、やり場のない怒りがつきあがってくるのをおさえられなかった。

しかし当時の私たちには、真正面から病院当局を相手どって抗争する力はなかった。事実当時の患者心得《こころえ》中には「死亡者の遺留金品を私《わたくし》に処理すべからず」の一項が明文となって存していたのである。

「北条文庫」は川端が民雄の遺金から贈った百円を建設基金として立ち上げられたのだったが、一応の完成はみたものの、以後ながくつづいた戦争による人心の荒廃も手伝って、民雄のどの全集も何者かが持ち去り、数冊の端本《はほん》となり果ててしまった。民雄の蔵書はこうして療養所の闇に消えていったが、東条耿一は四冊の民雄の日記を形見としてもらい受けていた。光岡良二は川端康成の手紙を預かっていた。於泉信夫は未完のまま放り出されていた原稿や、思いつくままに書き置かれていた手記や覚書の束をかき集めて整理した。北条民雄の貴重な記録を後世に伝える役割を果たしたのは、彼ら三人の友人たちだった。

すぐに「文學界」は、昭和十三年二月号で追悼特集を組んだ。川端は『追悼記序』を寄せ、光岡良二は『北條民雄の人と生活』を書いた。東条耿一は『臨終記』を書いた。川端は翌月号の「告知板」のページで「北条民雄の遺稿に就《つい》て」という文章を書き、民雄の全集を編むためにだれか民雄の手紙をもっている人は、自分宛てに送ってほしいと呼びかけている。

小さなそのページは告知だけで充分のはずなのに、なお民雄の死がこころを捉えて離さなかったのか、前号の追悼文にも増して民雄との交わりについて深く筆を費やしている。民雄を失った川端の切々たる思いがもっとも強くあらわれていると思われるので、少しながくなるが全文を書き写してみる。

作品集「いのちの初夜」の跋文《ばつぶん》にも書いた通り、北條君の生前は、君の書くすべてのものを、私が読んでみてから、私の手を経て発表する習わしであった。そう出来たのは、北條君が私達のあわただしい文筆生活から隔絶した、癩院にいたからのことである。そうすることによって、北條君の文学を大切にする一方、君の健康を大事にしたいという意味もあった。けれどもやはり、北條君は無理を重ね、過労を続けて、余りに早く倒れてしまった。文学に心身を酷使しなければ、このような若死はなかったと思う。発病以来、北條君は自殺を考え通しだったらしいが、生きるための文学のために、自らを殺したとも言える。

そうして、北條君の遺稿はまた、すべて私の処理にまかされることになった。それに就て一言しておきたいのは、北條君の生前と死後とでは、その原稿を発表すべきか否かを判断する、私の見方が余程ちがったということである。例えば、「吹雪の産声」にしても、作品集「いのちの初夜」の出版前に出来ていた小説だが、私が発表を見合せておいたものである。この作がつまらぬからではなかった。一口に言えば、書き直せばもっとよくなることが明らかだった。異常に強烈な作品「道化芝居」(「文學界」に出た「望郷歌」の前に書かれ、北條君の昨年度唯一の力作)を、私が出し渋っていたのも、その熟し方に不十分の点があったからである。しかし、北條君に死なれてみると、まるでちがって来る。その遺稿は、私を超えて、厳然たる存在となってしまう。一方悲しいことには、もう北條君が書き直すことは出来ないのである。北條君の作家としての成長も、ここに断たれたのだから、その材題が作者のなかで生育することも望めない。作者が伸び行く者としての批判は、今は棄てねばならぬ。「吹雪の産声」や「道化芝居」のような立派な作品まで、私が発表を見合せていたということに就ては、厳酷に過ぎると咎《とが》める人もあろうが、それは寧《むし》ろ私の喜びである。私が北條君に期待するところは大きかったのだ。私は自分の見方に確信を持って、北條君に遠慮なく、その原稿を処理していた。病院の友人達から送って来た遺稿を調べてみると、前に私が十分肯けなくて返送した作品は、すべて北條君が破棄してしまったらしい。「吹雪の産声」や「道化芝居」は私が怠けて返さなかったために、幸か不幸か遺《のこ》り得たのである。小説として纏《まと》まった遺稿はこの二作しかなかった。（「吹雪の産声」の原題は、「嵐を継ぐもの」だったが、例によって私が勝手に改題した。作品の意味の余りに露《あら》わな題名を、私は好まない。）

この二つの傑れた作品さえ発表を躊躇《ちゅうちょ》した私が、右に書いたような理由からにしろ、北條君の死をきっかけに、書きつぶしの反古のような断片や、ひそかな手記や、日記書簡に至るまで、三四の雑誌や全集に、私が発表するということは、私自身思い痛むところであり、故人にすまぬとも思われる。けれども繰り返して言うが、遺稿は最早私を超えた厳然たる存在であり、また無慙《むざん》な運命に夭折《ようせつ》の天才の像を出来るだけ明らかに遺すためにも、故人の意志に背くのは、当然私の義務であろうし、やはり私の批判の眼は鈍らし切らないで、遺稿を整理したいとは思う。「吹雪の産声」その他の遺稿の発表に際して、ちょっと言って置きたいことを、簡単に書いた。

全集編纂《へんさん》のため、北條君の手紙を所持の方は、鎌倉二階堂三二五川端に拝借させて貰いたい。

まもなく『北條民雄全集』は、小林茂の創元社から刊行された。上巻が昭和十三年四月、下巻が六月である。民雄の死からわずか四ヶ月ほどのちの出版という事実に、川端や小林茂、そして三人の友人たちの祈りのような情熱を思わないわけにはいかない。

上下巻ともに七千五百部で刊行され、定価は二円二十銭という当時としては高価な本だったが、すぐに売り尽くしてしまい、版を重ねていった。このひとつの事業こそは、隔絶されてある癩院と社会とが、はじめて手を結び合って成しとげた歴史的な事業だった。

民雄の死の翌年、医師と警官による強制診断の旅の模様を美しく描いた『小島の春』がベストセラーとなった。作者は光田健輔が院長をつとめる長島愛生園の医官、小川正子だったが、患者への小川の献身ぶりはさておいても、映画にもなった『小島の春』が強制収容を美化し、患者狩りのために大きな宣伝効果をもたらしたのも事実だった。

昭和十五年、熊本市本妙寺の癩集落が三日間にわたる警官急襲を受けて消滅。昭和十六年、全生病院をはじめとする全国五ヶ所の府県連合立の療養所がすべて厚生省に移管され国立療養所となり、国家による一元化された収容体制が整った。その年、民雄があれほど行きたいと願っていた草津湯之沢の自由地区が解散させられ、全国的に国立療養所への完全隔離収容がすすんでいった。そして、その年十二月八日、太平洋戦争がはじまった。

東条耿一は民雄の死から五年後の昭和十七年、三十歳の若さでこの世を去った。民雄がときおり軽蔑《けいべつ》の眼差《まなざ》しを向けた麓花冷はその翌年、三十四歳で死んだ。二歳年下の於泉信夫はさらにその翌年、二十八歳で死んだ。文学サークルの同人だった内田静生は昭和二十一年、三十七歳で死んでいった。

友人ではただひとり、光岡良二だけが長く生きた。癩院にやって来た川端とはじめて会ってからほどなくして、川端から『青年』を改稿し長編を書いてみてはどうかという励ましの手紙を受け、大いなる希望を得て原稿用紙に向かった。しかし、結局ものにできず、自分には小説家としての苛烈《かれつ》なリアリズムが備わっていないと筆を折った。

戦局がすすむなか、光岡は病勢を深める友人たちをおいてひとり軽快退院し、十年ぶりに「社会」へもどって行った。電気計器や配電盤関係の営業や事務の仕事にたずさわったあと、敗戦後は日米会話学院へ通い、米軍部隊の通訳となった。その後、中央郵便局にあった民事検閲部、逓信《ていしん》省航空保安部の翻訳者などをつとめたが、どんなに装おうとも過去の秘密から逃れることはできなかった。そして昭和二十三年、癩の再発によって、ふたたび療養所にもどった。

その後、光岡は詩や短歌をもう一度書きはじめ、癩予防法改正の闘争にも身を投じていった。

差し出さるるマイクに向ひ早口に語りつづく惨酷《さんこく》の日本癩園史
廃墟《はいきょ》のごと議事堂の影かぶされり荒筵《あらむしろ》しき寝る顔の上
座り込むわれ等の前を老婦人合掌しゆけば母ぞとおもふ

民雄の死から十数年以上ののちの、断固として闘争にのぞむ光岡の姿がそこにはある。全生病院（現多磨全生園）の七十年を詳細に記録した『倶会一処』の編集委員をつとめ、北条民雄の実像を描いたはじめての評伝『いのちの火影』を発表した光岡がこの世を去ったのは、平成七年四月、八十二歳であった。

「空《くう》を撲《う》つ、亦《また》生なり」

みずからの境涯を顧《かえり》みて、負け惜しみのようにつくったこの一句を座右の銘として、死のきわまで愛誦《あいしょう》しつづけた。

終章　ふたたびの回想

1

　それにしても、兄が東条耿一《こういち》を名乗るようになったのは、北条さんが北条民雄を名乗ったのと同じ時期だった。兄が東で北条さんが北とつけたのは、どういう意味だったのでしょう。考えてみたら、耿一という名も、北条さんの本名と深く響き合っている。

　北条さんが死んだあと、兄は北条さんの遺骨を小さな箱に分骨して、ずっと手元にもっていた。はやくにカトリックの洗礼を受けていたけれど、ずっと名前だけのナマクラ信者で、北条さんの死をさかいに、しだいに深い信仰生活にはいっていった。たくさん持っていた文学書を神田の古本屋に郵送して売り、新しく信仰書をどんどん買い込んで、祈りにあけくれるようになった。やがて眼はとうとう見えなくなってしまったけれど……。

　こころの優しい人だったから、眼が見えなくなるまでずっと精神病棟で付き添いの仕事をしていた。十号病室というその病棟に、北条さんもよくやって来た。精神を病んださまざまな人たちをそこで見て、北条さんは『間木老人』を書いたのだ。たしか日記のなかに、十号病室の兄の姿が書かれてあったと思う。

東条がA・Gの所から本箱を貰って来て盛んに本を並べ出した。半分くらいは僕が呉《く》れてやった本であるが、しかし彼は楽しそうに本を並べている。じっと見ているうちに僕はなんとなく涙ぐましいほど彼が気の毒にもいとおしく思われた。勿論《もちろん》、これといって値のある本は一冊もない。それでも彼は、右に置いて見たり左に立てて見たりしながら、なるべく立派に見えるように骨折っている。彼にはこうしたこと以外になんにも喜びがないのだ。あの狂病棟の一室で、毎日々々狂人達と共に暮しながら、その部屋を自分の部屋と定め、粗末な机と貧弱な小さな本箱を眺めては、豊かな喜びを味って詩を書いている彼。僕は今日ほど彼に友情を覚えたことはない。彼に本をやったことをこの上なく嬉しく思った。

(日記・昭和十二年六月二十八日)

北条さんは、まだあの小さな書斎を手にいれてなかったころ、十号病室の兄の机で原稿を書いたこともある。兄は北条さんのおかげで、川端先生を通じて三好達治先生に詩を見てもらうようになったことを、無上の光栄として歓《よろこ》んでいた。

光岡さんが『いのちの火影』の〝文学仲間〟の項で、兄がなにかのことで三好先生に喧《けん》嘩《か》を吹きかけるようなかたちで師事するのをやめてしまったと書いているけれど、あれは事実ではない。三好先生に見ていただくために送った詩の原稿の批評を、なかなか聞かせていただけないので、兄が催促の手紙を出したところ、たぶん繊細な詩人の神経に触れてしまったのでしょう、三好先生からお怒りの葉書が送られてきた。ちょうど外から面会の人があって、私はその場に居合わせたのだけど、兄は顔色を変えて、黙って考え込んでしまった。あのときの兄の狼狽《ろうばい》ぶりと失望、落胆は可哀相なほどだった。

すぐに兄は意を尽くしてお詫《わ》びの手紙を書き、三好先生からも了解した意味のご返事をいただいた。でも、それからなんとなく兄は、先生に批評をお願いするのを遠慮するようになったのではないかと思う。

昭和十二年に北条さんが死に、それから三年して文ちゃんが死んで、兄はひどく落ち込んでしまって……。

私は兄と文ちゃんの結婚を、内心では反対していた。通い婚というのが若い私には汚らしく思えて、考えるだけで身体中に悪寒が走るほどだったから。でも、私も文ちゃんに死なれた昭和十五年、渡辺と結婚したのだから、なんと言えばいいのだろうか。

兄が死んだのは、それから二年後の昭和十七年九月四日のことだった。熱瘤《ねっこぶ》が外に出ないで内攻し、強い薬を常用しなければならなかったので、はげしい下痢を起こすようになった。それで腹膜を病んで、お腹が妊娠した女の人みたいに大きくふくれてしまって、それだけならまだしも、痔瘻《じろう》のために肛門《こうもん》のそばに穴があいて膿《うみ》が絶えず流れでた。

兄はそんな状態で一篇の詩を詠《よ》み、私に代筆してくれと言った。あの緑の草原の上を素足で歩いてみたい——そんなような意味の美しい詩だった。私は口述を書き留めながら、涙が流れた。いまはその詩の一節さえ憶《おぼ》えていないのが、悔やまれてならない。

　私が忘れられないのは、兄が死ぬ前夜のことだ。当直の看護婦に兄は、「苦しくて眠れないから、眠れる注射をしてください」と言った。すると彼女は、「眠れないから眠れる注射をするなんて必要ない、と先生が言いましたから」と冷たくはねつけて、病室を出て行った。私は廊下まで追いすがり、お願いします、お願いします、と何度も泣いて頼んだのに、その看護婦はとりつく島のないような冷淡な態度で、涙ぐんでいる私を尻目に去って行った。美しいその看護婦の顔を、私はいまでも忘れない。あの晩、兄は一睡もできないまま夜明けを迎え、朝の九時に息絶えた。死の床にあってもずっとロザリオを手から離さず、祈りつづけながら逝《い》った。

2

　兄が遺《のこ》していったもの――そのなかには、北条さんの日記と遺骨のはいった小箱があった。川端先生から兄宛てにいただいた手紙の束もあった。私はそれらのものを兄の日記と一緒にボール箱のなかにいれて仕舞っておいた。
　太平洋戦争が終わり、癩の特効薬が出まわるようになり、癩予防法改正の運動が盛り上がり、そしてその運動の甲斐《かい》もなく、以前のままの内容で新しい「らい予防法」が成立するという、そんな長い時間の流れのなかで、申しわけないとは思うのだけれど、兄の遺品のことはすっかり忘れてしまっていた。

ある日、ものを整理するとき、そのボール箱を開けてみたら四、五センチ四方くらいの小さな紙の箱があって、なかには小指の先くらいのほんの小さな白いものがはいっていた。私はハッとして、「ああ、北条さんの骨だ」となんとも言えない気持ちになった。

そのままにしてはおけないので、療養所と深いかかわりのあったH神父様にお願いして、死者の月にお祈りしてもらい、院内の納骨堂におさめてもらうことにした。カトリックでいう死者の月とは、仏教でいうところのお盆のようなもので、十一月がそれにあたる。諸死者の霊に向かって、やすらかなれと祈りを捧《ささ》げる月だ。

遺骨をおさめたのは、昭和五十年十一月三十日のことだった。納骨堂のまえで神父様のほかに八人のゆかりのある人たちと祈りを捧げながら、ここに眠る兄もやっと安心しただろう、と私は思った。三十八年ぶりで親友のところに帰ったわけだから。

もうひとつはらはらしたのは、北条さんの日記をめぐって、ちょっとした事件が起きたときのことだ。兄から譲り受けていたのは昭和十二年分の小型の当用日記で、いまは資料館におさめられているけれど、そうなるまでに私はこんなに長生きするとは思っていなかったから、死んだとき一緒に焼かれちゃ困ると思って、Fという神父様に預けておいた。

当時三十三歳だったその神父様は、神学生のころからこの病院の子供たちに聖書を教えに来てくださっていて、私も子供舎の寮母をしていたので親しくさせていただいていた。容姿端麗で折り目正しい方だったから、ほかの神学生さんたちと一緒に来られても、百合《ゆり》舎の子供たちはみんなFさんに憧《あこが》れたものだった。素晴らしい声でご自分が作詩なさった

「ごらんよ、空の鳥」という歌をうたい、子供たちに教えてくれた。

神父様が司祭になられたのが三十三歳のときだった。私は、だから、キリストが死刑になった歳《とし》と同じだなあ、と思ったものだった。その神父様に北条さんの日記を託したのは、黙想会のためにこの病院にいらしたときだったと思う。それから二年経つか経たないころに、「疲れました。禅寺にはいります」という書き置きを残して、神父様は姿を消してしまわれた。私は困り果ててしまった。

ちょうどハンセン病資料館が建つ(昭和五十一年九月着工)というときで、全生園の園長をつとめられた成田稔さんが館長になるということだったから、資料館に北条さんの日記をおさめてもらったほうがいいと思った私は、成田さんに相談すると、成田さんは八方手を尽くして神父様のご実家を捜し当てられた。そして神父様のお父様宛てに、「渡辺立子さんという方が預けた北条民雄の日記を返してほしい」という丁寧な手紙を二回くらいお出しになった。

それからしばらくして、日記はもどって来た。お父様のお名前で成田さん宛てに。手紙も同封されていて、私はコピーを成田さんからいただいた。そこには最後に神父様の懐かしい文字で、こう書かれてあった。

ある時期、私はそちらにお邪魔したことがありました。そのときに、父とも慕い母とも思っておりました渡辺ご夫妻には、ひとかたならぬお世話になりました。終生忘れえない恩人として、いつも思っております。その大切な恩人からお預かりした日記は、肌身離さず生涯大切に持っていようと思っておりましたが、今、感謝をこめて、謹んでお返し致します。

私は神父様のこの手紙を何度も何度も読み返し、いまでも暗唱することができる。嬉しく、ほっとし、神父様の幸福を祈らずにはいられなかった。

3

北条さんの書いたものを読んで、あれは痛快だったなあといまでも思うのは、作家のツカダ・キタローさんが「山桜」に載せた文章について、北条さんが痛烈な一撃をあびせたときのことだ。ツカダさんの文の題名や内容はよく憶えていないけれど、「井の中の蛙《かわず》、大海を知らず」という言葉を使って、癩患者の視野の狭さを指摘なさっていた。それにたいして北条さんは、すぐに「山桜」に反駁《はんばく》の一文を書いた。「井の中の正月の感想」（昭和十二年一月号）という、タイトルからして挑発的なものだった。

諸君は井戸の中の蛙だと、癩者に向って断定した男が近頃現れた。勿論《もちろん》このような言葉は取り上げるに足るまい。かような言葉を吐き得る頭脳というものがあまり上等なものでないということはも早説明の要もない。しかし乍《なが》ら、かかる言葉を聞く度に私は、かつていったニイチェのなげきが身にしみる。

「兄弟よ、汝《なんじ》は軽蔑《けいべつ》ということを知っているか、汝を軽蔑する者に対しても公正であれという公正の苦悩を知っているか。」

全療養所の兄弟諸君、御身《おんみ》等にこのニイチェのなげきが判るか。

しかし、私は二十三度目の正月を迎えた。この病院で迎える三度目の正月である。かつて大海の魚であった私も、今はなんと井戸の中をごそごそと這《は》いまわるあわれ一匹の蛙とは成り果てた。とはいえ井の中に住むが故に、深夜沖天《ちゅうてん》にかかる星座の美しさを見た。

大海に住むが故《ゆえ》に大海を知ったと自信する魚にこの星座の美しさが判るか、深海の魚類は自己を取り巻く海水をすら意識せぬであろう。況《いわん》や――。

いまのように職員や社会人に向かって自由にものが言える時代とはちがって、すべてが検閲で束縛されていた時代だったから、私はずばりと言いえたその勇気に感嘆した。清涼剤に似たすがすがしさで、いまも思い起こされる。

それを思うといまさらながら、北条さんは若かったのだなあ、としみじみ思う。あのいきり立つ若さは、あのころの古い患者には持てない感覚だったなあ、と。そんなことだから、北条さんはけっこう嫌われていた。生意気で、人を喰ったようなことばかり言って、それでいてちっとも悪びれず「俺は傲然《ごうぜん》を愛する」なんて息巻いていたから。

でも、私は知っている。自分は死んでいこうとしているのに、あの真冬の病室で私の手をとり上げて、「こんなに冷たい手をして、可哀相に、可哀相に」と何度もさすってくれた優しい北条さんのことを。文学への理解なんて望むべくもない雑居の共同生活のなかで、消灯時間になって明かりが消えると、あの小さな書斎に百目蠟燭《ろうそく》を灯《とも》し、ひたすら書きつづけた。その蠟燭の炎のように、北条さんの書いたものは私のこころを照らし、北条さんはその蠟燭のように生命の芯を燃やし尽くしていったのだと思う。

私は八十歳を超えてしまったけれど、これでも「若いですね」と言われることがある。そういうとき、「私たちには生活苦がないから」と答えているのだけど、いまではこの病院は、ほんとにそうなのだ。だいいち納税の義務がない。お米の値段がいくらなのかもわからない。食べ物は自分で買うわけではなく、全部いただくわけだから。社会人としての意識は自然に薄れていってしまう。消費税が五パーセントに上がったといっても、日常で買うものの値段が少し上がったかな、という程度の感覚。

北条さんが生きてたらどんなだっただろうな、とつくづく思う。侘《わび》しいような、悲しいような、情けないような、そんな気がする。

あとがき

北条民雄を書きたいと、片想いのようにずっと思ってきた。六十年以上もまえにこの世を去った、それも癩という絶望の病を生きた火花のような一生が、果してこの世紀末にどう受け容《い》れられるのか――そんなことなど露《つゆ》ほども考えなかった。これから自分自身が生きて行く上で、どんなものにも代えがたい大切な仕事なのだと、そればかりをナイフの先のように思いつめていた。

いまさらどうしてそんなものを書きたいのか、と方々の編集者から言われた。もう少し時間をおいてからではどうか、いましばらくは「現在」のことを書いたらどうか、と優しく諭してくれる人もあった。そうした人たちに、私はそれ以上なにも言わなかった。こころの滾《たぎ》りを、貧しい言葉で薄めたくはなかった。こんなふうにして民雄は忘れられてきたのだと思い、民雄と川端康成の美しい物語も忘れられていくのだと思った。ひたすら書きたいと乞い願いつづけた。

はじめて『いのちの初夜』を読んだのは一九七八年夏、学生会館の地下の電源室の病院のベッドのような固い寝台の上だった。山をのぼり、川を下り、厳冬の原野を横断し、肉体の痛みと疲れに精神の飢えを解き放とうとする一方で、学園にはなお学生運動の余波がはげしく渦巻いていて、ある学生組織の執行委員を私はつとめていた。反日共系全学連の牙城《がじょう》だったキャンパスで、私の団体をふくめた活動家たちが、全国動員をかけたセクトとの流血のゲバルトによっていっせいに放逐された。いまでも忘れない七月十日というその日をさかいに、勇猛果敢にして図抜けた判断力と統率力をもったひとりの男のもとで、学生会館や自治会を奪われぬよう裏で立ちまわった。

下宿へ帰らず、学生会館の地下に寝泊まりしていたのはそんな時期だ。白色蛍光灯に照らされた灰色の壁。螺旋《らせん》階段の登り口にある赤や緑の小さなランプをつけた電源装置が、ウーンウーンとうなりを上げていた。緑まみれの故郷を爆破したいと、渓谷のひとつひとつにダイナマイトを仕掛けてまわる自分の姿を想像した。父殺しを夢みては、絞め殺してやりたい自我にあえいでいた。そして帰って来るのはいつも、この灰色の地下室だった。

どんなふうにして『いのちの初夜』を手にしたのか、いまでは憶《おぼ》えていない。たぶん学生会館の事務室の汚れた段ボール箱のなかにでも、投げ捨てられていたのだろう。角川文庫だった。タイトルからして中河与一の『天の夕顔』のようなものではないかと想像しながら、固い寝台の上で読んでいくうちに、信じられない異常な世界に頭がくらくらし、いつしかすがりつくように読んでいる自分に気づいて、笑いたくなった。

「人間ではありませんよ。生命です。生命そのもの、いのちそのものなんです。僕の言うこと、解ってくれますか、尾田さん。あの人たちの『人間』はもう死んで亡びてしまったんです。ただ、生命だけがびくびくと生きているのです」

この一節にたどり着いたとき、一瞬にしてなにもかもが無化されたような気分になった。いままで張り詰めていたものが、嘘のように消え失せてしまった。たったいま、生きるとはいかなることかと問われたとすれば、迷わず「息をしているこの現実だよ」と答えることができた。それ以上でも以下でもない、絶対零度の無価値の王国だった。私は声をあげて泣きだしていた。ああ、こんな単純な真理にどうしてもっとはやく気づかなかったのか。これからはどんなことがあっても、この一点だけ見つめて生きて行けばよいのだと思った。民雄は癩の悲劇を語ろうとしていたけれども、私が彼のメッセージから受けとめたのは、じつに単純で冷厳な生命肯定の大いなる讃歌だった。

それから多くの月日が流れ、私はノンフィクションを書く作家となり、多くの仕事をしてきたが、「生命だけがびくびくと生きている」存在として人間をとらえようとする視点だけは、つねに失わないつもりできた。これを民雄が見たらなにを感じるだろう、どう書くだろうといつも意識してきた。そして川端康成や友人たちとの魂の交わりを、どうしても書き残しておかなければという使命のような考えにとり憑《つ》かれた。

日本という国家が近代化という幻想のなかでひたすら思想統制や言論弾圧にあけくれ、日中全面戦争からついには太平洋戦争へと向かう谷間の時代に、民雄は忽然《こつぜん》と社会から消え、作家として花ひらくという皮肉な運命をたどったのだが、川端康成とのあいだでいくたびも手紙を行き来させながら、戦争や革命という政治的な脈絡から切り離されたところで、人間存在そのものの声を叫びつづけた。その声をまえにしたとき、帝国幻想に狂奔する人間集団の姿は急に色褪《あ》せて見え、馬鹿ばかしいほど滑稽《こっけい》に思えてくる。抵抗の文学さえ無化させてしまう「存在の文学」だ。民雄の作品を世に送り出しつづけた川端もまた、そうした意味でいえば、きわめて優《すぐ》れた犯罪的オルガナイザーだったのかもしれない。いまようやく書き終えてみれば、まるであの世の物語のように思えてくる。

この作品が生まれ得たのは、飛鳥新社の梅澤英樹氏と藤代勇人氏の恩愛の賜物であることをまず述べておきたい。長年の友人である藤代氏は四年前の夏、当時、出版部長だった梅澤氏に私を引き合わせてくれた。なにを書きたいかと問われた私は、それまでの経験からどうせ体よく断わられるだろうと思いながら、北条民雄を書きたいと答えた。そのときの梅澤氏の言葉を私は忘れない。

「私たち編集者がどんな本を出そうかと考えるとき、現代人のこころに訴えることができる本をつくろうと考えます。もちろん売れるか売れないかについても。北条民雄はたしかに古い時代の人間だし、いまでは忘れられている存在かもしれません。でも、われわれ編集者というのは、じつは時代の嗅覚《きゅうかく》においてきわめて鈍感なのです。たいていは過去の経験で売れるか売れないかを判断するものです。しかし、作家はちがいます。どうしてもこれを書きたいと思うとき、いまの時代にとってその作品が非常に大切で有効なものだと直観しているものです。ぜひ書いてください」

その後、東海教育研究所の月刊誌「望星」の編集長である岡村隆氏から連載のお話を頂戴《ちょうだい》し、北条民雄を書きたいと申し上げたところ即座に快諾を得た。同氏は梅澤氏とまったく同じ理由を口にされた。本書は平成十年四月号から翌年八月号まで十七ヶ月間にわたって「望星」誌に連載した『霖雨《りんう》 北条民雄の生と死』を『火花 北条民雄の生涯』と改題し、大幅な改稿と加筆をおこなって誕生したものである。

連載中は、同誌編集部の石川未紀さんにお世話になった。石川さんは多磨全生園へ行き、資料用の写真を撮り、遅れがちの原稿をじっと待っていてくれた。連載も終わりに近づき、いよいよ本書にとりかかろうとするころ、飛鳥新社にひとりの青年が入社した。山口泰生というその青年は学生時代、多磨全生園に通い、在日韓国朝鮮のハンセン病患者から聞き取り調査をしたこともあるという人物で、北条民雄の一連の作品も読んでいた。資料収集に走りまわり、連載にたいする的確な指摘をしたためたレポートを送ってくれた。年譜と索引の製作者も彼だ。

出版を最終的に決断されたのは、飛鳥新社の土井尚道社長である。本書が同社の創立二十周年記念として出版されることを身にあまる光栄としたい。装幀《そうてい》はかねてから注目していた緒方修一氏にお願いした。版画家の山口真祐氏の素晴しい装画《エッチング》が、民雄と川端、そして友人たちとの交わりの在処《ありか》を静かに語りかけている。

この忘れられた物語をいまに伝える歓《よろこ》びを支えてくださったのは、北条民雄を知る数少ない方々である。いまも多磨全生園で静かに生活を送っておられる東条耿一の実妹、渡辺立子さん。十七歳から八十歳を超えた現在まで人生の大半をこの療養所で送ってこられた渡辺さんは、ときに少女のような笑みを浮かべて若く苦しかった日々のことを語り聞かせてくれた。「同じ痛みを知る人にしか、私たちの痛みはわからないものです」と話されたとき、私はなにも言えなくなった。眼差《まなざ》しの向こうに、民雄と「兄さん」が盆踊りの輪の中で、もつれ合い、笑い合いながら踊る姿が見えるような気がした。

高松宮記念ハンセン病資料館の運営委員である山下道輔氏には、資料収集の面でたいへんお世話になった。渡辺立子さんをご紹介くださったのも山下氏である。昭和十六年に十二歳で療養所の門をくぐった山下氏は、全生学園で光岡良二から教えを受けた人である。

多磨全生園の名誉園長であった大西基四夫氏には、ハンセン病をめぐって総合的なお話を伺い、園内を案内していただいた。多磨盲人会では盲目となられた多くの方々を紹介していただき、一緒にお茶を飲みながら楽しい時を過ごし、『望郷の丘』という貴重な証言録を頂戴した。

「文學界」の編集者であった式場俊三氏には、往時の民雄の生きいきとした姿をはじめ、『いのちの初夜』発表の秘話や川端康成、小林秀雄ら「文士」と呼ばれた作家たちの姿を語っていただきながら、作家と編集者の交わりの典型のような姿をそこに見て、深く教えられた。川端香男里氏にはいくつかの質問をさせていただき、民雄と川端家にまつわる貴重な証言をいただいた。東京創元社の社長をつとめられた秋山孝男氏からは、どのようにして『いのちの初夜』が出版されたのかを伺うことができた。徳島在住の『望郷の日々に北條民雄いしぶみ』の著者、岸文雄氏には連載中から激励のお便りをたびたび頂戴し、本書をまとめる際にも重要なアドバイスをいただいた。民雄の郷里でお世話になった方々にも、この場を借りて深く感謝申し上げるしだいである。

民雄の死後、癩予防法がどうなって行ったかについて簡略にしるしておきたい。民族浄化の名のもと、終生隔離に加えて、癩血統を残さぬために患者に断種手術を強制し、徹底して社会から癩者を罪人のごとく抹殺しようとするこの法律は、戦後になってようやく改正の方向へ進んでいった。すでに民雄が生きていた昭和九年には、京都帝国大学皮膚科特別研究室主任の小笠原登助教授が、癩の極悪性はただ社会が種々の迷信に基づいて、患者とその一族に迫害を加えることこそが極悪なのだと証言していたが、昭和十六年の第十五回癩学会で、小笠原説は世を迷わす異端の説だと学会員全員から袋叩きにされ、小笠原助教授は国賊扱いされた。

戦後になって特効薬のプロミンが出まわるようになり、不治の病でなくなると、患者たちは人間回復の旗印のもとに立ち上がり、昭和二十六年、「全国国立癩療養所患者協議会」（全癩患協）を結成し、自主改正案を議員立法として実現させようと国会に請願をくりかえした。

改正案の内容は、退所基準や外出制限の緩和など、それまでの終生隔離の理念を離れ、一人ひとり人間としてその尊厳を認めてもらおうという至極《しごく》当然のものであったが、ところが光田健輔ほかふたりの療養所長が国会で証言し、改正への動きを覆した。全癩患協が生まれたその年の十一月、光田は参議院厚生委員会で「逃亡罪でも設け、隔離を推進すべし」とまで言い放った。全癩患協は新法反対闘争をくりひろげ、国会へ請願デモをおこなった。第十一章の最後に書いた光岡良二の歌は、このときのデモの姿を詠んだものだ。自主改正案は吹っ飛び、旧法の基本理念を引き継いだ厚生省側の改正案が可決されたのは昭和二十八年。新法の名称は漢字をひらがなに変えただけの「らい予防法」となった。すでにアメリカ合衆国ではハンセン病患者はプロミンによって治癒し、自由に社会のなかで生きていた時代に、日本ではなお旧態依然とした隔離政策がまかり通ることになったのだ。

全癩患協は全国国立療養所ハンセン氏病患者協議会（全患協）と名称をあらため、その後も忍耐強く国会に対して請願運動をつづけた。昭和三十八年にはふたたび政府にたいして改正要求をおこなったが無視され、それから二十年後の昭和五十八年になって、ようやく全国国立ハンセン病療養所所長連盟が法改正の請願書を発表、平成三年には三たび全患協が改正要請書を政府に提出し、国会をはじめとする関係諸団体はやっと重い腰を上げた。平成七年四月、横浜で開かれた第六十八回日本らい学会総会で、らい予防法廃止に関する決議がなされ、同年七月にはついに厚生省に「らい予防法見直し検討会」が設置された。そしてその年の十二月、検討会は「廃止」を提言した。これを受けて厚生省では関係課長が手分けして、十二月中旬から一月上旬にかけて全国十三の療養所に謝罪行脚をおこなった。

厚生省の事務当局はただちに廃止に関する法案作成にはいり、平成八年一月、時の厚生大臣菅直人が全患協代表をはじめとする各支部長に向かって直接謝罪をおこなった。三月二十五日、廃止に関する法案提出の説明理由を国会で述べた菅厚相は、「旧来の疾病像を反映したらい予防法が現に存在し続けたことが、結果としてハンセン病患者、その家族の方々の尊厳を傷つけ、多くの苦しみを与えてきたこと、さらにかつて感染防止の観点から優生手術を受けた患者の方々が多大なる身体的・精神的苦痛を受けたことは、誠に遺憾とするところであり、行政としても陳謝の念と深い反省の意を表する次第であります」と語った。らい予防法が廃止されたのは、それから二日後の三月二十七日だった。法律第十一号として、公布されてから、八十九年という気の遠くなるような歳月が流れていた。

もっとはやく自主改正案を政府が受け容《い》れていたら、ハンセン病患者は高齢化を迎えることもなく、社会復帰の道もひろがっていただろうと思うと、腹立たしく残念でならない。廃止の歴史を詳しく知りたい方は、全患協編『全患協運動史――ハンセン氏病患者のたたかいの記録』（一光社）と、大谷藤郎『らい予防法廃止の歴史』（勁草書房）の二冊を読まれたい。「救癩の父」光田健輔は文化勲章を受け、全患協が改正要求をふたたび突きつけた翌年の昭和三十九年五月十四日、八十八歳でこの世を去った。

その後、民雄の作品がどのようにハンセン病の人びとに読まれていったかについては、全生園の七十年の記録を綴《つづ》った『倶会一処』に、「北条の作品はあまりに暗すぎると言われ、すでに過去の文学だとして、療養所の中では今はまったく読まれない」と書かれている。おそらくその理由は、このまえに置かれてある文に、「彼自身はらい者に『なり切る』

どころか、そのとば口にも立っていない。彼はらい院の中の『異邦人』であり、異邦人の恐ろしく健康な精神と眼をもったままらい院のまん中で生きなければならなかった」とあるように、同じ痛みをもって同病者を見つめる眼差しが民雄には決定的に欠けていたということだろう。

同病者のなかには、自分たちを愚かで醜い存在として描く民雄の筆に、苛立《いらだ》ちや憤りをおぼえた人も数多くいたにちがいない。『望郷の丘』には民雄と同じ時期、山桜出版部で仕事をともにした室岡虎雄という年下の病友の「(民雄は)どこか人を小ばかにしたような、感じの冷たいと言うか、そう言う一面もあって」という回想もあり、あれほど文名を得ながら、死ぬときにはごくひと握りの友人たちにしか見送られなかった理由の一端をそこに見ることができる。川端康成はとっくに民雄の本質を見抜いていて、小説『寒風』のなかでつぎのように書いている。

〈誇大妄想的な自負が故人には絶対必要だった。半面自虐的な反省の強い故人だった。一癩作家を離れて言っても、この二つの心理を人並みより少しく誇張する性癖から、芸術の美は耿々《こうこう》と発するのかもしれなかった。また、実生活では身辺の癩者達の醜さを最も憎悪した故人が、作品の世界では癩者達に最も同情した人であったかもしれなかった。

故人は早く悟り澄ましてあきらめ、われひと共に日向《ひなた》に和《なご》むという人間ではなかった。強い自我を曳《ひ》きずり廻して、いかに生くべきかと探りよろめく人間であった。生臭い醜さが身近の人の鼻を突いたであろう。こういう人間は人を愛そうとして憎む。(中略)安住

とか、円熟とかには、縁の遠い、僻《ひが》み小僧だったのだ〉

それにしても、民雄はあまりに若く死んでいった。「とば口」に立つ時間さえもたらされなかった。いや、ほんとうはそこに立ち尽くしていたのだ。立ちすくみ、癩の子供らに涙した。渡辺立子さんの手をいつまでもさすっていた。そうしたいっさいの感傷をかなぐり捨てた孤高の領土からしか、苛烈《かれつ》なリアリズムは生まれ得なかった。その死から六十年以上過ぎたいま、民雄よりもながく生きている私には、なお民雄の声が胸の奥深く凜《りん》として鳴りやまない。

出来上がった本を手に、多磨全生園を訪ねる日のことをいまは思う。夏空に欅《けやき》や松の緑が高く映え、納骨堂のあたりには線香の匂いがかすかに漂っているだろう。北条民雄、東条耿一、光岡良二、於泉信夫、麓花冷、内田静生、そして文ちゃんの霊前に、この本を捧《ささ》げたい。

髙山文彦

一九九九年七月

語り部の死――文庫版へのあとがき

あと一日か二日もすれば、桜の蕾《つぼみ》も割れる。どうせ今年も花見には行けない。机に向かう毎日だ。

手帳を眺めてため息をついていたら、電話が鳴った。

渡辺立子さんが亡くなったという。

元気にしていると、今年の年賀状には書いてあったので、よろこんでいた。なのに、どうして……。

電話の女性は、私の名前を確認するようにフルネームで二度呼び、

「じつは、さきほど……」

と渡辺さんの死を告げたのだった。

「ほんとうに急だったんです。肺炎になって、ほんとに急に……」

「おいくつでしたか」

「八十六歳でした」

今日はこれからお通夜、告別式はあさって、と女性は言った。私は通夜には行けないが、告別式には行かせていただくと言って、電話を切った。

『火花』は、渡辺立子さんなしには生まれ得なかった作品である。渡辺さんに会ってもらわなければ、平板な作品に終わっていただろう。

この作品が第三十一回大宅壮一ノンフィクション賞を受けたとき、渡辺さんはこころのこもった祝福の手紙を送ってくださった。お礼として私にできたことは、クリスタルの花瓶をお贈りしたことと、ハンセン病資料館の山下道輔さんに、北条民雄関係の資料を寄贈したことくらい。

その後、渡辺さんとは何通か手紙のやりとりをしたが、渡辺さんの文字は以前にも増して大きくしるされるようになり、眼の状態が心配になった。ときどき花瓶に野の花を飾り、眺めているとあった。

私は受賞の報告のために東村山の多磨全生園へ行ったが、納骨堂に線香をあげ、受賞を告げる真新しい帯にくるまれた本を供えただけで、渡辺さんには会わずに帰って来た。かねてお訪ねしたいという話を手紙でしていたが、老いの深まりと顔の状態を気になさり、ためらっておられたのだ。

そして、とうとう一度も会わなかった。

取材をはじめたとき、北条民雄を知る人はいまではひとりも生き残っていないという、愚かな予断を持っていた。ところが、冬のはじめのある日、多磨全生園を訪ねたら、渡辺立子さんという方がいまも生きておられると聞いた。

渡辺さんは、民雄が治療所内で親しくしていた東条耿一の実の妹。私はこころのなかで快哉《かいさい》を叫び、自分の不明を恥じた。とっくに渡辺さんとは出会っていたからである。

　実際にお会いしたわけではない。渡辺さんの著作を読んでいたのである。簡潔な美しい文章で綴《つづ》られた民雄のエピソードに胸うたれていたのだが、著者の名前が「津田せつ子」となっていた。だから私が会いたかったのは、津田せつ子という人で、まさか渡辺さんと同一人物であると思わなかった。

　ところが、ハンセン病を患った方々は、おしなべて若くして亡くなっている。民雄の死を病友たちと看取《みと》った津田さんが、この世におられるはずがないと思い込んでいた。

　教えてくれたのは、山下道輔氏。渡辺さんは体調が優れないので、ひと冬越すまでお待ちになったほうがよろしいかも、と気づかう山下さんに、私は渡辺さんへの手紙を託し、春が来るのを待った。

　面会が叶《かな》ったのは、あくる年の三月半ば。桜には、まだ間があった。都心からずいぶん離れた武蔵野《むさしの》台地には、梅の花が咲きそろっていたが、冷たい風が吹き抜けていた。

　四畳半の小さな部屋に上げてもらい、二時間、お話をうかがった。

　それまで四国にある民雄の故郷や、民雄を担当した編集者を訪ね、いろんな資料にも当たってきたが、渡辺さんの回想に耳を傾けてはじめて、生身の民雄を「見た」と思った。

　ものを書く人間の、これは特権的体験というものかもしれない。

　学生時代から北条民雄を書きたいと思いながら、作家の取材スタッフをするようになって、あまりの忙しさに民雄のことなど忘れてしまっていた。

荻窪《おぎくぼ》の古本屋になんの気なくはいり、ふと立ち止まった正面の棚に、絶版となっている光岡良二の『いのちの火影』を見たときの、あの胸をわしづかみにされたような感動。

「なにをやっているんだ。おまえが書くんだぞ。とっとと持っていけ」

はげしく肩を揺さぶられ、同病の友人が鎮魂の思いで書いたその北条伝を、ひったくるようにして一目散にレジへ向かった。

ページをめくるのももどかしく、喫茶店でむさぼり読みながら、「書いてくれえ、書いてくれえ」と、民雄の魂を抱きかかえた自分の声が叫んでいた。

あれから何年の月日が流れたのか。『いのちの火影』を手にしたのは三十三歳の秋。渡辺さんにお会いしたのは、三十九歳になったばかりの春のことだった。

ついでにもうひとつ自分の不明を述べておけば、『いのちの火影』を著した光岡さんも、私が全生園に通いはじめたころには生きておられたのだ。そうとは考えもしなかった。

数年して山下さんにお目にかかったとき、光岡さんは一年まえに亡くなったと教えられ、肩から力が抜けた。

渡辺さんは、民雄のことをよくおぼえておられた。まるで昨日のことのように、ときにふっとさびしげに笑い、ときに涙を浮かべながら、二時間、少しの疲れも見せず、お話しになった。

民雄が息をひきとった真冬の午後、川端康成が鎌倉から療養所を訪ねてくる。その川端の姿が、渡辺さんによって語りはじめられると、しんと冷えた霊安所の畳のざらついた感触まで、足裏に伝わってくるようだった。

話を聞き終えたとき、『火花』の序章と終章をどうするかが決まった。作品全体の構成が、一瞬にして見えたのだった。

序章と終章には、筆者である私の視点はいっさい差し挟まず、渡辺さんの一人称の語りで綴ろうと思った。いまもなお厳として生きておられる語り部《かたりべ》として、六十年以上もまえにこの世を去った民雄と、その民雄を忘れてしまった現代とをつなぐ、一本の細い、しかし確かな声だ。

私には、いまもこころに深く刻まれた、ある出来事がある。渡辺さんの話が終わりに近づいたころ、恐れていたひとことを投げつけられたのだ。

「同じ痛みを知る人にしか、私たちの痛みはわからないものです」

肋骨《ろっこつ》の裏側をほじくり返されるような、いやな痛みが走った。自分たちの痛みを知らぬ者に、北条民雄など書けるわけがない、と突き放されたような気がした。

言われなくたって、自分でも考え抜いてきたことだ。「ハンセン病になりたい」と家内に口走ったことがある。けれども、たとえなったところで、いまでは簡単に快癒する病。不治とされ、忌み嫌われていた時代の痛みなど、知れるはずもない。

渡辺さんと別れたあと、私はあてもなく園内をさまよい歩いた。民雄がたびたびのぼった望郷の丘へ行き、気のすむまで草や木や花を見ているうち、痛みなどわからなくていい、と乱暴に吐き捨てていた。

わかったら、書けぬ。わかれば、書く必要などない。自分には到底わかり得ないということが、償いがたい痛みのすべてだった。

渡辺さんの葬儀は、民雄と同じようにカトリック式でおこなわれた。いくつかの聖歌が歌われ、献花があり、やがて柩《ひつぎ》は花で飾られた。すっかり痩《や》せ衰えた渡辺さんの死に顔には、死者のやすらぎと苦痛とが、混ざり合うようにして残っていた。私は見ているのがつらかった。

家を出るまで『火花』を柩におさめさせてもらおうと考えていたが、靴をはこうとして下駄《げた》箱の上に置いてきた。渡辺さんといっしょに、民雄や東条、光岡といったあの世の人たちに届いてほしいという甘い願いは、ひとりよがりの慰めというものだ。

出棺を見送って、あの日のように園内を歩きまわり、望郷の丘にのぼってみると、桜の蕾が弾けそうなくらいふくらんでいる。

「あと一日か二日だなあ」

と私は同行の編集者に言った。

これで民雄を知る人は、ひとりもいなくなった。

私は不思議な情緒にとり憑《つ》かれていた。

『火花』に羽が生え、飛び立っていくような気がした。

二〇〇三年六月

高山文彦

解　説――いのちと響き合う言葉――

柳田邦男

高山文彦さんの渾身《こんしん》の作と言うべき『火花　北条民雄の生涯』を読み返して、《言葉は凄《すご》い》とあらためて思った。

私はこのところずっと、いのちと言葉について考えてきた。何を書くにしても、「いのちと言葉」というテーマが、通奏低音のようにものを考える意識の底流になっていた。そのテーマ意識は、少し具体的な表現にするなら、「いのちと響き合う言葉」「いのちを映す言葉」「言葉が生み出されるところ」「死が生み出すいのちの言葉」など、状況の渦と切り離すことのできない言葉の本質への関心あるいは傾倒ということになろうか。つまり言葉と言っても、辞書に並べられた単語としての言葉でもなければ、辞書で説明された無色無味の意味に束縛された言葉でもない。文脈のなかで息づいている言葉、人間の実存を映し出している言葉だ。

ハンセン病のために隔離され疎外され、二十三歳で夭折《ようせつ》した小説家・北条民雄の代表作であり、『火花』のなかでも何度か引用される「いのちの初夜」に、次の文章がある。先輩格の患者が新入患者である主人公に語る言葉の一部だ。

〈「あの人たち（＝ハンセン病患者たち）の『人間』はもう死んで亡《ほろ》びてしまったんです。ただ、生命だけがびくびくと生きているのです。なんという根強さでしょう。誰でも癩《らい》になった刹那《せつな》に、その人の人間は亡びるのです。……〉（傍点・柳田）

当時の社会では、ハンセン病になったとたんに、家族関係からも地域からも排斥され、社会的存在としての人間は抹消されてしまう。しかも、病気の進行によって、肉体は崩れて感覚器官も失われていく。まさに、〈生命だけがびくびくと生きている〉状態になっていることを、北条民雄はみごとに表現している。〈びくびくと〉という形容語が、情景と本質を生なましく表現する決め手になっている。と言っても、この一語が単独で決定的な意味を表現しているかというと、そうではない。やはり重要なのは文脈のなかにあっての言葉の響きなのだ。

私は、北条民雄とその作品について、ほとんど知らなかった。若い頃からの読書歴のなかで、なぜかスッポ抜けていたと言ってよい。私はさまざまな小説家の作品をまんべんなく漁《あさ》るという読み方をしないので、作品との出会いのチャンスを失したとしか言いようがない。

『火花』を読んではじめて（六十代半ばを過ぎて！）、北条民雄の短くも激烈な人生を知り、その作品に強く引かれたのだ。それほど『火花』は綿密な取材と緻密《ちみつ》な構成によって、読む者をまず著者である高山さんの世界に引きずりこみ、読み進むうちに、主人公である北条民雄に（故人であるにもかかわらず）対面させてしまう力の漲《みなぎ》った作品だ。

それで、「いのちと言葉」の問題になるのだが、髙山さんによる北条民雄の人生と作品の読みこみは、なかなかに深い。北条民雄はこの世に生きたのはわずか二十三年、しかも小説などの執筆活動をしたのは、十九歳の後半から死までの三年半の期間でしかない。伝記あるいは評伝を書くにしては、あまりに短い生涯だったし、資料類も少ない。それでも『火花』は、北条民雄の生き様を密度の濃い伝記に仕上げている。

小説家の伝記だから、その作品からの引用が多くなるのは避けられない。ところが、読んでいると、北条民雄の文章はもとより、川端康成など関係者たちの文章も、すべて髙山さんの文脈のなかに溶けこんでいて、なめらかに読めてしまう。伝記を書く作家の文章が粗くなって、引用文のパッチワークを作るだけといった作品が少なくないが、『火花』の文章には、そういう粗さがない。それは、髙山さんが北条民雄に引きつけられたきっかけと向き合う姿勢の熱っぽさによるものだと思うが、そのことについては後で書くことにして、ここではまず、『火花』を読んで考えさせられたいろいろな事柄のうち、(1)死が生み出す言葉の豊饒《ほうじょう》さについてと、(2)自らは死にゆくのに他者の生を支えることさえする病者・死者の言葉の力について、述べておきたい。

(1)死が生み出す言葉の豊饒さについて。

人はなぜ書くのか。その動機は人によってまちまちであり、星の数ほどもあるだろう。平凡な日常において書くもの――日記であれ詩歌や小説であれ――それらは、書くのが好きだからとか、趣味としてとか、記録しておきたいからとか、そういったあまり緊迫感のない動機のものが多い。それはそれで結構なことだが、人がいったん厳しい病気に襲われたり、重大な怪我《けが》によって重い障害を背負ったり、死が避けられない状態に陥ったりすると、書く動機が極めて緊迫感に満ちたものになってくる。

私はこの二十数年間に、積極的に闘病記の類《たぐい》を収集し読んできた。そこから知ったのは、がんが進行して死を意識せざるを得ない状態になってくると、自分が他者の誰でもない自分として生きていることを確認するために、あるいは自分がこの世に生きた証《あか》しを残すために、日記や闘病記を猛烈なエネルギーで書き始めるということだった。そのような状態のなかから生まれてくる言葉や文章は、たとえたどたどしかったり拙《つたな》かったりしても、いのちの息づかいや魂の響きを感じさせるものになっているのだ。

北条民雄の場合は、そのことを自分でわかっていて、明確に言語化して表現している。高山さんは、そういう局面をしっかりとおさえている。

民雄は「いのちの初夜」を書き上げた直後の高揚した気持で、川端康成宛の手紙のなかで、こう書いた。

〈(この作品は)《ママ》書かねばならないものでした。……僕には、生涯忘れることのできない恐ろしい気憶です。……僕には、何よりも、生きるか死ぬか、この問題が大切だったのです。……〉

さらに、作品構想用のメモには、

〈俺は俺の苦痛を信ずる。如何《いか》なる論理も思想も信ずるに足りぬ。ただこの苦痛のみが人間を再建するのだ。〉

と凄《すさま》じい言葉を書き、インタビューに来た精神科医・式場隆三郎に対しては、

〈「もう根本問題は解決しました。これからは生きることは書くこと、そう決めました」〉と語っている。

逆境こそが、人間が密度の濃い真の「生」を生きる条件と言おうか。このパラドックスを生きているのが人間の業なのかもしれない。そして、そのパラドックスの究極が、人間は死を前にしてはじめて本当の「生」に気づき、それゆえに死を前にした言葉がいのちの叫びとも言うべき緊迫感に満ちたものになってくるということなのではないか。

(2)自らは死にゆくのに他者の生を支えることさえする病者・死者の言葉の力について。

まだ三十代だった川端康成は、北条民雄の発掘者であっただけでなく、民雄が小説を書き続けるのを支援し、民雄の死に際しては、その日のうちに隔離施設の全生病院に弔問に駆けつけた。多くのハンセン病患者は死して後、肉親が遺骨さえ引き取りに来ない例が多いほど疎外されていたのに、川端は駆けつけたのだ。この友情の存在を、私ははじめて知った。

しかし、さらに深く考えるなら、川端は若き民雄を励まし助言しながら、実は、この世の悲惨の極致に生きている民雄の生き様と作品から、文学の本質を考える動機と自らの創作のエネルギーとをもらっていたに違いない。川端がそのことをどこまで意識していたか

はわからないが、『火花』で描き出された川端の言葉と行動から察すると、私にはそう思えるのだ。

川端が民雄との交流をあまり小説化しないで書いた作品「寒風」から、高山さんは次の文章を引用している。

〈この青年達は、文学というものの一つの象徴ではないかと思われて来た。〉

〈文学が日常私達にあるよりも、この人達には必死と純粋とにあるように感じられた。この人達を前にして私の自省で、文学の厳粛な姿と対面しているようだった。〉

死と向き合う人が遺《のこ》した言葉や作品が、新たな闘病者や苦悩する若者などに、生きようとする意思や、意味のある生き方への思索と決意をもたらすということは、しばしば手記などで出会うエピソードだ。死は決してネガティブな側面だけでなく、生きる者への根源的なメッセージとエネルギーを提供するポジティブな側面を持っていることに気づくべきだろう。その意味で、『火花』からは離れるが、「いのちの初夜」をめぐるもう一つのエピソードを書いておきたい。

そのエピソードとは、最近、戦前生まれの私と同じ世代で、唯々《ただただ》驚嘆するばかりの人生を歩んだ一人の重度障害者の手記を読んで知ったものだ。死に向き合って書かれた一篇の文学作品がこれほどまでに人の人生に決定的な影響を与えるのかと、「書くこと」と「読むこと」の繋《つなが》りの重みを、その手記からいまさらながら感じたのだ。

一篇の文学作品とは、北条民雄の「いのちの初夜」だった。

そして、一人の障害者とは、大阪市に住む六十代半ばの藤野高明《たかあき》さんだ。福岡市で生まれ育った藤野さんは、戦後間もなく、小学校二年生の七歳の夏、自宅近くの小川の岸に捨ててあった小さなパイプ状の不発弾を危険物と知らずに拾い集めて持ち帰った。そして、きれいにして遊ぼうと内部に残っているものを掻《か》き出そうとしているうちに爆発し、一瞬にして両眼と両手を奪われてしまった。それ以外の身体に大きな怪我はなかったので、両親は治療を終えたわが子を盲学校に入学させようとした。しかし、当時の盲学校は、両手がなければ点字が読めないし、教育を受けても按摩《あんま》や鍼灸《しんきゅう》ができないという理由で、受け入れを拒否した。

藤野少年は、それから二十歳になるまでのかけがえのない成長期の十三年間、日数にすると実に四千数百日を、公的な教育機関からも療育施設からも捨て置かれたに等しい状態で、家で過ごした。

決定的な転機をもたらしたのは、開眼手術を試みるために入院していた大阪の病院での一人の看護婦Kさんとの出会いだった。Kさんは街や野山の風景を見ることも本を読むこともできない藤野さんを可哀そうに思い、勤務時間外に病室でいろいろな本を読んでくれた。その一冊が北条民雄の「いのちの初夜」だったのだ。

藤野さんがとくに心を打たれたのは、ハンセン病患者のなかには、病気の進行によって、視力ばかりか手指まで失っても、唇や舌先を使って点字を読む人がいるというところだった。ハンセン病患者の壮絶な生きる姿勢に、藤野さんははじめ、《ほんとうだろうか》と信じられない気持だった。しかし、心の渇きのなかで日々を過ごすうちに、《ひょっとすると、自分も唇で点字が読めるようになるかもしれない》と考えるようになった。

藤野さんは病院で友達になった盲学校の生徒から点字を習った。はじめは点字の書かれた紙に唇をあてても、ただザラザラと感じるだけで、点字を解読することは全くできなかった。それでも倦《う》むことなく練習を続けると、断片的ながら文字を拾うことができるようになり、さらに訓練を続けると、文字が連なって言葉になり、文章となって理解できるようになった。その時のことを、藤野さんは手記のなかで、「継続は力でした」「文字の獲得は光の獲得でした」と書いている。何と力強くすばらしい言葉だろうと、私は打ち震えるほど感動して読んだ。

点字を書くのを覚えるのも、大変な苦労だった。かろうじて残った両腕で点筆をはさみ、背中をこごめて、点字板にポッポッと穴をうがっていく。長い時間をかけても、簡単な文章を書くのがやっとだった。それでも文章で自分のことを表現できるのは、喜びだった。

それからというもの、藤野さんは猛然と学習意欲を燃やし、二十歳で大阪の盲学校の中学二年のクラスに入り、やがて日本大学通信教育部に進み、三十二歳で大学を卒業するとともに教員免許を取得。数々の差別の壁にぶつかりながら、ついに盲学校高等部の教師となって三十年間勤務し、二〇〇二年に定年を迎えた。人生を振り返っての手記は、退職を記念して書いたものだ。（藤野さんの手記「人と時代に恵まれて」は、NHK厚生文化事業団編『第37回NHK障害福祉賞実践記録入選集』に収録されている。）

ここでは、藤野さんの人生の歩みを簡単に年譜的に書いたけれど、現実の歳月は、大学入学の壁を破って入学許可を手にするまでの苦闘一つをとってみても、教員免許を古い差別的な条件を打ち破って取得するまでや、教師として正規に採用されるまでの長い交渉の労苦をみても、並大抵のエネルギーではとてもできない経過があった。藤野さんはどんなに厚い壁があっても、くじけずあきらめずに、年月をかけ、ねばり強く挑戦を続けたのだ。絶望したり投げ出したりということを、全く知らないかのような生き方だった。

このような生き方を知ると、いつも私の脳裏に浮かんでくるのは、第二次大戦中にナチスドイツによるユダヤ人強制収容所での苛《か》酷《こく》な日々を生き延びたオーストリアの精神医学者ビクトル・フランクルが『夜と霧』のなかで語っている言葉だ。それは、命が助かる可能性など全くない状況下にあって、絶望に陥らない唯一の道は、生きていることの意味について問う観点を一八〇度転換しなければならないという次のような言葉だ。

〈人生から何をわれわれはまだ期待できるかが問題なのではなくて、むしろ人生が何をわれわれから期待しているかが問題なのである。〉

つまり、人生が何かいいことを用意してくれているかもしれないなどという受け身の甘い考えしか持てないようでは、先がない人生には絶望しかない。しかし、自分が避けられない死への限られた時間と最悪の状況下に置かれていても、自分なりに何かを為《な》して人生の歩みに創造的な何かを加えようとするならば、精神的に崩れることもなく最後まで生き抜けるというのだ。フランクルは暴虐と飢えと衰弱のなかで、そう気づいたという。

両眼と両手を奪われ、大事な少年時代に十三年間も社会から疎外され放置されていた藤野さんの、点字を獲得してからの生き方を見ると、人生から何かを恵んでもらうといった受け身の生き方でなく、人生からの問いかけに対し、毎日毎日精一杯の行為によって自分の回答を出していったと言うべき生き方だった。まさに人生の開拓者だ。

そして、藤野さんの人生を「開拓者」になるべく大転換させるきっかけをつくったのが、看護婦Kさんが読んでくれた北条民雄の「いのちの初夜」との出会いだったのだ。Kさんは患者に対し身体的ケアの仕事をしているだけでよしとすることなく、若くして両眼・両手を失って何もできないでいた藤野さんに対し、心の飢えを少しでも癒《いや》してあげようと、ベッドサイドで本の読み聞かせをしたのだろう。何とやさしい心の持ち主であることか。しかも、「いのちの初夜」を選んだとは、Kさんはかなり本好きだったに違いない。

藤野さんは、「いのちの初夜」でハンセン病患者が唇や舌先を使って点字を読むという事実に心を動かされたのだが、もし単に点字の読み方のノウハウが無味乾燥に書かれているだけの教本であったなら、藤野さんは両手のない自分の悪条件を先に考えて、「もしかして自分にもできるのでは」と思うようになるほどには、心を動かされなかっただろう。やはり、北条民雄がハンセン病患者の隔離施設に入り強烈な疎外感と衝撃に襲われた体験を民雄ならではの文学的に研ぎ澄まされた言葉で綴《つづ》った小説の文脈のなかで、進行したハンセン病患者の姿に接したからこそ、胸に迫る感慨を抱いたに違いない。民雄もまた、絶望して然《しか》るべき境遇にあってなお、「書く」ことによって人生に回答を出そうとしていたからこそ、その文脈のなかの言葉が藤野さんを揺さぶったに違いない。私にはそう思えてならない。目の見えない暗黒の世界で想像した、ハンセン病患者が懸命に唇や舌先で点字を読む情景は、健常者が想像するよりはるかに衝撃的だっただろう。

一冊の本が一人の人生に決定的な影響を与えたというエピソードは多い。だが、「いのちの初夜」が重度障害ゆえに感覚的にも精神的にも十三年間も深い闇の底で逼塞《ひっそく》を強いられていた一人の若者を、突然「光の獲得」と自ら言い切るほどの方向へ再生させる力を発揮したこのエピソードほど、言葉の力の凄《すご》さを感じた例を、私は他には知らない。

『火花』に戻ろう。

髙山さんもまた、北条民雄の「いのちの初夜」に取りこまれ、自らの人生を拓《ひら》いた一人と言えるだろう。「あとがき」によれば、学生時代に学生運動に身を投じ、学生会館の地下室に立てこもっていた時に、どういう経緯によってか、たまたまその辺にあった「いのちの初夜」を読んだのだという。そして、あの〈ただ、生命だけがびくびくと生きているのです。〉という一節にたどり着いた時、一瞬にしてなにもかもが無化されたような気分になったというのだ。そして、こう書いている。

〈民雄は癩の悲劇を語ろうとしていたけれども、私が彼のメッセージから受けとめたのは、じつに単純で冷厳な生命肯定の大いなる讃歌だった。〉

それから二十年以上経った一九九九年に、『火花』は単行本として書き上げられた。時代状況は大きく変わったけれど、『火花』の熱い文章は、高山さんが「いのちの初夜」に接した時に電撃に打たれたように感得した「いのちを見る眼」の熱気が少しもさめていないことを示している。死者が言葉にこめて遺《のこ》した「いのちの讃歌」を、このようにしていまの時代に生きる世代のために甦《よみがえ》らせた『火花』の意義を高く評価したい。

《主要参考文献》

執筆にあたって参考にした文献を、感謝の意とともに以下に掲げます。

1 北条民雄関係

北条民雄『定本 北條民雄全集』上下巻（昭和五十五年）東京創元社
北条民雄『定本 北條民雄全集』上下巻（平成八年九月）創元ライブラリ
北条民雄『いのちの初夜』（昭和十一年）創元社
北条民雄『いのちの初夜』（昭和六十二年十一月改版）角川文庫
光岡良二『いのちの火影』（昭和四十五年）新潮社
光岡良二『北条民雄――いのちの火影』（昭和五十六年）沖積舎
岸文雄『望郷の日々に 北條民雄いしぶみ』（昭和五十五年）徳島県教育印刷
津田せつ子『曼珠沙華』（昭和五十六年）渡辺立子
式場俊三『原稿二つ』（「文學界」昭和五十八年十一月号）
中村光夫『癩者の復活』（「文藝春秋」昭和十一年十一月号）
中村光夫編『北條民雄集』（昭和二十九年）新潮文庫
五十嵐康夫『幻の作家北条民雄』（「人物評論」昭和四十八年五月号）
五十嵐康夫『三十代の川端康成』（「経済往来」平成三年三月～八月号）
式場隆三郎『脳内反射鏡』（「中央公論」昭和十二年三月号）
式場隆三郎編『望郷歌 癩文学集』（昭和十四年）山雅房

2 川端康成関係

『川端康成全集』全三十五巻・補巻二巻（昭和五十五～五十九年）新潮社
川端康成『水晶幻想／禽獣』（平成四年）講談社文芸文庫
川端康成『続私小説的文芸批評 「いのちの初夜」に就て』（「文學界」昭和十一年二月号）
川端康成『文學界賞第二回授賞発表 推薦者の言葉』（「文學界」昭和十一年三月号）
川端康成『芥川賞予選記』（「文學界」昭和十一年九月号）
川端康成『追悼記序』（「文學界」昭和十三年二月号）
川端康成『北條民雄の遺稿に就て』（「文學界」昭和十三年三月号）
川端秀子『川端康成とともに』（昭和五十八年）新潮社
羽鳥徹哉『川端康成伝』（『川端康成研究叢書』第一巻・昭和五十一年）教育出版センター
羽鳥徹哉『作家 川端の基底』（昭和五十四年）教育出版センター
三枝康高『川端康成・隠された真実』（昭和五十四年）新有堂
『川端康成読本』（「新潮」臨時増刊・昭和四十七年六月号）
『文芸読本 川端康成』（平成元年）河出書房新社
『群像日本の作家13 川端康成』（平成三年）小学館
『新潮日本文学アルバム16 川端康成』（昭和五十九年）新潮社
『〈人と文学シリーズ〉現代日本文学アルバム 川端康成』

（昭和五十五年）学習研究社
『新潮日本文学アルバム43　横光利一』（平成六年）新潮社

3　ハンセン病・全生病院関係

多磨全生園患者自治会編『倶会一処　患者が綴る全生園の七十年』（昭和五十四年）一光社
多磨盲人会編『望郷の丘　多磨盲人会創立20周年記念誌』（昭和五十四年）多磨盲人会
桜沢房義著・三輪照峰編『全生今昔』非売品
山本俊一『日本らい史』（平成五年）東京大学出版会
大谷藤郎『らい予防法廃止の歴史　愛は打ち克ち　城壁崩れ落ちぬ』（平成八年）勁草書房
大谷藤郎『現代のスティグマ　ハンセン病・精神病・エイズ・難病の艱難』（平成五年）勁草書房
武田徹『「隔離」という病　近代日本の医療空間』（平成九年）講談社選書メチエ
澤野雅樹『癩者の生　文明開化の条件としての』（平成六年）青弓社
網脇龍妙『網脇龍妙遺稿集』（昭和五十一年）深敬園
光田健輔『回春病室』（昭和二十五年）朝日新聞社
光田健輔『愛生園日記』（昭和三十三年）毎日新聞社
藤楓協会編『光田健輔と日本のらい予防事業――らい予防法五十周年記念』（昭和三十三年）藤楓協会
内田守『光田健輔』（昭和四十六年）吉川弘文館
小川正子『小島の春』（昭和五十六年）長崎出版
藤野豊『日本ファシズムと医療』（平成五年）岩波書店
藤野豊編『歴史の中の「癩者」』（平成八年）ゆみる出版
荒井英子『ハンセン病とキリスト教』（平成八年）岩波書店
猪野謙二『明治の作家』（昭和四十一年）岩波書店
瓜谷修治『ヒイラギの檻　20世紀を狂奔した国家と市民の墓標』（平成十年）三五館
ジュリア・ボイド『ハンナ・リデル　ハンセン病救済に捧げた一生』（吉川明希訳・平成七年）日本経済新聞社
『旧約聖書』（三十年改訳）日本聖書協会
中沢洽樹『ヨブ記のモチーフ』（昭和五十三年）山本書店
林富美子『野に咲くベロニカ』（昭和六十一年）聖山社
大西基四夫『まなざし　その二――癩に耐え抜いた人々――』（平成三年）みずき書房
山形孝夫『聖書の奇跡物語　治癒神イエスの誕生』（平成三年）朝日文庫

4　文學界・文圃堂関係

野々上慶一『さまざまな追想　文士というさむらいたち』（昭和六十年）文藝春秋
野々上慶一『高級な友情』（平成元年）小沢書店
野々上慶一『文圃堂こぼれ話』（平成十年）小沢書店
野々上慶一『編輯室は四畳半』（「文學界」昭和五十八年十一月号）
高見順『昭和文学盛衰史』（昭和四十二年）角川文庫
瀬沼茂樹『昭和の文学』（昭和二十九年）河出文庫

5　世相関係

昭和史研究会編『昭和史事典』（昭和五十九年）講談社
加藤秀俊・加太こうじ・岩崎爾郎・後藤総一郎『明治・大正・昭和世相史』（昭和六十年）社会思想社

《関連略年譜》

	大正3年 1914年 0歳	大正4年 1915年 1歳	大正5年 1916年 2歳	6年 3歳
北条民雄（全生病院）	9月22日 陸軍経理部配属の軍人を父に、朝鮮京城府（現在のソウル）で生まれる。三つちがいの兄がいた。	4月 全生病院（明治四十二年開院、現在の多磨全生園）で、断種手術を条件に院内結婚が認められる。初回希望者三〇名。 7月 母の急病死により、両親の郷里徳島県那賀郡に暮らす母方の祖父母にあずけられる。	夏 全生病院に監禁室が設置される。	年初 父が退役によって帰郷、父と継母に引きとられる。
川端康成・本書関係者	5月 川端康成（十五歳）大阪府西成郡（現在の東淀川区）の亡き母の実家に引きとられる。	1月 川端、茨木中学の寄宿舎に入り、文芸書を濫読。		3月21日 川端、茨木中学を卒業して上京、ドストエフスキーに一時傾
日本・世界	7月28日 第一次世界大戦勃発。八月二十三日、日本もドイツに宣戦布告し、ドイツ植民地を次々と占領。	1月18日 中国大総統袁世凱に「二十一ヵ条の要求」を提出。	7月3日 第四回日露協約（対中国相互軍事援助協約）、秘密裏に調印。	3月 ロシアでケレンスキーらがロマノフ王朝を滅亡させる（ロシア二

	北条民雄（全生病院）	川端康成・本書関係者	日本・世界
大正 1917年	11月　イギリス人宣教師コンウォール・リーが草津湯之沢に、私立聖バルナバ医院設立。	倒する。 9月　川端、第一高等学校に入学。	月革命）。 11月　ロシアでボリシェビキが蜂起、ソビエト政権樹立を宣言（ロシア十月革命）。
大正7年 1918年 4歳		10月　川端、初めて伊豆へ旅行し『湯ヶ島での思ひ出』を書きはじめる。	8月2日　シベリア出兵宣言、翌日には富山で米騒動がおこる。 11月11日　ドイツが休戦協約に調印、第一次世界大戦終結。
大正8年 1919年 5歳	3月8日　全生病院で、ガリ版刷り文芸誌「山桜」が創刊。	6月号　川端『ちよ』（「校友会雑誌」）。	6月28日　ベルサイユ講和条約調印。
大正9年 1920年 6歳		7月　川端、東京帝国大学入学。 秋　川端、菊池寛を訪ねて「新思潮」継承の諒解を得る。	6月　マルクス『資本論』（高畠素之訳）刊行開始。 11月25日　呉海軍工廠で大型戦艦「長門」竣工。
大正10年 1921年 7歳	4月　郷里の尋常高等小学校尋常科に入学。	4月号　川端『招魂祭一景』（「新思潮」）。 10月　川端、伊藤初代と婚約するが、間を置かず破談。	7月1日　上海で中国共産党創立大会。 11月4日　原敬首相、東京駅で刺殺される。

大正 11 年 1922 年　8 歳		2月1日　川端が「時事新報」に初の批評記事、『今月の創作界』（～21日）の連載。	7月15日　非合法で日本共産党結成（委員長堺利彦）。
大正 12 年 1923 年　9 歳		1月　菊池寛、「文藝春秋」を創刊。 8月号　横光利一『マルクスの審判』（「新潮」）。	1月　フランス軍がドイツのルール地方を占領。 9月1日　関東大震災が起こり、翌日戒厳令公布。
大正 13 年 1924 年　10 歳		3月　川端、東京帝国大学を卒業。 10月　川端、横光らが同人となり「文藝時代」を創刊。	1月　大阪朝日、大阪毎日両新聞が部数百万突破を宣伝。 11月24日　孫文が神戸で「大アジア主義」を演説し、日本に警告。
大正 14 年 1925 年　11 歳	※この年　野球をはじめる。	8月号　川端『青い海黒い海』（「文藝時代」）。 11月号　葉山嘉樹『淫売婦』（「文藝戦線」）。 ※この年　横光、プロレタリア文学を仮想敵とする旨公表。	3月2日　普通選挙法可決。 3月7日　治安維持法可決。 11月7日　蓑田胸喜らが「原理日本」を創刊。 12月6日　日本プロレタリア文学連盟結成。

	北条民雄（全生病院）	川端康成・本書関係者	日本・世界
大正15・昭和元年 1926年 12歳		6月 川端、処女作品集『感情装飾』を金星堂より刊行。 10月 葉山嘉樹『海に生くる人々』刊。	7月9日 蔣介石が国民革命軍総司令となり北伐を開始。 12月25日 天皇死去、裕仁が天皇となり昭和と改元。
昭和2年 1927年 13歳	4月 同小学校高等科に進む。	3月 川端『伊豆の踊子』刊。	3月 金融恐慌はじまる。
昭和3年 1928年 14歳	※この年 兄が肺結核で入院。 ※この年 麓花冷、山桜出版部に入る。	5月号 川端『死者の書』(『文藝春秋』)。	3月15日 共産党員及びシンパらの一斉検挙(三・一五事件)。 3月25日 全日本無産者芸術連盟(ナップ)結成、五月「戦旗」創刊。
昭和4年 1929年 15歳	3月 高等科卒業。 3月15日 山本宣治、渡辺政之輔合同労農葬に参加。 4月6日 上京。その後、日本橋の薬問屋や亀戸の工場などで働き、夜間学校にも通う。 ※この年 小林多喜二『不在地主』に強い影響を受ける。	9月17日 川端、上野桜木町に転居、浅草のレビュー劇場に足繁く通う。 12月 川端、『浅草紅団』(『東京朝日新聞』)の連載開始。	3月21日 初の全国麻雀大会が東京で開催。 4月 映画〈大学は出たけれど〉封切、監督小津安二郎。 10月24日 ニューヨーク株式市場大暴落、世界恐慌へ。

昭和5年 1930年 16歳	昭和6年 1931年 17歳	昭和7年 1932年 18歳
春 ハンセン病の兆候が現れる。 **5月** 「山桜」が活版印刷となる。 **11月** 日本初の国立癩療養所、長島愛生園開園。	**3月18日** 癩予防協会設立、会頭渋沢栄一。 **4月** 明治四十年制定の法律第十一号を改正した「癩予防法」公布。 **夏** 城東区亀戸町（現在の江東区）に転居。 **秋** 全生病院の累計死亡者数、千九十人。 **11月9日** 兄危篤の報を受け帰郷。	**2月23日** 友人を伴い、家族に無断で上京。 **3月3日** 日立製作所亀戸工場の臨時工員となる。 **4月下旬** 徳島の実家に帰る。 **6月** 葉山嘉樹に文学志望の手紙を書き返事をもらう。 **9月頃** 友人らとプロレタリア文学同人誌「黒潮」を創刊、短編『サデ
6月 川端、ソビエト潜行前の蔵原惟人をかくまう。 **9月号** 横光『機械』（「改造」）。 **10月** ランボオ『地獄の季節』（小林秀雄訳）刊。	**1月号** 川端『水晶幻想』（「改造」）。 **春** 野々上慶一が文圃堂を起こす。 **12月** 川端、五年間同棲していた松林秀子と入籍。	**2月号** 川端『抒情歌』（「中央公論」）。 **4月号** 中村光夫『プロレタリア文学当面の諸問題』（「集団」）。 **5月号** 川端『それを見た人達』（「改造」）。 **夏頃** 川端、小鳥に凝り始め、多くの種類を飼う。 **※この年** 葉山嘉樹が中心となり、
6月 大阪のカフェーが東京進出、濃厚サービスで大人気に。 **10月3日** 映画〈旗本退屈男〉封切、以後「退屈男」シリーズに。	**1月号** 田河水泡が「少年倶楽部」に『のらくろ二等卒』の連載をはじめる。 **3月** 大川周明、桜会将校らが軍部クーデターを企てる（三月事件）。 **6月28日** 黒龍会を中心に、大日本生産党結成（総裁内田良平）。 **9月18日** 満州事変勃発。 **12月13日** 蔵相に高橋是清就任、高橋財政はじまる。	**2月9日** 前蔵相井上準之助、血盟団員に射殺される。 **3月1日** 満州国建国宣言。 **3月5日** 三井合名理事長団琢磨、血盟団員に射殺される。 **5月14日** チャップリン来日。 **5月15日** 海軍青年将校、陸軍士官学校生ら、犬養毅首相を射殺（五・一五事件）。

	昭和7年 1932年 18歳	昭和8年 1933年 19歳	昭和9年 1934年 20歳
北条民雄（全生病院）	イストと蟻』を掲載するが警察に回収され、次号をまたず廃刊。 **10月** 家族と別居。 **11月** 十七歳の遠縁の女性と結婚。	**2月** 足の麻痺をはっきりと自覚、ハンセン病の疑いが強まるなか、妻と別離。 **3月** 徳島市の病院でハンセン病の告知を受ける。 **春** 東条耿一、満二十歳で全生病院に入院。同年妹も入院。 **6月25日** 第一回全国「癩予防デー」。 **11月** 三度目の上京、蒲田区大崎（現在の品川区）の従兄宅寄寓、その後亀戸の駒田家に下宿。 **※この年** 東京帝大文学部に籍を置く光岡良二が、全生病院に入院。	**入院前** 蒲田区町屋町に転居、陰鬱な生活を送る。 **4月8日** 院内児童文芸誌「呼子鳥」創刊。 **5月上旬** 親友と華厳滝への自殺行。親友だけが自殺。
川端康成・本書関係者	プロレタリア作家クラブ結成。	**2月** 映画〈伊豆の踊子〉封切、監督五所平之助、主演田中絹代。 **7月号** 川端『禽獣』（「改造」）。 **10月** 川端、小林秀雄、武田麟太郎ら同人八名が「文學界」を文化公論社より創刊。 **12月号** 川端『末期の眼』（「文藝」）。	**2月号** 「文學界」五号で休刊。 **4月** 式場隆三郎『バーナード・リーチ』刊。 **6月号** 「文學界」文圃堂より復刊、四千部発行。 **6月13日** 川端、はじめて越後湯沢
日本・世界	**9月** 靖国神社集団参拝時のカトリック学生らによる礼拝拒否が社会問題に。 **10月3日** 満州武装移民はじまる。	**1月30日** ヒトラーがドイツ首相に就任、ナチス政権樹立。 **2月20日** 小林多喜二が築地署内で虐殺される。 **3月27日** 国際連盟脱退を発表。 **6月7日** 佐野、鍋山の共産党幹部が獄中より転向声明。 **10月22日** 早慶戦で紛争、水原茂の「リンゴ事件」。 **12月23日** 皇太子明仁生まれる。	**3月** 日本プロレタリア作家同盟（ナルプ）解散。 **4月25日** 大阪吉本興行、新橋演舞場で特選漫才大会を開き東京進出。 **6月6日** 蓑田胸喜、東京帝大教授を不敬罪等で告発。

5月18日　父に伴われ、全生病院に入院。
7月号「山桜」に、小品『童貞記』を寄稿、以後同誌に作品を次々と発表。
8月　別れた妻の死を知る。
8月11日　川端への最初の手紙を書く。
9月『一週間』などの執筆にとりかかる。また、上京した父と面会。
10月　川端より好意的な返書を受け取る。
11月6日　熱瘤のため、重病室に入院（15日間）。
12月8日　院内の山桜出版部に文選工として就職。

を訪れる。
8月号　川端、『水上心中』（「モダン日本」）の連載開始。
9月号　川端、『浅草祭』の連載開始（「文藝」）。
9月　島木健作『癩』を収めた『獄』刊。
11月　映画〈水上心中〉が連載中に封切。
12月6日　川端、三度目の越後湯沢行き。同地で『雪国』冒頭『夕景色の鏡』を執筆、翌年一月号の「文藝春秋」に掲載。

7月　内務省秘密文書「思想月報」配布開始。
8月　戸坂潤、思想不穏により法政大講師を免職になる。
9月　在満機構改革をめぐる陸軍省と拓務省の対立が表面化。
10月3日　政友会、陸軍省による「陸軍パンフレット」大量頒布に抗議声明。
11月2日　ベーブ＝ルースら大リーガー十七人が来日。
秋　東北地方、米の大凶作により娘の身売り、自殺など急増。

昭和10年　1935年　21歳

1月31日　入院後はじめての外泊に東京へ行く。
2月　東條、麓、於泉ら四名と「文学サークル」を結成。
3月　全国癩患者一斉調査実施。患者総数一万五千人余。施設入所者数約九千七百人。
5月号「山桜」で「文学サークル結成記念」の特集。掌編『白痴』を寄稿。
5月12日『間木老人』の原稿を川端に送る。

1月号　小林『ドストエフスキイの生活』（「文學界」）連載開始。
2月末　川端、発熱で入院。
3月　保田與重郎、亀井勝一郎らが「日本浪曼派」を創刊。
5月14日　川端、『間木老人』公表の可否を問う返書をしたためる。

1月　丹那トンネル開通（34年12月）により、熱海・伊豆の温泉が大繁盛。
3月4日　袴田里見検挙で、日本共産党中央委員会壊滅。
5月1日　戦前最後の合法メーデー、約六千人参加。
5月　警視庁が暴力団員四千五百人を検挙。

	昭和10年 1935年 21歳	昭和11年 1936年 22歳
北条民雄（全生病院）	5月30日　山桜出版部を辞める。 6月『晩秋』の原稿を書きはじめる(未完)。 7月　東条耿一が院内で婚約。 10月『最初の一夜』の執筆をはじめる。 11月3日　高浜虚子が全生病院で講演。 11月14日『間木老人』（筆名秩父號一）を掲載した「文學界」十一月号が手元に届く。 12月15日『最初の一夜』を清書し、川端に送る。	2月号『最初の一夜』が川端の手で『いのちの初夜』と改題され「文學界」に掲載、「文學界賞」を受賞。 2月5日　東京・本郷の文圃堂を訪れ、式場俊三に会う。その後店員大内の案内で銀座に行き、横光利一、河上徹太郎と対面。 2月6日　文圃堂の伊藤近三の案内で鎌倉へ行き、駅前の蕎麦屋にて川端、林房雄と最初で最後の面会を果たす。同日帰院。 6月10日　二週間の外出許可を取り、文圃堂に文學界賞賞金の残りをもらいに行くが、かなわず。
川端康成・本書関係者	9月30日　川端、越後湯沢へ行き『雪国』続編の構想を練る。 10月29日　川端、上野に戻る。 12月5日　川端、上野から鎌倉の林房雄宅の隣に転居。 12月20日　川端、『最初の一夜』を絶賛した返書をしたためる。	2月号　川端康成『「いのちの初夜」に就て』（「文學界」）。 2月18日　川端『「いのち」の文学』（「大阪朝日新聞」〜20日）で、民雄だけではなく、全生病院の少年少女の詩や作文を紹介。 3月　武田麟太郎が「人民文庫」を創刊。 4月号　中村光夫『二葉亭四迷論』連載開始（「文學界」）。 6月号　岡本かの子『鶴は病みき』、川端の推薦で「文學界」に掲載。
日本・世界	7月15日　内務省、著作権審査会設置。 10月3日　イタリアがエチオピアに侵攻。 12月8日　出口王仁三郎らが不敬罪などで逮捕される（第二次大本教事件）。	1月16日　ロンドン軍縮会議脱退の政府声明発表。 2月9日　初のプロ野球試合、巨人軍対金鯱軍、愛知の鳴海球場で開催。 2月26日　皇道派青年将校らを首謀者とする陸軍兵士約千四百人が国家改造を企て東京で決起、二十九日に鎮圧される（二・二六事件）。 5月18日　阿部定、尾久の待合で愛人を殺害、男根を切り取り逃亡。 6月15日　不穏文書臨時取締法公布。 7月17日　スペイン内乱勃発。

6月16日　神戸から徳島行の汽船に乗り、生前最後の帰郷、父と会う。
6月23日　三笠書房版『トルストイ全集』をたずさえ帰院。
6月28日　昭和十一年度下半期予定表を机に貼りつける。
夏　体調を崩し体力が衰えるなか、『危機』を執筆（川端が『癩院受胎』と改題）。また、川端より作品集出版の話を知らされる。
9月号　『眼帯記』（「文學界」）。
10月号　『癩院記録』（「改造」）。
10月　中村光夫の文芸時評を契機に彼との文通が始まる。
12月号　『癩家族』（「文藝春秋」）、『続癩院記録』（「改造」）。
12月3日　生前唯一の作品集『いのちの初夜』を創元社より出版。初刷二千五百部、一円五十銭。
12月30日　激しい神経痛に襲われ、年明けにかけて床につく。
※この年　全生病院患者数一一三二人（定員一一〇〇人）、内男性七七七人。

7月号　「文學界」、文藝春秋発行となる。
夏　川端、越後湯沢、水上などを転々とする。
9月　川端、軽井沢に滞在、その間も民雄のために骨をおる。
10月　川端、信州内を転々とする途中、11月に「『いのちの初夜』跋」を執筆。
11月号　中村光夫『癩者の復活』（「文藝春秋」）。
11月28日　川端、『いのちの初夜』初版の検印をする。
※この年　林房雄、プロレタリア作家廃業を宣言。

8月7日　五相会議で「国策の基準」を決定。大陸・南方進出と軍備増強を定める。
9月28日　ひとのみち教団教祖が検挙され、翌年不敬罪容疑で結社禁止に。
9月　ドイツのナチ党大会で再軍備四ヵ年計画を発表。
11月25日　日独防共協定をベルリンで秘密裏に調印。
11月27日　昭和十二年度予算案可決、軍事費、歳出総額の46％。

昭和12年
1937年 23歳

北条民雄（全生病院）

1月17日　精神科医、式場隆三郎と面会。
1月29日　七号病室（重病室）に入室、翌月14日まで出られず。
3月6日　一時帰省の名目で外出、神戸まで行くがついに帰省せず神戸、大阪、東京を放浪。
3月29日　全生病院に花道、回り舞台、楽屋、二階席をもつ大劇場が竣工。
4月号『重病室日誌』（「文學界」）。
4月13日『道化芝居』の原稿が完成。検閲、推敲ののち川端に送る。
6月半ば　腸結核が悪化し、著しく体調を崩しはじめる。
7月5日　川端に体調の悪化を知らせる書簡をしたためる。
夏　最後の小説『望郷歌』を執筆。
9月25日　九号病室（重病室）に入室。翌月はじめまで日記原稿を執筆。
11月初旬　光岡に求婚の仲介をたのむ。
11月半ば　東条、民雄の担当医より彼の深刻な病状を知らされる。
11月26日　創元社東京支店長、小林茂に宛てて見舞いの返礼、これが最後の手紙となる。

川端康成・本書関係者

3月号　川端『北條民雄の手紙』（「文學界」）。
3月号　式場隆三郎が『脳内反射鏡』（「中央公論」）で民雄にも言及。
4月14日　横光『旅愁』連載開始（「東京日日新聞」）。
6月　川端『雪国』、創元社より刊行。
7月28日　川端康成、軽井沢に行き九月まで藤屋旅館に逗留。
9月　川端康成、軽井沢に別荘を購入、翌月よりそこに住む。
10月　林房雄『上海戦線』（「中央公論」）。
11月26日　川端、鎌倉に帰る。

日本・世界

1月23日　寺内陸相と政党出身閣僚の対立により、広田内閣総辞職。
2月17日　日蓮会の「死なう団」が都内各所で切腹未遂、また「死なう」のビラをまく。
3月31日　母子保護法公布。
4月15日　ヘレン＝ケラーが来日し、各地で講演。
6月4日　第一次近衛文麿内閣成立。
7月7日　蘆溝橋で日中両軍が戦闘、ここに日中戦争がはじまる。
7月28日　日本軍が華北での総攻撃を開始。
8月19日　北一輝、西田税らの死刑執行。
11月2日　広田外相、ドイツ駐日大使を介して、対中和平工作開始。
11月20日　宮中に大本営を設置。
11月20日　蔣介石、重慶などへの遷都を宣言。
12月13日　日本軍、南京を占領。

	12月号『**続重病室日誌**』(「文學界」)、『**望郷歌**』(「文藝春秋」)。 **12月5日**　早暁、九号病室にて息を引きとる。午後、川端が小林茂とともに弔問、亡骸と友人らに面会。 **12月6日**　父が来院し、遺骨を持ち帰る。		
昭和13年 **1938年**	**1月**　『**いのちの初夜**』十四版を重ねる。 **2月号**　光岡『北條民雄の人と生活』、東条『臨終記』(「文學界」)。 **4月号**『**吹雪の産声**』(「文學界」)、『**道化芝居**』(「中央公論」)。 **4月**　川端康成編纂『**北條民雄全集**』上巻、創元社より刊行。 **6月**『**全集**』下巻刊行。	**2月号**　「文學界」で民雄の追悼特集、川端『追悼記序』。 **3月号**　川端『北條民雄の遺稿に就て』(「文學界」)、『北條民雄と癩文学』(「科学ペン」)。 **4月**　改造社より『**川端康成選集**』全九巻の刊行がはじまる。	**1月11日**　厚生省が設立され、以後福祉政策を推進。 **3月12日**　ドイツ軍がオーストリアに侵攻、翌日オーストリア併合。 **4月1日**　国家総動員法公布、五月五日施行。 **5月19日**　日本軍、徐州を占領。
昭和16年 **1941年**	**※この年**　全生病院が厚生省に移管され、国立療養所多磨全生園となる。	**1月号**　川端『寒風』の第一回が「日本評論」に掲載される。	**12月8日**　太平洋戦争勃発。

・本作品は、一九九九年八月に飛鳥新社より刊行された単行本を、文庫化したものです。
・北条民雄作品の引用にあたっては、『底本　北條民雄全集』(創元ライブラリ)を底本とし、そのほかの引用は、旧字・旧かな遣いを新字・新かな遣いに改めています。
・作中に今日の人権擁護の見地に照らして不当・不適切と思われる語句や表現がありますが、本作品の時代背景、テーマに鑑みて、そのまま使用しました。

編集部

火《ひ》花《ばな》

北条民雄《ほうじようたみお》の生涯《しようがい》

髙《たか》山《やま》文《ふみ》彦《ひこ》

平成15年 6月25日 初版発行
令和7年 6月25日 6版発行

発行者●山下直久

発行●株式会社KADOKAWA
〒102-8177 東京都千代田区富士見2-13-3
電話 0570-002-301(ナビダイヤル)

角川文庫 12980

印刷所●株式会社KADOKAWA
製本所●株式会社KADOKAWA

表紙画●和田三造

ISBN 978-4-04-370801-7 C0195